Buffy – Im Bann der Dämonen
Das Blutschwert

Christopher Golden & Nancy Holder

Buffy
IM BANN DER DÄMONEN

Das Blutschwert

Aus dem Amerikanischen
von Thomas Ziegler

Die Deutsche Bibliothek – CIP-Einheitsaufnahme

Buffy, im Bann der Dämonen. – Köln : vgs
Das Blutschwert / aus dem Amerikan. von Thomas Ziegler. – (1999)
ISBN 3-8025-2662-7

Das Buch „Buffy – Im Bann der Dämonen. Das Blutschwert" entstand nach
der gleichnamigen Fernsehserie
(Orig.: *Buffy, The Vampire Slayer*) von Joss Whedon,
ausgestrahlt bei ProSieben.

© des ProSieben-Titel-Logos mit freundlicher
Genehmigung der ProSieben Media AG

Erstveröffentlichung bei Pocket Books, New York 1998.
Titel der amerikanischen Originalausgabe: *Buffy, The Vampire Slayer.*
Blooded.
TM und © 1998 by Twentieth Century Fox Film Corporation.
All Rights Reserved.

© der deutschsprachigen Ausgabe:
vgs verlagsgesellschaft, Köln 1999
Alle Rechte vorbehalten
Lektorat: Astrid Frank, Köln
Umschlaggestaltung: Alex Ziegler, Köln
Titelfoto: © Twentieth Century Fox Film Corporation, 1998
Satz: ICS Communications-Service GmbH, Bergisch Gladbach
Druck: Clausen & Bosse, Leck
Printed in Germany
ISBN 3-8025-2662-7

Besuchen Sie unsere Homepage im WWW:
http://www.vgs.de

Für Tom.
Es tut mir leid, daß es keine Affen gibt.

– C. G.

Zum Gedenken an meinen Vater, Kenneth Paul Jones,
und an unsere glücklichen Jahre in Japan.

Prolog

Alle Sitze in der ersten Reihe des alten Majestic Theaters waren von Leichen besetzt. Die Toten mit ihren glasigen Augen und den zerfetzten Kehlen hatten die besten Plätze im Haus.

Aber der letzte Vorhang war noch nicht gefallen, und soweit es Buffy Summers betraf, war bis zu diesem Zeitpunkt der Ausgang der Show völlig offen.

Zeit für eine kleine Improvisation, dachte sie. Allerdings wäre ihr viel wohler gewesen, wenn sie auch nur die leiseste Ahnung gehabt hätte, was der behaarte, großmäulige Vampir, der dringend eine Abmagerungskur brauchte – und sich zu allem Überfluß auch noch König Lear nannte –, mit Xander und Cordelia gemacht hatte.

Auf der Galerie stand ein einzelner Scheinwerfer, der den schweren roten Samtvorhang vor der Bühne anstrahlte. In dem Lichtstrahl flirrte der Staub – aber der Rest des Theaters lag im Dunkeln. Das Majestic war alt und renovierungsbedürftig, aber immer noch wunderschön. In dieser Hinsicht ähnelte es Mrs. Paolillo, die in der vergangenen Woche für drei Tage Buffys Englischlehrer vertreten hatte.

Bis vor drei Jahren waren im Majestic regelmäßig Musicals und Theaterstücke aufgeführt worden, aber nie war jemand auf die Idee gekommen, es zu einem Kino umzubauen.

„Ich . . . nun, ich nehme an, dir ist klar, daß dies eine Falle ist?" flüsterte Giles hinter ihr.

Buffy verdrehte die Augen. „Also wirklich, Giles, für wen halten Sie mich? Ich bin inzwischen lange genug Vampirjägerin, um eine Falle zu erkennen, wenn ich sie sehe."

„Ja, äh, nun gut", murmelte Giles. „Es ist nur so, daß . . ."

„. . . daß in diesem Moment vier besonders hungrige Blut-

7

sauger über unseren Köpfen auf der Galerie lauern?" wisperte Buffy.

„Genau das meine ich, ja", erwiderte Giles. „Erinnere mich daran, wenn ich wieder einmal darauf bestehe, dich bei deinen Ausflügen zu begleiten. Du scheinst auch allein klarzukommen."

Buffy griff in ihren Jagdbeutel und reichte Giles ein großes hölzernes Kruzifix und einen langen, an einem Ende angespitzten Pflock.

„Einhundert Personen wurden befragt. Die fünf häufigsten Antworten lauteten", witzelte Buffy, „erstens: Giles hat kein Privatleben." Trotz der gespannten Atmosphäre, die in den dunklen Gängen des Theaters herrschte, huschte ein Lächeln über Buffys Gesicht, als sie sich jetzt zu Giles umdrehte und seine Reaktion sah: Er schnappte nach Luft und legte den Kopf zur Seite, wie er es immer tat, wenn er tief gekränkt aussehen wollte.

Rupert Giles war nicht nur der Bibliothekar der Sunnydale High School, sondern auch Buffys Mentor. Als ihr Wächter war er für das Training und das allgemeine Wohlergehen der Jägerin verantwortlich. Als ihr Freund mußte er sich ständig neue Frotzeleien gefallen lassen. Seine etwas steife Art war immer wieder für den einen oder anderen Witz gut.

Aber Buffy würde niemals zulassen, daß Giles – ihrem verknöcherten Engländer – etwas zustieß. Und deshalb mußte sie ihm etwa zwei Sekunden später erneut einen Tritt in sein wohlverhülltes Hinterteil geben.

„Runter, Giles!" stieß Buffy hervor, während sie nach vorn stürzte. Gleichzeitig versetzte sie Giles einen Stoß, der ihn zwischen die Klappsitze aus Holz und Metall rutschen ließ.

Es regnete Vampire.

Der erste fiel direkt in den Pflock. Er wog fast zweihundert Pfund, und sie wankte unter der Last des lebenden Toten. Sie wollte sich eigentlich hinwerfen, abrollen und wieder auf-

springen, aber das erwies sich als überflüssig. In dem Moment, als der Pflock sein Herz durchbohrte, explodierte der Vampir und löste sich in Aschenregen auf. Die nächsten beiden landeten gleichzeitig auf dem Boden, und einer von ihnen packte Buffys Arm und zerrte an ihrer Bluse. Ein Kragenknopf platzte ab und der Stoff des Ärmels riß.

„Oh!" knurrte sie. „Das ist nicht besonders nett."

Sie versetzte dem Vampir einen Tritt gegen das Kinn, der seinen Kopf nach hinten schnellen ließ. Dann wirbelte sie herum. Der nächste Tritt landete auf seinem Solarplexus.

Der andere Vampir griff sie von der Seite an. Sie duckte sich und schleuderte ihn im hohen Bogen über die Sitzreihen. Sein Kumpan erholte sich allmählich von dem Tritt und stürzte sich erneut auf sie. Dabei knurrte er wie ein tollwütiger Hund.

Buffy knurrte zurück. Sie blockte seinen Angriff ab und trieb den Pflock durch die Rippen des Vampirs mitten in sein Herz.

„Wohl bekomm's", fauchte sie und wandte sich ab, bevor er zu Staub zerfiel.

Ein paar Reihen weiter ließ Giles sein großes hölzernes Kreuz auf den Vampir niedersausen, den Buffy über die Sitzreihen geschleudert hatte.

Buffy beobachtete ihren Mentor, und sie mußte zugeben, daß er sich sehr geschickt anstellte. Erst recht, wenn man bedachte, daß er schon über Vierzig war und stramm auf die Siebzig zuging. Giles beherrschte sein Handwerk. Mit einem sauberen Stoß stieß er das untere Ende des Kreuzes wie einen Pflock in das Herz des Vampirs. Er verstand genug von seinem Fach, um Buffy mehr über die Bekämpfung von Vampiren, Dämonen und der Mächte der Finsternis beizubringen, als ein heißblütiges amerikanisches High-School-Mädchen durchschnittlich wissen mußte.

Doch wer wollte schon zum Durchschnitt gehören?

Nun, Buffy schon. Aber dieses Thema war inzwischen so

oft durchgekaut worden, daß es in etwa so aktuell war wie ein Witz über O. J. Simpson.

„Du wirkst ein bißchen eingerostet, Buffy", stichelte Giles und rückte seine Krawatte zurecht. „Was mich zu der Frage bringt, ob ich in der letzten Zeit zu nachsichtig gewesen bin."

„Immerhin atmen Sie noch", konterte Buffy.

„Hmm?" machte Giles und richtete seine Aufmerksamkeit wieder auf Buffy. Er neigte dazu, sich leicht ablenken zu lassen. „Sicher. Und ich bin dir dankbar dafür, sehr sogar. Es ist nur so, daß ich mir Sorgen mache. Wenn du gegen einen mächtigeren Vampir antrittst, könnte deine Technik . . ."

„Giles", unterbrach Buffy.

Aber er redete einfach weiter. „. . . etwas . . ."

„Giles!" schrie Buffy und rannte los. Doch es war bereits zu spät. Ein weiterer Vampir war von der Galerie gesprungen und auf dem Bibliothekar gelandet. Buffy spürte einen Adrenalinstoß bei dem Gedanken, daß Giles, der ihr so nahe stand, tatsächlich etwas zustoßen konnte.

Glücklicherweise reagierte Giles schneller, als seine Zerstreutheit vermuten ließ. Er brach zwar unter dem Gewicht des Vampirs zusammen, aber noch bevor Buffy sich den Blutsauger greifen konnte, explodierte der Vampir auf äußerst befriedigende Weise und zerfiel in eine Staubwolke. Giles hatte das zersplitterte Ende seines großen Holzkreuzes gerade noch rechtzeitig herumgedreht und den Vampir aufgespießt.

„Haben Sie vergessen, daß ich von *vier* Vampiren sprach, die dort oben lauern?" fragte Buffy, als sie Giles beim Aufstehen half.

„Hmm? Oh, ja", erwiderte Giles, während er seine Brille von der Asche des Untoten säuberte. „Ich war bloß ein wenig abgelenkt."

„Vielleicht sollten Sie mal an *Ihrer* Technik arbeiten", schlug Buffy vor.

„Das ist womöglich keine schlechte Idee", räumte Giles

ein. „Aber vielleicht sollten wir uns darauf konzentrieren, Xander und Cordelia zu finden, bevor dieser Lear-Darsteller auf den Gedanken kommt, daß die beiden ihre Aufgabe als Köder erfüllt haben."

Buffy schnitt eine Grimasse. Sie *war* konzentriert. Nichts war wichtiger, als Xander und Cordy in Sicherheit zu bringen. Deshalb hatten sie und Giles sich überhaupt erst von Willow und Angel getrennt.

Ein plötzliches Rauschen ließ sie aufhorchen und zur Bühne sehen. Der rote Samtvorhang öffnete sich. Buffy und Giles liefen den Gang hinunter. Die Jägerin versuchte, die etwas unansehnlichen Toten in der ersten Reihe vor dem Orchestergraben zu ignorieren. Sie hatte mehr Leichen als ein Serienmörder gesehen, aber das machte die Sache auch nicht leichter.

„Warum muß immer ich es sein, die Leben in die Party bringt?" murmelte sie vor sich hin. Die Antwort, die ihr einfiel, ließ sie zusammenzucken: *Weil ich immer die einzige bin, die noch lebt!*

Hinter der Bühne gab es einen zweiten Vorhang. Buffy zweifelte nicht daran, daß das Majestic viel komplizierter aufgebaut war als die Aula der Sunnydale High, in der sie vor kurzem eine Talentshow veranstaltet hatten. Aber selbst die Bühne der High School hatte vier oder fünf Vorhänge. Also blieb ihnen wohl nichts anderes übrig, als auf die Bühne zu steigen, um herauszufinden, was Lear mit Xander und Cordelia gemacht hatte. Andererseits . . .

Buffy blieb stehen. Der Bösewicht wußte doch, daß sie hier waren.

„Worauf wartest du, Lear?" rief sie einer plötzlichen Eingebung folgend. „Das Publikum wartet!"

Giles starrte sie an, als wäre sie nicht mehr ganz dicht. Man könnte auch sagen, als wäre sie sie selbst. Und Buffy mußte zugeben, daß es zwar Spaß machte, einen aufgeblasenen Vampir zu reizen, es aber eigentlich keine besonders gute Idee war.

Immerhin hatte dieser fette, blutsaugende Möchtegern-Schauspieler zwei ihrer Freunde als Geiseln genommen. Aber wenn er ein Ego wie König Lear hatte . . .

„„Geleitet herein die Herren von Frankreich und Burgund!"" ertönte Lears tiefe Baßstimme. Der Vampir trat in einem prächtigen shakespearischen Kostüm auf die Bühne.

Am liebsten hätte Buffy gelacht. Aber das Leben ihrer Freunde stand auf dem Spiel. Also sah sie Giles nur fragend an. Schließlich war das einzige Stück von Shakespeare, das sie kannte, *Romeo und Julia*, dieser Rock-'n'-Roll-Streifen mit Leo. Und natürlich der Film mit Mel Gibson, den ihre Mom mal ausgeliehen hatte.

„Lears erster Satz in *König Lear*", flüsterte Giles ihr zu.

Buffy starrte Giles an, während der Bibliothekar wirres Zeug vor sich hin murmelte, als würde er in seinem Gedächtnis nach einem Songtext kramen. Auf der Bühne schritt Lear ins Scheinwerferlicht und spähte ins „Publikum", ohne Buffy und Giles auch nur eines Blickes zu würdigen.

„„Sehr wohl, mein König!"" warf Giles so plötzlich ein, daß Buffy unwillkürlich zusammenzuckte. Auf der Bühne lächelte Lear.

„„Derweil . . .'" Lear grinste so süffisant und selbstzufrieden, daß er praktisch sabberte. „„. . . enthüll'n wir den verschwieg'nen Plan.'" Auf dieses Stichwort hin öffnete sich hinter dem korpulenten Vampir der zweite Vorhang.

Buffys Lippen entschlüpfte ein Seufzer, als sie Xander und Cordy sah. Sie waren geknebelt und in ein Holzgestell gezwängt, das sie bewegungsunfähig machte. Sie wirkten vollkommen hilflos. Das Gestell schien früher einmal ein Theaterrequisit gewesen zu sein.

Buffy konnte die Augen der Freunde sehen, und obwohl beide durch ihre zahlreichen Erlebnisse mit der Jägerin abgehärtet waren, erkannte sie, daß sie Angst hatten.

„Du liebe Güte", raunte Giles.

„„Ist der Mensch nicht mehr als das? – Betracht ihn recht!'" brüllte Lear unbeherrscht.

Buffy fröstelte. Bisher hatte sie Lear immer bloß für einen grausamen Trottel gehalten. Es gab nur eins, das ihrer Meinung nach noch schlimmer war als ein fetter, sabbernder, untoter, blutsaugender Angeber: ein völlig Wahnsinniger, der von Rechts wegen ins nächste Mausoleum gehörte.

Sie bemerkte, wie sich die Vorhänge hinter Xander und Cordelia bewegten. Dort lauerten wahrscheinlich weitere Vampire. Aber sie hatte nicht die geringste Ahnung, wie viele es waren.

Ein kurzer Blick in Xanders und Cordelias furchtsame Augen, und Buffy begriff, daß es keine Rolle spielte, wie viele es waren. Aber was konnte sie tun? Wie konnte sie Lear fertigmachen, bevor er Xander und Cordy etwas antat?

Plötzlich begann Giles zu applaudieren.

Willow folgte Angel die Treppe hinauf, die zur linken Bühnenseite führte. Sie hatten einen Tunnel entdeckt, der unter der Bühne entlangführte und es den Schauspielern erlaubte, vom Publikum ungesehen die Seite zu wechseln. Sie waren sicher gewesen, daß sie auf einige Vampire stoßen würden, aber bis jetzt hatten sie keinen Erfolg gehabt.

Nicht, daß es einen Mangel an Vampiren gab. Von der rechten Bühnenseite aus hatten sie mindestens ein halbes Dutzend gesehen, das hinter verschiedenen Vorhängen lauerte und sich hinter der Bühne an Flaschenzügen zu schaffen machte, Vorhänge öffnete und Requisiten bewegte.

Willow fröstelte. Sie haßte Vampire. Abgesehen vielleicht von ihrem derzeitigen Begleiter. Auch wenn Angel ebenfalls einmal versucht hatte sie zu töten. Genauer gesagt, hatte er sogar versucht sie alle zu töten. Aber das war auch nicht der wirkliche Angel gewesen . . . Jedenfalls bekam sie schon Kopfschmerzen, wenn sie nur daran dachte.

Angel schaute zur ihr hin, als hätte er ihre Gedanken gele-

sen, und sie schenkte ihm ein hilfloses Lächeln. *Warum ich?* schien dieses Lächeln zu sagen. Offen gestanden wußte sie nicht, warum er überhaupt akzeptiert hatte, daß sie mitkam. Sie hatte nicht die leiseste Ahnung, warum Buffy ausgerechnet sie bei ihren Abenteuern dabeihaben wollte. Giles verstand sein Handwerk, und er war schließlich der Wächter. Xander konnte wenigstens gut kämpfen; Angel war Buffys Freund und darüber hinaus ein Vampir. Und zwar der einzige gute Vampir, von dem sie je gehört hatte.

Das hieß natürlich nicht, daß sich Willow nicht zu wehren wußte – zumindest für sieben oder acht Sekunden. Und sie wollte ja auch dabeisein, treu wie einer der Drei Musketiere. Aber sobald die Nachforschungen abgeschlossen waren, hatte sie ihre Aufgabe in der kleinen Gruppe von Buffys Freunden erfüllt, der Gruppe, die Xander liebevoll die Scooby Gang nannte.

Willow gab es nicht gerne zu, aber sie war Velma. Jede Menge Köpfchen, aber ansonsten eher nutzlos. Und sie haßte es, Velma zu sein. Sie seufzte, während sie Angel mit einem Holzpflock in der Hand hinter die Vorhänge in den Kulissen am linken Bühnenrand folgte. Der Holzpflock diente allerdings mehr ihrer moralischen Unterstützung als zum Angriff.

Vor ihr polterte etwas, und die Vorhänge gerieten in Bewegung. Angel spähte um die Ecke, und seine ernsten, seelenvollen Augen sorgten dafür, daß sie sich ein wenig sicherer fühlte. Er drehte sich zu ihr um und forderte sie mit einer Geste auf, ihm zu folgen. Seine Unaufmerksamkeit dauerte genau eine Sekunde zu lang.

Klauenhände griffen nach seiner Kehle und drückten ihn zu Boden. Der Vampir auf Angels Rücken beugte sich nach vorn und versuchte Angels Kehle zu zerfetzen, als sich Willow auf den Angreifer stürzte, um ihm den Pflock ins Herz zu treiben. Erst im allerletzten Moment bemerkte sie das gertenschlanke, blonde Vampirmädchen, das sich auf sie stürzte. Sie riß den

Pflock hoch – doch das Mädchen schlug ihn ihr aus der Hand. Es versuchte Willow zu packen, aber sie duckte sich und zog den Vorhang zwischen sich und ihre blutrünstige Gegnerin.

Die Atempause dauerte volle drei Sekunden. Dann stand das Vampirmädchen wieder vor ihr – und grinste. Wie ein Felsbrocken prallte der Blutsauger, der Angel angegriffen hatte, in diesem Moment gegen die Vampirin und riß seine Kumpanin mit sich zu Boden. Erst als Willow Angel sah, der sich auf die am Boden liegenden Vampire stürzte, begriff sie, was passiert war: Kein zweitklassiger Vampir warf Angel aus dem Spiel!

Angel machte mit den beiden kurzen Prozeß. Aber es gab noch mindestens zwei weitere, wahrscheinlich sogar drei, die sich hinter dem Kulissenvorhang bewegten.

Auf der Bühne selbst hatte sich die Lage dramatisch zugespitzt. Wenn Buffy nicht bald etwas unternahm, würde Lear Xander und Cordelia töten.

Willow war seit Ewigkeiten eng mit Xander befreundet. Sie konnte einfach nicht zulassen, daß ihm etwas zustieß. Ihr Blick fiel auf einen Haufen alter, staubiger Requisiten. Fahnenstangen, Besenstiele, Holzschwerter, Stühle, ein Holzkarren . . . und ein großes, etwa einen Meter langes Metallkruzifix.

Mit zwei schnellen Schritten war sie bei einem der Holzschwerter, bückte sich, hob es auf und warf es Angel zu.

„Hilf Buffy", sagte sie nur.

Angel sah sie an, runzelte die Stirn, warf einen Blick auf die Vorhänge, hinter denen die Vampire über die Bühne schlichen – offensichtlich aus Angst, ihren Meister bei seiner Aufführung zu stören –, und stürmte dann auf die Bühne. Das Holzschwert hielt er vor sich, als könnte er tatsächlich damit umgehen.

Wahrscheinlich kann er's wirklich, dachte Willow, denn schließlich war Angel im achtzehnten Jahrhundert aufgewachsen.

Sie hob das große Metallkruzifix auf. Das Gewicht in ihren

Händen fühlte sich gut an. Sie richtete sich auf und schnitt ein grimmiges Gesicht, um wie Buffy auszusehen.

Für Buffy geschah alles viel zu schnell. In dem Moment applaudierte Giles, und Lear hatte ein ausgesprochen breites, selbstgefälliges Grinsen auf dem Gesicht.

Ihr war offenbar der Job zugedacht, ihn zu bewundern. Giles' Beifall hatte ihn dermaßen entzückt, daß Lear tatsächlich einen Schritt nach vorn machte und sich tief verbeugte.

Idiot.

Buffy machte drei schnelle Schritte, stellte einen Fuß auf die Armlehne eines Sitzes in der ersten Reihe, schlug einen Salto und landete hinter dem feisten Vampir auf der Bühne. Jetzt stand sie zwischen ihren Freunden und dem Tod.

Und dort gehörte sie auch hin.

Deshalb war sie die Jägerin.

„Kein Vorhang für dich, du Laiendarsteller", sagte sie höhnisch. „Ich kenne Shakespeare zwar nicht, aber ich bin mir verdammt sicher, daß das hier nicht einer seiner stolzesten Momente ist."

Unglücklicherweise war Lear schneller als er aussah. Er entriß Buffy den Pflock, packte sie an der Kehle und stemmte sie hoch. Rasende Wut loderte in seinen Augen.

„Warum hält sich nur jeder Dahergelaufene für einen Kritiker?" knurrte er.

Buffy packte sein Handgelenk und trat ihm mit voller Wucht ins Gesicht. Lear ließ sie fallen. Er heulte fast vor Schmerz und Frustration. Buffy rappelte sich wieder auf und tat ihr Bestes, um zwischen Xander und Cordelia und dem rasenden Vampir zu bleiben. Das Problem war nur, daß sie keinen Pflock mehr hatte.

„Buffy!"

Das war Angels Stimme hinter ihr.

Lear stürzte sich auf sie, Buffy wich zur Seite aus, rammte

ihm das Knie in den Schmerbauch und war mit einer schnellen Drehung hinter ihm. Sie riskierte einen Blick nach oben. Angel hatte Xander und Cordelia befreit, und sie waren bereits auf dem Weg zu Willow, die sich gegen drei weitere Vampire zur Wehr setzte, die aus den Kulissen aufgetaucht waren.

Dann sah sie, was Angel in den Händen hielt: ein langes Holzschwert. Er warf es ihr zu, während Lear sich erneut wie ein Wahnsinniger auf sie stürzte. Buffy mußte hochspringen, um das Schwert am Knauf aus der Luft zu fischen. Sie landete auf ihren Knien und richtete die Schwertspitze auf den Wanst des heranstürmenden Lear.

Lear wankte, als das Schwert ihn durchbohrte. Er machte einen Schritt nach vorn, einen zurück. Buffy fluchte. Sie hatte sein Herz nicht getroffen, zumindest nicht richtig.

„Giles!" schrie Buffy. „Pflock!"

„‚Fluch über euch, Verräter, Mörder, all!'" krächzte Lear. „‚Ich konnt' sie retten; nun dahin auf immer!'" Der Vampir brach auf der Bühne zusammen und rammte sich dabei selbst das Schwert tief in die Brust. Der Aschenregen sank glitzernd zu Boden. Dann herrschte Stille.

In der ersten Reihe schüttelte Giles tadelnd den Kopf. „König Lear", sagte er. „König des Melodramas wäre treffender. Am Ende war's ein bißchen dürftig."

„Oh, toll", sagte Xander so sarkastisch wie stets. „Ich hoffe, meine Rolle hat Ihnen wenigstens das richtige Maß an Nervenkitzel verschafft, Giles."

„Okay", unterbrach Buffy das Geplänkel. „Für heute habe ich genug von dramatischen Metaphern. Ehrlich gesagt, finde ich es ziemlich ermüdend."

„Ich auch", stimmte Willow zu. „Gut, daß morgen keine Schule ist." Cordelia und Xander wechselten einen Blick.

„Ob das *Bronze* noch geöffnet hat?" fragte Cordelia.

„Mir deucht, möglich ist's", antwortete Xander. „Wohlan, holde Maid, begleite mich."

„Was auch immer das heißen mag!" knurrte Cordelia. Sie verdrehte die Augen, stolzierte den Gang hinauf und verschwand durch die Tür. Xander folgte ihr.

„Dann noch viel Spaß!" rief Buffy ihnen nach.

„Komm", sagte Angel und legte ihr den Arm um die Hüfte. „Ich bring' dich nach Hause. Die Straßen von Sunnydale sind nachts nicht sicher."

Zwanzig Minuten später war Willow fast zu Hause. Giles hatte ihr angeboten, sie mit dem Auto mitzunehmen, aber sie hatte abgelehnt. Sie wollte zu Fuß gehen, nachdenken und von dem Adrenalinstoß runterkommen, den ihr ihre Rolle als Gehilfin der Vampirjägerin verschafft hatte.

Eine Rolle, die ihr durchaus gefiel. Und die außerdem nötig war. Denn seit Willow wußte, daß Sunnydale auf dem Schlund der Hölle erbaut worden war – was dazu führte, daß alle möglichen Kreaturen der Nacht in dieser Stadt ihr Unwesen trieben –, hatte sie das Gefühl, etwas dagegen unternehmen zu müssen. Wie Spiderman immer zu sagen pflegte: „Mit großer Macht geht große Verantwortung einher." Und Willow wußte besser als jeder andere, daß Wissen Macht war.

Am Ende eines Tages – oder einer Nacht, wie in diesem Fall – machte es Willow nicht wirklich etwas aus, daß sie die Gehilfin war. Manchmal, wie heute, war sie eine äußerst tüchtige Gehilfin. Wenigstens war sie nicht die Jägerın! Allein die Vorstellung, die Auserwählte zu sein und die Welt vor den Mächten der Finsternis retten zu müssen, bereitete ihr Magenschmerzen. Das Gespenst der Abschlußprüfungen, die im nächsten Jahr fällig waren, verursachte ihr schon genug Alpträume.

Außerdem gab es auch noch das Problem, am Leben zu bleiben, nicht so tot – oder untot? – zu werden wie die Kerle, die man tötete.

„Ich brauche Schlaf", sagte Willow zu sich selbst und

schnappte nach Luft, als sich in diesem Augenblick zwei kräftige Arme um sie schlagen und sie gegen die Ziegelstein-fassade von *Mona Lisa's Pizzeria* schmetterten. Keuchend fuhr sie herum und stellte sich den Angreifern. Es waren zwei Kerle. Sie konnte ihre Gesichter nicht erkennen, aber beide waren groß und muskulös. Der eine trug eine Jeansjacke und der andere ein dunkelblaues Sweatshirt.

„Schlag zu", forderte sie sich auf, aber sie stand nur da und starrte die beiden Typen hilflos an. Sie brachte nicht einmal einen Schrei hervor, da sie vor Schreck wie gelähmt war.

Mit einem leisen, bösen Lachen machte der mit der Jeans-jacke einen Schritt auf sie zu. Erst jetzt schüttelte Willow die Lähmung ab und drehte sich um.

„O nein, du wirst nicht abhauen!" rief der Kerl, packte sie mit festem Griff und drückte sie zu Boden. Willows Kopf schlug hart auf dem Bürgersteig auf, und ihr Handgelenk klemmte unter ihrem Körper fest. Sie spürte, wie etwas in ihrem Gelenk nachgab, dann war da nur noch Dunkelheit.

1

Montagmorgen. Das Wort allein genügte, um selbst die mutigsten Schüler mit nacktem Grauen zu erfüllen. Und die Erwachsenen glaubten, sie hätten es schwer!

Trotzdem war es ein herrlicher Morgen. Vogelgezwitscher hing in der Luft, von einem nahegelegenen Garten wehte der Duft von Blumen heran. Die Sonne strahlte am Himmel und ließ die Fenster der Sunnydale High glitzern. Alles war so schön, daß man fast vergessen konnte, daß man auf dem Höllenschlund lebte.

Zu ihrem Glück ahnten die meisten Schüler der Sunnydale High davon nichts. In segensreicher Unwissenheit verschwendeten sie ihr Leben – für einen Teenager ein Vollzeitjob, vor allem, wenn man darin richtig gut sein wollte. Die Kids skateten über die Bürgersteige und scherten sich einen Dreck darum, daß das verboten war. Seit wann war Skateboardfahren und Inline-Skating ein Verbrechen? Sie palaverten über ihr Wochenende und die Hausaufgaben und all die anderen spaßigen Teenagerdinge, mit denen sich die meisten High-School-Schüler weitaus regelmäßiger beschäftigten als die Auserwählte.

Was diese Auserwählte betraf – nun, Buffy zitterte vor Furcht. Ein wenig. So sehr, wie eine Jägerin überhaupt zittern konnte. Aber es waren keine Vampire oder Dämonen, die sie an diesem Tag ins Schwitzen brachten. O nein, es war etwas viel Schlimmeres.

Mathetest. Heute. Unvorbereitet. Die Gleichung ging nicht auf. Und sie konnte sich auch keine Entschuldigung von der Vampirgemeinschaft schreiben lassen. „Wir bitten um Verständnis, daß Buffy am heutigen Test nicht teilnehmen kann.

20

Sie war gestern nacht auf Vampirpatrouille, um die Welt vor den Untoten zu retten." Tja, das würde garantiert nicht funktionieren.

Sie war verdammt.

„Buffaleeta!" schrie Xander und raste auf seinem Board heran. An ihrer Seite angelangt, bremste er, sprang ab, trat fest auf die Spitze des Boards, katapultierte es in die Höhe direkt in seine Hand. Das war exakt dieselbe Weise, mit der Buffy im Kampf eine Armbrust schußbereit machte. Trotz ihres Mathehorrors mußte Buffy grinsen. Ihre Freunde hatten sich eindeutig ein paar Tricks von ihr abgeguckt. Und in Anbetracht der Tatsache, daß jeder ihrer Freunde permanent in Gefahr war, konnte ihr das nur recht sein.

„Hi", sagte sie. „Wo ist Willow?"

Xander legte den Kopf zur Seite. „Danke, mir geht's gut. Und dir?"

„Tut mir leid." Sie machte ein zerknirschtes Gesicht. „Es ist nur so, daß ihr an Schultagen normalerweise als Paar auftretet. Wie Salt-N-Pepa oder so."

Xander lächelte. „Ich hoffe, du meinst wirklich wie Salz und Pfeffer, denn sonst müßte ich dir den guten Rat geben, bei Gelegenheit mal MTV zu sehen: Salt-N-Pepa sind drei hinreißende Ladys."

Buffy kniff die Augen zusammen. „Dann verklag mich doch. Ich bin leider zu beschäftigt, um mir die wöchentlichen Charts anzusehen. Außerdem weißt du, was ich meine. Ihr beide kommt sonst immer zusammen zur Schule."

„An der Hüfte zusammengewachsen wie siamesische Zwillinge. So sind wir, Will und ich. Bedauerlicherweise hatte ich heute morgen etwas zu erledigen, was dazu führte, daß ich solo bin."

„Etwas zu erledigen?" wiederholte Buffy neugierig. Wer hatte vor Sonnenaufgang schon etwas zu erledigen – wenn man von Vampiren und ähnlichen Nachtschwärmern einmal

absah. „Was denn? Mußtest du etwa deinen Batman-Umhang in die Wäscherei bringen?"

„Du meinst natürlich meinen Robin-Umhang." Er sah sie streng an und drohte ihr mit dem Finger. „Wie willst du zu all den coolen Partys eingeladen werden, wenn du nicht mal das kleine Einmaleins der Popkultur beherrschst?" Er schüttelte den Kopf, als sei es hoffnungslos, daß aus Buffy jemals etwas würde. „Aber um ehrlich zu sein", fuhr er dann fort, „die Schuld für meine Verspätung lastet allein auf den schönen Schultern der charmanten Catwoman!"

„Catwoman?" keuchte Buffy. „Doch nicht dieses billige Flittchen!"

Xander wies nach rechts, auf eine vertraute Gestalt in einem sexy und trendy Outfit und mit sorgfältig frisierten brünetten Haaren.

„Da wir gerade von billigen Tussis sprechen", kommentierte er, „da kommt meine."

Cordelia Chase drehte sich um, entdeckte sie und lief auf sie zu. Offenbar hatte sie etwas auf dem Herzen, was sie unbedingt mit ihnen besprechen wollte.

„Damit ist mein Morgen endgültig gerettet", seufzte Buffy. „Ein Unsinn verzapfender Xander, ein Mathetest und die Chance, von dem Warum-gehst-du-noch-mal-mit-ihr-aus-Girl beleidigt zu werden, und das alles an einem Tag. Wie kommt es nur, daß ein einfaches Mädchen wie ich so viel Glück hat?"

Als Cordelia näherkam, bemerkte Buffy den besorgten Gesichtsausdruck in ihrem Gesicht, und sie verdrehte die Augen. „Wahrscheinlich ist es meine Schuld, daß sie sich einen Fingernagel oder sonst was abgebrochen hat."

„Du führst eben ein ziemlich verrücktes Leben", entgegnete Xander schleppend.

„Ich muß mit euch reden", sprudelte Cordelia hervor, während sie sich umschaute und offenbar hoffte, daß keine ihrer Freundinnen mitbekam, daß sie mit dem Abschaum sprach.

„Cordy", begrüßte Xander sie strahlend, „was liegt an? Hast du heute schon ein paar junge männliche Egos zerstört?"

„Nein." Sie schnitt eine finstere Grimasse.

„Nun, mach dir nichts draus, der Tag ist ja noch jung", stichelte er.

Cordelia verdrehte die Augen. „Wie auch immer." Sie wandte sich an Buffy. „Hör zu, ich will nur wissen, ob für nächstes Wochenende irgendwelche bizarren Veranstaltungen geplant sind – du weißt schon, so was wie die Fluch-der-Rattenmenschen-Nacht. Ich hab nämlich Pläne für nächsten Samstag, und ich will nicht, daß sie platzen, nur weil irgendein Monster, das seit tausend Millionen Jahren versucht die Jägerin zu töten, auf die Idee kommt, daß das die perfekte Nacht ist, um sein Grab zu verlassen."

„Genau, Buffy, hol mal deinen Kalender des Grauens heraus und schau nach, ob Ms. Chase in dieser Nacht freie Bahn hat", schnaubte Xander und sah Cordelia grimmig an. „Denkst du etwa, Buffy plant diese Dinge?"

Cordelia wirkte gereizt. „Du weißt genau", erinnerte sie Buffy, „daß ich versucht habe, dich in den Elitezirkel einzuführen, als du nach Sunnydale gezogen bist. Aber nein, du mußtest ja mit diesen Verlierern herumhängen. Hast du dich eigentlich nie gefragt, was hätte werden können?"

Es erstaunte Buffy, daß Cordelia nach dieser langen Zeit noch immer in der Lage war, ihre Gefühle zu verletzen. Aber sie hatte diese Fähigkeit. Tatsächlich fragte sich Buffy manchmal, wie es wohl wäre, in ihrer neuen Schule zu den beliebten Schülern zu gehören. Sie sehnte sich danach, viele Freunde zu haben, zu den guten Partys eingeladen zu werden und all die anderen Dinge zu erleben, die sie vermißte, seit sie in L. A. entdeckt hatte, daß sie die Jägerin war. Doch es gehörte nun mal zum Berufsrisiko, unbeliebt zu sein, aber kein siebzehnjähriges Mädchen wäre darüber glücklich gewesen.

Sie wußte, daß Cordelia sich besonders darüber aufregte,

daß Buffy es gewagt hatte, nett zu Willow zu sein, als Cordelia sie – um es deutlich zu sagen – wie den letzten Dreck behandelt und in aller Öffentlichkeit gedemütigt hatte. In dem Moment, als Buffy Willow um Hilfe bei den Hausaufgaben bat, hatte sie ihr eigenes Schicksal als Außenseiterin besiegelt. Was diesen anderen „Verlierer" anging, Xander, so traf ihn der Bannstrahl schon allein deswegen, weil er und Willow seit frühester Kindheit befreundet waren. Wenn Buffy sich von diesen beiden lossagen mußte, nur um beliebt zu sein, dann hatte sie bisher nicht das geringste verpaßt.

„Liegt es an mir, oder hat irgend jemand dein Kurzzeitgedächtnis gelöscht?" fragte Buffy. „Schon vergessen, daß du mit einem dieser Verlierer ausgegangen bist?"

„He!" protestierte Xander. „Gibt es keinen freundlicheren Ausdruck dafür?"

Cordelia sah ihn finster an. „Nein."

„Wenn du irgendwann einmal deine Seele zurückbekommst, wirst du diese harten Worte bereuen", sagte Xander zu Cordelia.

Cordelia sah ihn einen Augenblick lang verdutzt an, doch dann hatte sie sich wieder unter Kontrolle und fixierte Xander mit zusammengekniffenen Augen. „Ha. Ha. Du bist absolut unkomisch."

„Aber ich kann großartig küssen", versicherte er und lächelte stolz.

„Ich laß es dich wissen, wenn du dir das Prädikat ‚großartig' verdient hast", sagte Cordelia.

„Du kannst es beurteilen", sagte Xander freundlich. „Schließlich hast du alle durchprobiert."

Cordelia stapfte beleidigt davon.

„Oh, großer Meister, erklär' mir, wie du das geschafft hast", bat Buffy, während sie gemeinsam Cordelias Rücken anstarrten, bis er in der Menge verschwunden war. „Damit ich es auch tun kann."

Xander streckte sich ausgiebig und verschränkte die Hände hinter dem Kopf. „Es ist alles nur eine Frage des Timings, Ms. Summers. Sie greift an, du parierst." Er grinste. „Und dann schlägst du zu."

„Laß gut sein", sagte Buffy und schüttelte den Kopf. „Ich glaube, es ist doch das Beste, wenn ich nicht mehr weiß. Allerdings verstehe ich immer noch nicht, was sich zwischen euch beiden eigentlich abspielt. Irgendwie schaffst du es immer, die Schwachstellen in ihrem Panzer zu finden."

„Oder in ihrem Make-up. Ist dir auch aufgefallen, daß sie zu viel Grundierungscreme aufgetragen hat? Sie sieht dadurch wirklich wie ein billiges Flittchen aus. Du solltest mit ihr darüber reden, Buffy."

Sie kicherte. „Vielleicht. Der richtige Ort, die richtige Zeit . . ."

„Sie würde für mindestens zwei Jahre vor Wut kochen", versicherte er.

Buffy lächelte gequält. Ihr war nicht entgangen, daß Xander mit seiner Bemerkung über Cordelias verlorene Seele auch auf ihr eigenes Leben und Angel angespielt hatte.

Xanders Witze waren häufig nur albern, aber manchmal konnte er auch verletzend sein. Vor allem, wenn es um Angel ging. Er schien seine härtesten Kommentare stets für Buffys untoten Freund aufzubewahren. Er hatte sogar den Mut, ihn Dead Boy – toten Jungen – zu nennen, obwohl Angel diesen Namen haßte. Um genau zu sein, nannte Xander ihn so, *weil* Angel es so haßte. Xander war eifersüchtig auf Angel, keine Frage. Aber Buffy wußte, wenn der Höllenschlund etwas Häßliches ausspuckte, dann würde Xander sein Leben für jeden von ihnen riskieren, Angel eingeschlossen, trotz allem, was sie wegen Angel hatten erdulden müssen.

Buffys Gedanken kamen erst zum Stillstand, als sie Willow auf der Bank entdeckte. „Nun, wenn das nicht unsere wüste Willow ist", sagte sie mit einem Fingerzeig in ihre Richtung.

Willow hatte sich einen weiten Mantel über die Schultern geworfen und saß wie gewöhnlich über ein Buch gebeugt. Früher hatte sie hauptsächlich wissenschaftliche Sachbücher gelesen, Fachliteratur übers Internet und ähnliche Dinge. Doch seit sie Buffy kannte, bestand ihr bevorzugter Lesestoff aus staubigen, schweren, ledergebundenen Schwarten über Dämonen und Monster. Wenn sie nicht gerade las, surfte Willow im Internet. Seit dem Tod von Jenny Calendar hatte sie ihre Anstrengungen verdoppelt und leistete oft mehr als alle anderen.

Wirklich schade, daß Willow nicht die Auserwählte ist, dachte Buffy. Sie beschäftigte sich viel intensiver mit der wundervollen Welt der Vampirjagd als die Jägerin selbst. Ein Mädchen, das einem Monster in den Arsch treten und dabei alle gesetzlichen Vampirfeiertage aus dem Gedächtnis herunterrasseln konnte – *das* hätte Giles gefallen.

Bedauerlicherweise konnte es sich niemand aussuchen, ob er Jäger, Wächter oder Kostümbildner von *Seven of Nine* aus *Star Trek: Voyager* wurde. Das arme Ding mußte schlimme Schmerzen haben.

„Hi, Will!" rief Xander. „Ich hab dich gestern angerufen, weil ich dich zu einem Rettungseinsatz in Sachen Biologiearbeit motivieren wollte, aber du hast nicht abgeno..." Xander verstummte und griff nach Buffys Hand.

Buffy öffnete den Mund. Sie eilte zu Willow und setzte sich neben sie auf die Bank. „Willow, was ist passiert?"

Willows Gesicht war voller Schrammen und blauer Flecke. Auf ihrer linken Wange prangten tiefe Kratzer, und ihre linke Hand war eingegipst.

Buffy dachte an ihre gemeinsame Nacht im Theater. Mit Willow war doch alles in Ordnung gewesen, als sie sich getrennt hatten!

„Willow?" Xander setzte sich ebenfalls auf die Bank. „Gott! Hast du einen Unfall gehabt?"

Willow versuchte zu lächeln, aber sobald sie den Mund ver-

zog, tat ihr alles weh. Sie hätte gerne gescherzt, doch die Sache war ganz und gar nicht komisch. Und so sagte sie ihnen die Wahrheit.

„Ich bin überfallen worden."

„Von Vampiren?" rief Xander. Er griff nach Buffys Jagdbeutel. „Schnell. Gib mir was Spitzes, Buff."

„Nichts Übernatürliches", beschwichtigte Willow ihn. „Ich war gerade auf dem Heimweg."

„Hat Giles dich nicht nach Hause gebracht?" unterbrach Buffy.

„Oh, nun ja, er hat es mir angeboten, aber ich wollte nicht. Ich wollte allein sein. Ich mußte über einiges nachdenken", fügte sie traurig hinzu.

„Du kannst in deinem Zimmer allein sein", tadelte Xander. „Und dort kannst du auch nachdenken. Aber nicht nachts auf der Straße!"

Willow schluckte. Sie wußte nicht, warum es ihr so peinlich war, daß Buffy und Xander ihre Verletzungen sahen, aber so war es nun einmal. Unmittelbar nach dem Überfall hatte sie das Bedürfnis gehabt, sie beide anzurufen, aber irgend etwas hatte sie dazu gebracht, den Telefonhörer wieder aufzulegen.

„Wer war es?" fragte Buffy, deren Gedanken sich offenbar in ähnlichen Bahnen wie Xanders bewegten: Sie wollte es den Angreifern heimzahlen.

„Ich weiß es nicht", antwortete Willow kläglich. Sie protestierte matt, als Xander ihr Buch über Dämonologie zuklappte und es auf seinen Schoß legte. „Ich ging die Straße hinunter, als sich plötzlich diese beiden Kerle auf mich stürzten – normale, glaube ich, keine Vampire oder Dämonen. Sie klauten mir meine Uhr und zwanzig Mäuse."

Sie sah Xander an und fügte traurig hinzu: „Es tut mir leid, Xander. Es war die Tweety-Uhr, die du mir zum Geburtstag geschenkt hast."

„Verdammt. Und die Dinger gibt's nicht mehr bei Burger

King!" Vorsichtig untersuchte er ihre Wange und legte sanft seine Hand unter ihr Kinn. „Oh, Will...", begann er, und sie hörte die Frustration in seiner Stimme. Xander wollte ihr helfen, aber dafür war es zu spät; niemand konnte ihr mehr helfen.

„Ist das Handgelenk gebrochen?" fragte Buffy.

Willow schüttelte den Kopf. „Nein, nur übel verstaucht. Ich bin draufgefallen." Tränen traten ihr in die Augen und sie schluchzte. „Dabei habe ich oft genug zugesehen, wie ihr mit Giles trainiert habt. Eigentlich sollte ich wissen, wie man hinfällt, ohne sich zu verletzen."

„Dafür braucht man viel Übung", tröstete Buffy sie.

„Versuch's mal mit Skateboardfahren. Da bekommst du jede Menge Übung", sagte Xander in einem Versuch sie aufzuheitern. Aber er lächelte nicht. Seine dunklen Augen blickten ernst und sein Mund war zornig verkniffen.

„Willow, warum hast du uns nicht angerufen und uns alles erzählt?" erkundigte sich Buffy.

Jetzt lächelte Willow. Sie konnte sich glücklich schätzen, daß sie so tolle Freunde hatte. Obwohl sie natürlich in bezug auf Xander immer noch wünschte, er wäre mehr als nur ein Freund. Aber sie wünschte sich das schon länger, und außerdem war da ja noch Oz.

„Es war... Ich weiß es nicht", gestand sie. „Mir war... nicht nach Reden zumute."

„Ich verstehe." Buffy nickte, und Willow glaubte ihr. Nach Buffys Erlebnis mit dem Vampir, der sich „der Meister" nannte, hatte sie ihre Gefühle lange Zeit unterdrückt – bis sie sich schließlich all ihre Furcht und Frustration in Angels Armen aus dem Leib geheult hatte.

„Hör zu, es tut mir echt leid", beteuerte Buffy mit einer Grimasse, „aber der Unterricht fängt gleich an, und ich habe Giles versprochen, vor der ersten Stunde bei ihm reinzuschauen. Will, kommst du allein zurecht?"

„Sicher, Buffy", sagte Willow leise. „Geh ruhig."

Willow sah Buffy an, daß sie wirklich ungern ging. Und sie freute sich über diese Anteilnahme. Sie hatte noch nie eine Freundin wie Buffy gehabt. Buffy war mutig und stark, und kein blöder Straßenräuber würde ihr je etwas antun . . .

„Ach, komm schon, Rosenberg", wollte Xander sie trösten, als eine Träne über ihre Wange rann. Er zog sie an seine Brust und küßte sie auf den Haarschopf. „Es ist alles okay."

„Nein, nichts ist okay", widersprach Willow. „Solche Sachen werden mir immer wieder passieren. Ich bin nutzlos, Xander. Eine Belastung. Die Hälfte der Zeit muß Buffy ihr Leben riskieren, um mich zu retten, und . . ."

„. . . und die andere Hälfte ist sie damit beschäftigt, mich zu retten", beendete Xander den Satz.

Willow fühlte sich wirklich elend. Sie hatte sich so lange danach gesehnt, daß Xander sie in die Arme nahm. Und jetzt, wo er es endlich tat, versuchte er nur, nett zu ihr zu sein und sie zu trösten. Buffy würde er nie trösten müssen.

„Vielleicht solltest du sie um ein paar Selbstverteidigungs-tips bitten."

„Hm?" Willow seufzte. „Ich könnte nie wie Buffy sein. Wenn ich diese Vampirtypen bloß sehe, raste ich schon aus. Ich hasse es, Velma zu sein."

„Komm schon!" protestierte Xander. „Velma ist die coolste von allen! Die clevere Tussi rettet stets den Tag – solange sie ihre Brille nicht verliert. He, wenigstens bist du nicht Daphne. Daphne wäre jetzt echt nutzlos."

„Und wer ist Daphne?" fragte Willow und lächelte ein wenig bei Xanders philosophischen Ausführungen über Scooby-Doo.

„Also bitte!" fauchte Xander. „Das ist doch wohl klar! Cordy natürlich. Oder dachtest du etwa, *ich* bin Daphne? So wie ich das sehe, sind Angel und Buffy Shag und Scoob. Giles ist Freddy."

„Und wer bist du?" wollte Willow verwirrt wissen.

„Ich?" wiederholte Xander und senkte dann die Augen. Tiefe Traurigkeit verdüsterte sein Gesicht. „Ich fürchte, ich

bin nicht mal die erste Wahl, Will. Zu meiner ewigen Schande bin ich . . ." Er holte tief Luft. „Ich bin Scrappy-Doo."

Willow lächelte. Nur ein wenig, aber es fühlte sich gut an. Dann stand Xander auf, stieß die geballte rechte Faust in die Luft und brüllte: „Hündchen-Power!" Und Willow mußte so sehr lachen, daß die Schmerzen fast unerträglich wurden. Ein paar weitere Tränen rannen über ihre Wangen, eine Mischung aus Heiterkeit und Unbehagen.

„Hi", sagte eine Stimme.

Hastig trocknete Willow ihre Tränen und blickte auf. Es war ihr Freund Oz. Er besuchte die Oberstufe in der Sunnydale High, und seine Band, *Dingoes Ate My Babe*, spielte oft unten im *Bronze*. Außerdem war er ein Werwolf. Willow sah die Besorgnis in Oz' Augen, und das munterte sie ein wenig auf.

„Was ist mit dir passiert?" stieß er hervor.

„Ich bin hingefallen", sagte Willow eilig und hoffte inständig, daß Xander sie nicht verraten würde. Es war ihr peinlich, daß sie es nicht geschafft hatte, sich zu wehren, daß sie es nicht einmal versucht hatte. Aber die Scooby Gang verstand sie. „Es ist bei der Hausarbeit passiert . . . Ich wollte das Haus anstreichen . . . was eine Hausarbeit ist . . . und bin von der Leiter gefallen."

„Wow! Hammer", sagte Oz und nickte weise. „Aber das Haus anzustreichen . . . beeindruckende Leistung." Er griff nach ihrer Schultasche, die zwischen ihren Beinen stand. „Komm. Es muß jeden Moment klingeln. Ich werde deine Sachen tragen."

„Okay." Etwas unsicher stand sie auf. Sie sah Xander fragend an, der wie ein großer Bruder lächelte und zustimmend nickte. Obwohl sie Oz wirklich mochte, wünschte sich ein Teil von ihr noch immer, daß Xander eifersüchtig würde. Vielleicht war er in gewisser Weise auch eifersüchtig. Aber nur, weil sie sich so nahestanden. Nicht, weil er irgend etwas für sie empfand oder irgendwelche romantischen Gefühle für sie hegte wie für Buffy.

Aber Oz war nicht hinter Buffy her. Nein. Er schien allein Willow zu mögen. Und er war sehr süß . . .

30

Zu dritt betraten sie die Schule und gingen den Korridor hinunter, als Cordelia ihnen entgegenkam.

„Oh, mein Gott, Willow, was ist passiert?" flötete sie, und ihre beiden Begleiterinnen, zwei Cordette-Möchtegerns, bemühten sich, genauso dazustehen und genauso süffisant zu grinsen. Allerdings ohne Erfolg.

Eigentlich ist es ziemlich traurig, daß sie unbedingt jemand anders sein wollen, dachte Xander. Natürlich hatte es in seinem Leben auch viele Momente gegeben, in denen er jemand anders sein wollte: jemand, der weltmännisch und reich war, jemand mit einem Auto. Und vor allem jemand, den Buffy anbetete. Solange dies nicht bedeutete, daß er wie Angel sein mußte. Denn tot zu sein, war irgendwie eine blutleere Angelegenheit.

„Guten Morgen, Mistress Cordelia", intonierte Xander mit ausgesuchter Höflichkeit, als hätte er an diesem Morgen nicht schon eine Stunde damit verbracht, zu seinen Mitmenschen mehr als nur höflich zu sein.

Cordelia war der Meinung, daß sie und Xander kein hübsches Paar waren, und hielt ihre Beziehung geheim, um nicht ihren hart erarbeiteten Ruf als hochnäsiger Snob zu verlieren.

Xander sah Cordelia durchdringend an und versuchte ihr eine telepathische Botschaft zu übermitteln: *Wage es ja nicht, gemein zu Willow zu sein.*

„Bist du von deinem Dreirad gefallen, oder ist das bloß ein trauriger Versuch, Mitleid zu erregen?" spöttelte Cordelia und wies auf Willows Gesicht.

„Hör auf", sagte Xander tonlos, und Cordelia starrte ihn leicht schockiert an.

„Oder hast du eine neue Gesichtsmaske ausprobiert und . . ." Sie runzelte die Stirn und sagte zu Xander: „Was?"

„Ich weiß, daß deine Spezies die Schwachen und die Alten ausmerzt", erklärte Xander, „aber offensichtlich gibt es keine entsprechende Regelung für die Dummen. Willow ist heute unantastbar, Brunhilde."

„Also, ich wollte doch nur..." Cordelia kniff die Lippen zusammen.

„Du wolltest uns nur zur Bibliothek begleiten", unterbrach sie Xander in bedeutungsvollem Tonfall, „um einen Blick in den Kalender für außerordentliche Versammlungen der Verrückten und Besessenen zu werfen."

„Sprichst du eigentlich Deutsch oder was?" fragte einer der Cordettes mit süffisantem Grinsen.

„Das spielt keine Rolle", sagte Xander, „solange Cordy mich versteht. Und das tut sie. Oder etwa nicht?"

Cordelia warf ihre Haare zurück. Offenbar hatte sie den plötzlichen Schock überwunden, daß jemand sie von ihrer mit Gift betriebenen Dampfwalze gestoßen hatte. „Ich hab keine Zeit für deine Spinnereien. Die Busse zum Museum fahren in fünf Minuten ab."

Xander überlegte einen Moment. „Oh, der Schulausflug!" In seiner Sorge um Willow hatte er ihren Ausbruch in die Freiheit völlig vergessen. „Was für eine süße Überraschung an einem Montagmorgen!"

„Vor allem für Buffy", fügte Willow hinzu und lächelte etwas fröhlicher. „Wenn wir uns die Ausstellungsstücke supermegagründlich ansehen und deshalb später als geplant zurückkommen, wird Miss Hannigan den Mathetest verschieben müssen."

„Oh, gütiger Himmel, jetzt sehe ich, was du meinst!" Giles' Stimme drang zu Xander, Willow und Cordelia herüber, während er sich ihnen mit Buffy näherte. „Arme Willow."

„Sie hätten sie nach Hause bringen müssen", fauchte Buffy ihn an.

„Oje." Der Bibliothekar war zutiefst zerknirscht. Giles war ein Meister, wenn es um große Schuldgefühle ging. Vielleicht lag es an seinem britischen Erbe. „Sie hat so hartnäckig darauf bestanden, allein zu..."

„Wenn *ich* hartnäckig bin, reagieren Sie überhaupt nicht", unterbrach Buffy ihn.

„He, Giles, Buffy. Schulausflug", sagte Xander, als die beiden sie schließlich erreichten.

„Stimmt!" Buffy klatschte in die Hände. „Bin ich gerettet? Wie lange dauert dieser Ausflug?"

„Ich denke, lange genug", meinte Xander und zwinkerte mit einem Auge.

„Gewiß. Nach dem Ausstellungskatalog zu urteilen, gibt es eine Menge zu sehen", bestätigte Giles und bedeutete ihnen mit einem Wink, sich in Bewegung zu setzen.

„Kann man die Ausstellungsstücke kaufen?" fragte Cordelia.

„Na klar. Greif zu", frotzelte Xander.

„Nein. Der Katalog beschreibt lediglich die Exponate. Offen gestanden habe ich mich schon seit Monaten auf diese Wanderausstellung gefreut. Kunst und Kultur des alten Japan! Ach, herrlich!" Giles lächelte aufgeregt. „Diese reiche und komplexe Geschichte."

„Geschichte." Buffy schnitt eine Grimasse. „Oh, toll."

„Ich glaube, es wird für dich eine nette Abwechslung sein", behauptete Giles. „Für euch alle."

„Klaro. Kleine Plaketten lesen, die an einem Haufen altem Trödel kleben." Buffy gähnte. „Weckt mich bitte, wenn es vorbei ist."

„Mir ist gerade ein Gedanke gekommen", entfuhr es Xander. „Moment, wo steckt er denn gleich . . . ah, da ist er ja! Mir scheint, daß ein Museum dieser Größe eine enorme Anzahl von Nebenzimmern haben muß."

„Gott, du gibst nie auf, was?" seufzte Cordelia.

„Nein", bestätigte Xander. „Ich und dieses Häschen . . ." Alle wandten sich zum Ausgang, wo der Bus wartete.

„Also", unterbrach Cordelia Xander. „Eine Menge Nebenzimmer?"

2

Das Museum war eins der Dinge, mit denen sich Sunnydales Bürgermeister bei jeder Gelegenheit brüstete. Er behauptete, daß es, wie vieles andere, das seine Stadt zu bieten hatte, Sunnydale zu mehr als nur einem weiteren südkalifornischen Paradies machte.

Allerdings schien keines der wirklich einzigartigen Dinge des Höllenschlunds – oder Boca del Infierno, wie die spanischen Siedler es genannt hatten – Eingang in die Touristenbroschüren der Handelskammer zu finden.

Doch trotz des stattlichen Museums und der malerischen City machten die meisten Touristen einen großen Bogen um Sunnydale. *Zum Glück für sie*, dachte Buffy. Sie und ihre Mom hatten die Stadt nicht nur besucht, sie waren hergezogen! Dabei wäre Buffy mit einem Besuch mehr als zufrieden gewesen.

Die Touristen schienen nur dann eine Ausnahme zu machen, wenn es im Museum für Kunst und Kultur eine große Ausstellung gab oder der Theaterverein ein populäres Stück aufführte. Es gab Kunstgalerien – wie die von Buffys Mutter –, eine jährliche Messe und eine ganze Menge anderer Dinge für die alternden Babyboomer. Aber für die Teenager, die ultimativen Verbraucher?

Nada.

Oder wenigstens so gut wie nada. Das *Bronze* konnte schnell langweilig werden, wenn man jeden Abend dort war. Zumindest nach Buffys Meinung. Und wenn man in L. A. gelebt hatte, konnte man sich nur schwer mit dem Gedanken anfreunden, in die nächste Stadt fahren zu müssen, um einen aktuellen Film zu sehen. Sunnydale war nicht L. A. Es war nicht einmal L. A.s kleine Schwester.

34

Als der Bus den Parkplatz des Museums erreichte, seufzte Buffy und lehnte ihren Kopf ans Fenster.

„Plötzlich würde ich viel lieber Vampire jagen", murmelte sie vor sich hin. Und das wollte etwas heißen.

„He, he!" sagte Xander. „Was sehe ich denn da?"

Buffy blickte in sein vertrautes dämliches Grinsen und mußte unwillkürlich lächeln. Xander hatte sich in seinem Sitz herumgedreht und sah auf Buffy und Willow hinunter, während er ihnen wie ein strenger Vater mit dem Finger drohte.

„Ich kann mich nicht erinnern, heute düstere Gesichter erlaubt zu haben", tadelte Xander sie. „Okay, das Museum ist nicht gerade der coolste Ort für einen Besuch am Montagmorgen. Bei unserem letzten fröhlichen Ausflug zu diesen heiligen Hallen voller Töpfe und Pfannen sind wir über eine besonders attraktive und exotische junge Dame gestolpert, die . . . nun, ich geb's zu . . . die etwas für mich übrig hatte." Er lächelte bescheiden und warf sich in die Brust. „Und die sich schließlich als uralte Inka-Mumie entpuppte, für die ich zweifellos viel zu jung war", fügte er hinzu. Er legte den Kopf zur Seite und beugte sich über die Rücklehne seines Sitzes, so daß sein Gesicht nur eine Handbreit von Willow und Buffy entfernt war. Sein Lächeln war manisch und unglaublich breit. „Aber denkt an die grausige Alternative zu diesem Trip." Sein Blick wanderte zu Buffy. „Maaatheeeteeest!" stöhnte er mit geisterhaft hohler Stimme.

„Mister Harris!" erklang vorn im Bus eine mahnende Stimme. „Etwas mehr Zurückhaltung bitte!"

„Ah . . ." Xander seufzte und setzte ein entschuldigendes Grinsen auf. „Der Professor hat gesprochen. Ich muß mich benehmen. Oder bei dem Versuch sterben." Er drehte sich um und sank wieder in seinen Sitz.

Buffy sah Willow an und grinste. „*Mister* Harris!"

Willow hielt die Hand vor den Mund, um ihr Lächeln zu verbergen.

Buffy war erleichtert. Willow war schon den ganzen Morgen sehr deprimiert. Nicht, daß man ihr deswegen einen Vorwurf machen konnte. Die extrem hohe Anzahl von Raubüberfällen in dieser Gegend war ein weiterer Aspekt Sunnydales, der von der Presse meistens totgeschwiegen wurde.

„Ich habe gestern nacht noch ein paar Nachforschungen für euch angestellt", sagte Willow leise.

„Der Obergelehrte", zischte Buffy. Sie meinte damit Mr. Morse, den Lehrer, der Xander soeben zurechtgewiesen hatte. Buffys Geschichtslehrerin war krankgeschrieben. Niemand wußte genau, was ihr fehlte, aber natürlich vermuteten die einfallsreichsten Klatschmäuler, daß sie in die nächste Klapsmühle eingeliefert worden war. In den letzten Wochen hatten sie deshalb Mr. Morse ertragen müssen.

Er war ein kleiner, bebrillter Kerl mit einer Frisur, die seine beginnende Glatze mehr betonte als verbarg. Mr. Morse hielt die meisten seiner Schüler offenbar für Idioten und gab sich wenig Mühe, seine Meinung zu verbergen. Er begann jede Geschichtsstunde, indem er einen großen Stapel Bücher auf sein Pult knallte und erklärte: „Ich habe gestern nacht noch ein paar Nachforschungen für euch angestellt!" Als hätte er ihnen damit einen Riesengefallen getan und als könnten sie sich überglücklich schätzen, ihn zum Lehrer zu haben.

Ha, ha.

Andererseits hatte Xander recht. Die Alternative zum Museumsbesuch war noch häßlicher. Miss Hannigan mochte netter sein, aber Buffy war sogar bereit, mit Mr. Morse an einem Karnevalszug teilzunehmen, wenn sie dadurch einem Mathetest entging.

Also gut, das war vielleicht etwas übertrieben. Aber im Vergleich zum Mathetest mit Miss Hannigan war das Museum mit Mr. Morse nur halb so schlimm.

Der Bus hielt mit quietschenden Bremsen, und Buffy folgte Willow nach draußen. Sie blickte auf und entdeckte Giles, der

ihr das patentierte ernste Giles-Nicken schenkte, während er Morse half, die herumstreunenden Schüler in Richtung des Museumseingangs zu scheuchen. Als Buffy und Willow an ihm vorbeikamen, legte Giles schützend eine Hand auf Willows Schulter. Buffy empfand plötzliche Zuneigung für den adretten britischen Bibliothekar, ihren Wächter.

Buffy zeigte ihm nur selten ihre Dankbarkeit für all das, was er für sie getan hatte. Meistens machte sie ihm Kummer. Aber Giles hatte ihr eine Menge beigebracht, genug, um sie am Leben zu erhalten – jedenfalls die meisten Nächte. Buffy lächelte ihn an. Sie wollte keinen anderen in ihrer Ecke haben, wenn der Gong zur letzten Runde schlug. Sie hoffte nur, daß der Gong nicht ganz so oft zur letzten Runde schlug.

„Wißt ihr, der Laden ist eigentlich ziemlich cool“, gab Buffy zu und sah sich um, während sie durch das Museum spazierten. Sie betrachtete die antiken Artefakte und Waffen, während sie von einem Ausstellungsraum in den nächsten wanderten. „Ich kapier’ bloß nicht, wie sie an das ganze Zeug gekommen sind. Ich meine, hier im Zoo gibt’s ein paar Hyänen, einen zotteligen alten Grizzly, und das ist auch schon alles. Aber dieser Laden ist fast so toll wie der, den wir in L. A. mit der Schule besucht haben.“

„Klaro“, stimmte Xander zu, „Sunnydale ist genau wie L. A. Nur ohne die Stars, die Filmstudios, die teuren Freßtempel, die Atmosphäre, die unglaublich hinreißenden Frauen . . .“, Willow und Buffy funkelten ihn böse an, „. . . die total unecht sind. Alles Plastik. Im Grunde schreckliche Geschöpfe“, fügte er hastig hinzu.

„Bist du hirntot, wenn ich das mal überflüssigerweise fragen darf?“ flötete Cordelia, als sie sie einholte. „L. A. ist heiß.“

„Ah, kaum spricht man von Mannequins, schon taucht eins auf“, knurrte Xander.

Buffy schüttelte den Kopf. Seit Xander und Cordy heimlich

miteinander herummachten, wartete sie darauf, daß sie anfingen sich wie ein Paar aufzuführen. Aber sie gifteten sich noch genauso an wie früher. Manchmal sogar noch mehr.

„Eigentlich", sagte Willow sanft, „können wir uns glücklich schätzen, daß wir ein so phantastisches Museum haben. Dieser Laden ist Weltklasse. Manchmal sind hier Wanderausstellungen zu sehen, die es nicht einmal in L. A. gibt."

„Das ist ja genau das, was ich nicht verstehe", erwiderte Buffy. „Ich frage mich, warum? Was ist so besonders an Sunnydale?"

„Das fragst du uns?" entgegnete Cordelia und starrte sie ungläubig an.

„Das Nachtleben", vermutete Xander.

Buffy sah ihn bloß auf Jack-Nicholson-Art mit hochgezogenen Augenbrauen an, und er reagierte mit seinem treuen Dakkelblick und einem Ich-kann-nichts-dafür-Schulterzucken.

„Welches Nachtleben meinst du?" fragte Willow und warf Cordelia einen wissenden Blick zu.

„Oh, bitte!" mokierte sich Cordy. „Könnt ihr nicht mal für dreißig Sekunden kalt duschen?"

„Genau", stimmte Xander zu und stellte sich demonstrativ neben Cordelia. „Ihr habt immer so schmutzige Gedanken. Ich meinte die allseits beliebte, von vielen ungeduldig erwartete Fluch-der-Rattenmenschen-Nacht. Bezog sich deine Bemerkung nicht auch darauf, Cordy? Die Besonderheit dieser ganz besonderen kleinen Stadt?" Cordelia kochte schweigend vor sich hin. „Mal ernsthaft, Willow", fuhr Xander fort, „warum wird Sunnydale so geschätzt?"

„Aus dem besten und normalsten aller Gründe", antwortete Willow. „Geld. Das Museum verfügt über ein riesiges Budget. Offenbar gibt es in Sunnydale einen Haufen reicher Leute."

„Und die Museumsleute haben zweifellos ihre Seelen an diese großzügigen Reichen verkauft", stellte Xander fest.

„Wie diese Typen von der Studentenvereinigung, die Buffy und Cordelia im letzten Jahr fast an ihren Wurmmonstergott verfüttert hätten." Er lächelte Buffy strahlend an. „Stell dir vor, es gibt wahrscheinlich noch ein paar weitere Geheimorganisationen, die du zerschlagen mußt, um alle Jungfrauen der Stadt – und andere Leute – vor dem sicheren Tod zu retten."

„Ich hoffe nicht." Buffy seufzte und bemerkte erst jetzt, daß sich Cordelias Wangen rosa färbten.

„Laßt uns weitergehen", schlug Xander vor.

Sie betraten den Bereich, in dem die Wanderausstellung zu sehen war. Ein Labyrinth von Räumen voller Kunstgegenstände und Artefakte des alten Japan. Im zweiten Raum stießen sie auf Giles. Der Bibliothekar blickte fasziniert auf etwas, das wie ein kleiner Plastikgarten aussah.

„Ah, da seid ihr ja", sagte er, als hätte er verzweifelt nach ihnen gesucht. „Ist das nicht ein phantastisches Ausstellungsstück?"

„Ich würde nicht gerade dieses Wort benutzen, aber es ist ziemlich cool, ja", gab Buffy zu und beugte sich mit ihm über eine winzige Bogenbrücke und ebenso winzige, immergrüne Bäume. „Was ist das?"

„Hmm?" machte Giles und betrachtete dann wieder den Miniatur-Garten. „Oh, richtig. Wirklich äußerst beeindruckend. Wie es scheint, war Sunnydale irgendwann einmal die Schwesterstadt von Kobe, Japan."

„Moment, hat es da nicht dieses große Erdbeben gegeben?" fragte Xander.

„In der Tat", bestätigte der Bibliothekar.

„Wow, das ist ja ein unheimlicher Zufall", sagte Willow. „Ich meine, wenn man unser Erdbeben und so bedenkt."

„Ich bin völlig deiner Meinung. Diese Parallele hat mich besonders fasziniert", erklärte Giles und schob seine Brille nach oben, wie er es immer tat, wenn er nachdachte. „Wißt ihr, ich bin mir nicht ganz sicher, ob es wirklich ein Zufall war."

„Ich versteh' nicht ganz. Und ich versteh' auch nicht, was das alles mit diesem Garten hier zu tun haben soll", sagte Buffy.

„Dies ist ein Freundschaftsgarten", erklärte Giles ungeduldig. „Die Leute von Kobe hatten hier in Sunnydale einen richtigen japanischen Garten angelegt, ein genaues Gegenstück des Gartens in ihrer Stadt. Nach dem Erdbeben in Sunnydale sind alle Pflanzen plötzlich verdorrt und abgestorben. Was überaus unnatürlich war, um es deutlich zu sagen. Es heißt, daß die örtlichen Behörden extra einen Botanik-Spezialisten engagierten, aber auch der fand keine Erklärung dafür."

„Das passierte also kurz nachdem sich der Höllenschlund unter Sunnydale geöffnet hatte", hakte Xander nach. „Und wer steckte Ihrer Meinung nach dahinter? Vegetarische Vampire?"

„Nun, es ist natürlich bloß eine Vermutung . . ."

„Giles, tun Sie nicht so, als wären Sie das Orakel von Delphi. Spucken Sie's schon aus", sagte Buffy. Alle starrten sie an. „Was ist?" fragte Buffy. „Kommt schon, Willow gibt mir Nachhilfe in Geschichte! Ich weiß ein paar Dinge."

Am anderen Ende des Raumes erklang eine schrille Stimme. „Ich habe das gehört, Summers. Hoffen wir, daß du genug weißt, um dieses Jahr versetzt zu werden."

Buffy schenkte Mr. Morse ein falsches Lächeln und klimperte mit den Wimpern – in der Annahme, daß er den Sarkasmus in ihrer Reaktion bemerken würde. Er konnte schließlich nicht ernsthaft glauben . . . Oder doch? Plötzlich wurde sie von der Furcht erfüllt, daß er sie mißverstehen könnte. Quietschstimme glaubte wahrscheinlich, daß sie mit ihm flirtete! Sie seufzte und sah Giles an. „Was wollten Sie gerade sagen?"

„Nun, mir kommt es merkwürdig vor, daß der Garten nach dem Erdbeben einging und Sunnydales Schwesterstadt kurz darauf ebenfalls von einem Erdbeben heimgesucht wurde."

„Moment, Sie denken, daß der Höllenschlund auf der anderen Seite der Welt ein Erdbeben ausgelöst hat, indem er eine Stadt durch einen Freundschaftsgarten sozusagen infizierte?" fragte Xander ungläubig.

„Nun", erwiderte Giles trocken, „wenn du es so ausdrückst, klingt es ein wenig abwegig, aber es ist trotzdem eine sonderbare Koinzidenz der Ereignisse, meint ihr nicht auch?"

„Läuft das hier irgendwie darauf hinaus, daß ich etwas töten muß?" meldete sich Buffy zu Wort.

„Nein", erklärte Giles mit einem merkwürdigen Gesichtsausdruck. „Mehr kann ich dazu nicht sagen." Murmelnd fügte er hinzu: „Jedenfalls nicht mit Sicherheit."

Buffy grinste fröhlich. „Also dann, Giles, es ist eindeutig supersonderbar, dieses, äh, Koinzidings. Können wir uns jetzt weiter umschauen? Mr. Morse hat gedroht, uns hinterher einen Test schreiben zu lassen, und ich kann es mir nicht leisten, irgend etwas zu verpassen."

„Nur zu", sagte Giles, offenbar ein wenig enttäuscht, daß seine Theorie nicht ihr Interesse geweckt hatte. Aber er kam schnell darüber hinweg und war bald darauf zwischen den Artefakten verschwunden.

Kurze Zeit später trennte sich Cordelia von der Gruppe, und schließlich gingen auch Buffy, Willow und Xander ihre eigenen Wege. Jeder fühlte sich von einem anderen Schaukasten und einem anderen Raum im Labyrinth der Ausstellung angezogen. Hin und wieder begegneten sie sich und tauschten Informationen aus.

Xander stürzte sich sofort auf die Schaukästen über die Samurai und die Exponate aus ihrem Alltag. Es waren Reproduktionen der traditionellen Samurai-Kleidung und Informationen über das privilegierte Leben, das sie führten.

„Mann, diese Typen hatten es gut", sagte Xander, als sie sich wieder trafen.

„Ja, ein tolles Leben", erwiderte Buffy. „Wenn ihnen jemand Schwierigkeiten machte, konnten sie ihn einfach in Stücke hacken, und niemand stellte auch nur eine Frage. Ich bin ganz Kermit vor Neid."

Xander sah sie an. „Buff, sie haben Menschen umgebracht, klar? Das war was völlig anderes."

Sie schüttelte den Kopf. „Das ist sogar noch unfairer. Ich versuche immer, Schwierigkeiten aus dem Weg zu gehen, und ich töte keinen, der noch am Leben ist."

Plötzlich tauchte Cordelia auf, entdeckte sie und düste durch den Raum auf sie zu.

„Okay", beteuerte sie, „das ist absolut abscheulich. Wußtet ihr, daß verheiratete Frauen im alten Japan ihre Augenbrauen auszupften, und ich meine *alle*?" Buffy und Xander starrten sie schweigend an. „Aber wartet", sagte Cordelia wichtig-tuerisch. „Das ist noch nicht alles."

„Versprochen?" fragte Xander.

Cordelia versetzte ihm mit dem Handrücken einen Klaps auf die Schulter und richtete ihre Aufmerksamkeit auf Buffy. „Also gut, Summers, ich weiß, daß du nicht gerade die Königin der Stilsicherheit bist, aber hör dir das an: Sie haben ihre Gesichter weiß angemalt und ihre Zähne schwarz!"

Buffy schauderte. „Das ist wirklich abscheulich."

Cordelia sah Xander triumphierend an.

„Weißt du", hänselte er, „ich seh' es schon vor mir, Cordy. Du auf dem Flughafen von Paris, im Gepäck die Mode des alten Japan. Ein total neuer Trend und zugleich ein vernichtender Schlag für alle Zahnpastahersteller der Welt."

Sie kniff die Augen zusammen und zischte: „Warum gebe ich mich überhaupt noch mit dir ab?" Wie gewöhnlich rauschte Cordy eingeschnappt davon.

„Was ist mit dir, Miss Summers?" fragte Xander. „Was hat deine besonders reichhaltige Phantasie angeregt?"

Buffy lächelte verschmitzt. „Was glaubst du denn, Xander?"

42

Xander rieb sein Kinn und tat so, als müßte er angestrengt nachdenken. „Aber natürlich!" rief er dann. „Die Waffen."

„Aber natürlich", erwiderte Buffy.

Willow hatte im stillen gehofft, daß Oz an dem Schulausflug teilnehmen würde, aber nachdem sie eine Weile herumgewandert war, gab sie die Hoffnung auf. Sie wollte nicht wirklich über das reden, was ihr zugestoßen war, aber eine von Oz' coolsten Eigenschaften war, er schien immer zu wissen, wann man schweigen mußte.

Ihre Freunde hatten ihr Bestes getan, um sie aufzuheitern, und es hatte zum Teil funktioniert. Aber eben nur zum Teil. Willow konnte immer noch nicht richtig begreifen, was genau mit ihr geschehen war und warum. Aber sie wußte nur zu gut, wie es geschehen war. Sie wünschte nur, die anderen würden es auch verstehen.

Xander war schon fast ihr ganzes Leben lang ihr bester Freund, und trotz seines Mitgefühls würde er es nie ganz kapieren. Schließlich war er ein Junge. Sicher, er war nicht Schwarzenegger, aber er war auch kein Hänfling wie Leo DiCaprio. Er war einfach nicht so verletzlich wie sie.

Und dann war da noch Buffy, die Xander in den Hintern treten konnte, ohne sich dafür entschuldigen zu müssen. Wie sollte sie je verstehen, was für ein Gefühl es war, hilflos zu sein?

„Hi, Will."

Willow drehte sich um und bemerkte erst jetzt, daß Buffy neben ihr stand. Sie hatte sie nicht einmal kommen gehört, und wieder dämmerte ihr, wie cool es doch war, die Jägerin zu sein. Die Bösen bemerkten nicht einmal, wenn sich Buffy ihnen näherte, bis sie sie erledigte.

„Hi", sagte Willow und seufzte.

„Was Interessantes gesehen?" fragte Buffy übertrieben fröhlich.

„Nun", sagte Willow, und dann fiel ihr ein, daß sie tatsächlich etwas Interessantes gesehen hatte. Etwas, das sie eine ganze Minute lang hatte vergessen lassen, was für ein Schwächling sie doch war.

„Um ehrlich zu sein, ja", antwortete sie. „Ich fand das Kabuki-Theater und die Noh-Stücke echt toll."

„Schlag mich, aber die hab ich nicht mal bemerkt", gestand Buffy. „Sie werden bestimmt im Test vorkommen, da sie so historisch und so weiter sind. Wo sind sie?"

„Ich zeig sie dir", bot Willow an.

Sie gingen zusammen in den nächsten Raum, und Willow erzählte ihr, was sie über die antiken Formen der Unterhaltung gelernt hatte. Und sie zeigte Buffy die Masken, die sie für besonders cool oder grausig hielt.

„Was ist mit dir?" erkundigte sich Willow. „Hast du was Cooles gesehen?"

Buffys Augen leuchteten auf, und sie zog Willow mit sich durch das Labyrinth und in einen großen Raum voller alter japanischer Waffen.

„Ja", nickte Willow. „Ich dachte mir schon, daß dir das gefällt."

„Einige dieser Waffen unterscheiden sich total von allem, was ich bisher gesehen hab", gestand Buffy. „Und weißt du, wie die Japaner ihre Schwerter herstellten? Eine Metallschicht über der anderen, hundertfach! Eine unglaubliche handwerkliche Leistung."

Willows Blicke wurden von einem bestimmten Schwert angezogen. Es hing an der Wand, hatte eine große, grob geschmiedete Klinge, die eher dazu geeignet schien, jemanden zu Tode zu prügeln, statt ihn zu durchbohren. Ihr fehlte die Eleganz der traditionellen japanischen Schwerter mit ihren gebogenen langen und kurzen Klingen.

„Was ist das?" wollte sie wissen und wies auf die riesige Waffe.

„Erstaunlich, nicht wahr?" entgegnete Buffy. „Jedenfalls ist das weder ein *katana* noch ein *wakizashi*."

Willow lächelte und wunderte sich darüber, wie leicht es Buffy fiel, etwas zu lernen, wenn sie sich für das Thema interessierte. Sie trat zu dem riesigen Schwert und las laut die Erklärung auf dem Schild, das an der Wand befestigt war.

„‚Diese Schwertform namens *ken* stammt ursprünglich aus China und wurde im Japan des achten Jahrhunderts verwendet, bevor das bekanntere *daisho* – oder Schwertpaar – des alten japanischen Kriegers entwickelt wurde. Dieses kürzlich im Chugoku-Gebirge entdeckte Einzelstück ist nachweislich erheblich älter‘", las Willow halblaut vor. „Wow", fügte sie hinzu.

„Lies auch den Rest", forderte Buffy. „Das mythologische Zeug wird dir gefallen."

Willow gehorchte, aber diesmal las sie still.

„‚Nach der Entdeckung des Schwertes behaupteten die Einheimischen, daß es sich dabei um das *shin-ken* – das echte Schwert – des Gottes Sanno handelte, einer mythologischen Gestalt, die auch als König der Berge bekannt ist und auf dem Berg Hiei in der Nähe von Kyoto und Kobe zu Hause ist. Nach dieser Legende, an die bis zum heutigen Tage noch manche der älteren Bauern in dieser Region glauben, hat der Bergkönig Japan vor einer Invasion fremder übernatürlicher Kräfte bewahrt. Hierbei handelt es sich um eine offensichtliche Anspielung auf die gespannten Beziehungen zwischen Japan und China in dieser Zeit. Diese Theorie wird von dem Mythos um Sannos größten Kampf gestützt, demzufolge er einen chinesischen Vampir namens Chirayoju besiegte, der den Kaiser von Japan aussaugen und so die Nation zerstören wollte. Nach der Legende haben weder Sanno noch Chirayoju diesen Kampf überlebt.‘"

Willow war zutiefst beeindruckt. „He, Moment mal, glaubst du, daß dieser Sanno-Typ der Jäger war?" fragte sie.

Buffy blinzelte. „Nein. Ein großer Kerl mit einem riesigen Schwert, der auf dem Gipfel eines Berges lebte und die Dämonen zu sich kommen ließ? Es ist nur eine Legende, Will. Ich dachte bloß, sie wäre irgendwie cool."

„Ja." Willow nickte. Sie sah wieder das Schwert an. „Sie unterscheidet sich von den Vampirlegenden, die wir bis jetzt gehört haben. Oder getroffen." Aber Willow fand die Legende trotzdem interessant, schon wegen Sanno. Er war kein Vampirjäger, sondern bloß ein starker Kerl mit einem Riesenschwert, der tat, was getan werden mußte. Für einen Moment fragte sie sich, was sie möglicherweise erreichen konnte, wenn sie nur ein wenig trainierte. Trainierte und sich vielleicht auch ein großes Schwert besorgte.

„Hör mal", sagte sie eifrig, „nachdem ich dir so viel beigebracht hab, könntest du mir eigentlich auch etwas Nachhilfe geben."

„Hä?" machte Buffy verwirrt. „In welchem Fach könnte ich dir schon Nachhilfe geben, Willow? Du bist hier die Intelligenzbestie."

Willow griff mit ihrer unverletzten Hand nach dem Schwert und berührte die kühle Oberfläche des Metalls. Kühl, ja, aber irgendwie strahlte die Waffe auch eine unheimliche Hitze aus.

„Selbstverteidigung", flüsterte sie.

Buffy lächelte und runzelte gleichzeitig die Stirn.

„Du kannst dich doch wehren, Will", sagte sie.

Willow hob ihre verletzte, eingegipste Hand. Ihr Lächeln war gezwungen. „Nein", erwiderte sie. „Das kann ich nicht. Ich hab bis jetzt nur Glück gehabt. Ich will keine Last für dich sein, Buffy. Ich will nicht, daß du mich die ganze Zeit beschützen mußt."

Buffy berührte den Gipsverband an Willows Hand. „Will", versicherte sie, „es ist nicht deine Schuld, daß diese Typen dich überfallen haben. Und eins kannst du mir glauben – bei einer Menge Gelegenheiten wäre ich ohne deine Hilfe Toast

gewesen. Ich kann mit spitzen Gegenständen besser umgehen als du. Na und?"

„Ich würde mich einfach wohler fühlen, wenn ich mich wehren könnte", sagte Willow kläglich und drehte sich wieder zu der riesigen Klinge an der Wand um. „Ich würde so gern mit so einer Waffe umgehen können. Niemand würde sich mit mir anlegen, wenn ich ein großes Schwert in den Händen hätte."

„Vor allem, wenn du stark genug bist, um es zu heben", witzelte Buffy, um Willow aufzuheitern.

Ohne Erfolg.

Willow strich mit den Fingern über die Klinge bis zu dem Tuch, das um den Knauf des Schwertes gewickelt war. Darunter befanden sich drei Metallscheiben, die aussahen, als wären sie aus Bronze oder einem ähnlichen Metall, mit irgendwelchen geheimnisvollen Zeichen. Willow beugte sich näher heran, um besser . . .

Eine der Scheiben fiel heraus.

„Ups", machte Willow und versuchte noch, sie aufzufangen. Aber im Fangen war sie noch nie besonders gut gewesen.

Als die Scheibe auf den Boden knallte, bückte sich Willow errötend, hob sie auf und wollte sie wieder an ihren alten Platz am Knauf befestigen. Doch statt dessen berührten ihre Finger die Klinge.

„Will, ich weiß nicht, ob das klug . . .", begann Buffy.

Zu spät.

Willow stöhnte leise und zog ihre Hand zurück. An ihrem Zeigefinger war Blut. Sie war abgerutscht und hatte sich in den Finger geschnitten. Die Klinge mußte verdammt scharf sein.

„Das tut bestimmt weh!" sagte Xander, der plötzlich wie aus dem Nichts neben ihnen auftauchte.

Willow wirbelte alarmiert herum. „Hau ab!" fauchte sie.

„Wow", entfuhr es Xander, und er blinzelte überrascht. „Was hab ich denn getan?"

47

Willow schüttelte den Kopf, während sie an ihrem bluten-
den Finger saugte, und hoffte, daß die Wunde nicht genäht
werden mußte.

„Nichts", erklärte sie. „Tut mir leid, aber nach dem
Wochenende bin ich immer leicht schreckhaft. Verschwinden
wir von hier."

„Klingt gut", sagte Buffy fröhlich. „Ich schätze, wir waren
lange genug hier, um meinen Mathetest zu versäumen."

„Schön für dich", murmelte Willow säuerlich.

Buffy wirkte gekränkt, aber plötzlich war Willow das egal.
Sie fühlte sich nicht wohl und wollte nur noch nach Hause
und sich im Bett verkriechen. Buffys Fröhlichkeit heiterte sie
nicht im geringsten auf.

Erst als der Bus auf dem Parkplatz der Sunnydale High hielt,
fiel Willow auf, daß sie diese seltsame Metallscheibe eingesteckt hatte. Und kaum hatte sie es bemerkt, da vergaß sie es
auch schon wieder. Ihr war ein wenig übel.

„Du siehst blaß aus", stellte Xander fest.

Willow wartete auf die unvermeidliche Bemerkung über
Vampirismus oder Gespenster oder ihre auch sonst nicht
gerade gesunde Hautfarbe, aber sie kam nicht. Xander wollte
sie nicht ärgern; er war bloß besorgt.

In diesem Moment wurde Willow klar, daß sie besser nach
Hause ging. Und sie meldete sich bei Mr. Morse krank.

„Wirklich, Willow, es ist in Ordnung", sagte der Geschichts-
lehrer und nickte übertrieben, während er sie auf dem Parkplatz fast in Giles' Arme schubste. „Ich werde Direktor Snyder
sagen, daß du krank bist. Geh nach Hause und ruh dich aus.
Du willst morgen doch nicht mein Popquiz verpassen, oder?"

Ein Scherz, dachte Willow verwirrt. Mr. Morse hatte einen
Scherz gemacht, um sie aufzuheitern. Aber das machte alles
nur noch schlimmer.

Willow hatte das Gefühl, alles auf unheimliche, verzerrte,

übernatürliche Weise zu sehen. Es war fast wie ein Adventure-Game, aber mit Fetzen aus ihrem wirklichen Leben. Xander sah sie an – ganz brüderlich – und riet ihr, sich hinzulegen. Er versprach ihr, sie nach der Schule anzurufen und nachzufragen, ob alles okay war. Und Buffy versprach ihr, Oz zu sagen, daß sie krank geworden und nach Hause gegangen war. Cordelia schnitt eine Grimasse und fragte Willow, ob sie vorhatte, sich auf ihr Kleid zu übergeben.

Giles fuhr sie nach Hause. Sie wußte nachher nicht mehr, ob sie miteinander geredet hatten oder nicht.

Am Ende brachte er sie zur Tür, wo ihre Mom das voraussagbare große Theater veranstaltete, sich bei Giles bedankte und sie nach oben scheuchte.

Willow fiel um ein Uhr mittags ins Bett und wachte erst am Dienstagmorgen wieder auf, als es Zeit wurde, zur Schule zu gehen.

Sie hatte wie eine Tote geschlafen.

3

„Hallo, Zombie-Alarm!" witzelte Xander, als Willow am nächsten Nachmittag nach dem Unterricht durch die Tür der Bibliothek spazierte.

Sie lächelte. Es war ihr erstes Lächeln seit gestern, und es fühlte sich gut an.

„Ich weiß, daß ich nicht gerade wie das blühende Leben aussehe", gestand sie, „aber ich fühle mich besser. Viel, viel besser."

„Das freut mich", sagte Xander lächelnd. „Ich habe mir Sorgen gemacht, weil du gestern abend nicht zurückgerufen hast. Ich hab mich die ganze Nacht schlaflos im Bett hin und her gewälzt."

Willow zog eine Augenbraue hoch. „Du hast nicht mal bis zu den Nachrichten durchgehalten, stimmt's?"

„Nicht mal bis zehn Uhr", gab Xander zu. „Was aber nicht bedeutet, daß ich mir keine Sorgen gemacht hab! Ich bin jedenfalls froh, daß es dir besser geht."

Sie war gerührt. „Ja. Ich fühle mich wirklich besser. Keine Ahnung, was gestern mit mir los war. Ich war bloß . . . ich weiß es nicht, ich war völlig von der Rolle. Ich habe mich noch nie so gefühlt, ich meine, ich habe mit Leuten geredet, die Migräne hatten, und irgendwie hat es mich an ein paar Dinge erinnert, die sie sagten. Bis auf die Kopfschmerzen. Die hatte ich nicht."

„Das ist gut", sagte Xander ermutigend.

„Ich bin jedenfalls froh, daß ich mich wieder wie ein Mensch fühle", fügte sie hinzu.

„Wie ein Mensch ist sogar noch besser", versicherte Xander.

„Wo sind denn die anderen?" fragte Willow und sah sich um. „Ich hab Buffy heute kaum gesehen."

„Oh, offenbar hat sie gestern nacht irgendein Monster erledigt. Einen jahrhundertealten Fluch aufgehoben, irgendwas in der Art. Die Gefahr ist beseitigt, aber wie es scheint, ist Giles noch immer aufgeregt dabei, sie zu befragen. Ich warte eigentlich . . ."

„Bist du fertig?"

Willow und Xander drehten sich gleichzeitig um und sahen Cordelia in der offenen Tür stehen. Willow verstand immer noch nicht, was Xander an Cordelia so toll fand, aber sie hatte nicht vor, sich einzumischen.

„Hi, Cord", grüßte Willow.

„Hi, Willow", antwortete Cordelia. „Geht's dir besser?"

„Eigentlich bin ich ziemlich müde", sagte Willow. „Wenn ich nicht wüßte, daß ich siebzehn Stunden lang sozusagen komatös geschlafen habe, würde ich sagen, ich hab die ganze Nacht gelernt." Sie sah Xander an. „Aber es geht mir trotzdem besser."

„Die ganze Nacht gelernt?" wiederholte Cordelia stirnrunzelnd. „Du bist ein echter Partytiger, Mädchen."

Xander drängte Cordelia nach draußen. Cordy winkte Willow zu, und Willow schenkte ihr ein halbherziges Lächeln. Nachdem sie weg waren, setzte sie sich für einen Moment hin und ging dann hinüber zum Bibliothekscomputer, an dem Giles sie immer arbeiten ließ.

Sie verbrachte eine Menge Zeit an ihrem Computer zu Hause und noch mehr an dem hier in der Schule. Dabei ging es ihr nicht allein darum, Nachforschungen zu betreiben. Sie besuchte auch Chatrooms und Newsgroups, lernte neue Leute kennen und surfte auf der Suche nach Informationen, die Buffy und Giles möglicherweise helfen konnten, durchs Netz. Manchmal dachte sie, es würde vielleicht zu viel Zeit bei diesen Unternehmungen draufgehen. Sie hatte Freunde online, aber sie konnte nie sicher sein, daß es *echte* Freunde waren, daß sie wirklich die waren, für die sie sich ausgaben. Diese

Lektion hatte sie vor einiger Zeit auf schmerzhafte Weise lernen müssen, und seitdem war Willow weit weniger erpicht darauf, in der Webwelt Freundschaften zu schließen.

Die reale Welt war zwar nicht immer leicht, aber sie war wenigstens real. Und sie hatte Freunde, die sich um sie sorgten und auf sie aufpaßten. Natürlich war sie keine Kriegerprinzessin. Aber sie wußte, daß es Bereiche gab, in denen sie gut war, und daß sie etwas konnte, was andere nicht konnten. Zum Beispiel hatte man sie gebeten, Miss Calendars Computerkurs vertretungsweise zu leiten, nachdem die Lehrerin ermordet worden war.

Willow Rosenberg war vielleicht keine Nahkampfexpertin, sie konnte nicht einmal hart zuschlagen. Aber sie war eine Expertin des Internets. Online hatte sie Macht. Dort war sie voller Selbstvertrauen. Und als sie an diesem Morgen aufgewacht war, hatte sie genau gewußt, was sie tun mußte, um die Straßenräuber aufzuspüren, die sie überfallen hatten. Sie hatte ihre eigenen bescheidenen Mittel. Aber das änderte nichts an dem miesen Gefühl, das sie noch immer quälte: Sie hatte sich nicht gewehrt!

Sobald sie im Netz war, begann Willow mit ihrer Suche. Die Lokalzeitungen, die Datenbanken der Orts- und Staatspolizei, Verbrechensmeldungen aus den Ortschaften in der Umgebung. Es würde einige Zeit beanspruchen, aber Willow wußte, daß sie etwas unternehmen mußte, wenn sie jemals dieses Gefühl der Hilflosigkeit, der schrecklichen Verwundbarkeit, überwinden wollte. Als sich eine halbe Stunde später die Tür zur Bibliothek öffnete, blickte Willow nicht einmal auf.

„Denk nach", sagte Giles zu Buffy. „Mit wie vielen verschiedenen Dämonenstimmen hat der Monsignore gesprochen?"

„Wissen Sie, Giles, ich hab sie nicht gezählt", erwiderte Buffy. Ihr Tonfall verriet, wie sehr ihr dieses Thema zum Hals raushing. „Ich hab nur versucht, am Leben zu bleiben. Und

ich dachte, wir hätten längst geklärt, daß zu ein und derselben Zeit jeweils nur ein Dämon in einem Körper existieren kann."

„Nun ja, der Monsignore ist – oder vielmehr war – die Ausnahme von der Regel. Wie es scheint, hat eine italienische Adelige aus dem sechzehnten Jahrhundert ihren Zauberer dazu veranlaßt, den Monsignore mit einem schrecklichen Fluch zu belegen, der als eine Art Magnet für Dämonen wirkte und alle Dämonen innerhalb der Stadtgrenzen von Florenz dazu zwang, in den Körper des armen Mannes zu fahren. Natürlich hat ihn die Belastung getötet und er wurde zu einem Vampir. Aber die – sagen wir – Übervölkerung seines Körpers trieb den Monsignore noch vor seinem traurigen Dahinscheiden in den Wahnsinn und verwandelte die Dämonen in ihm in sabbernde Idioten."

Erst jetzt blickte Willow interessiert auf. „Und mit so was hast du dich gestern nacht herumgeschlagen?" fragte sie Buffy.

Buffy nickte. „Ein totaler Spinner. Aber Giles hält ihn für eine Berühmtheit."

Willow beobachtete, wie sich Giles' Gesichtsausdruck binnen Millisekunden von Überraschung zu gekränktem Stolz veränderte.

„Keineswegs", behauptete er pikiert. „Ich finde es lediglich faszinierend, daß der Höllenschlund weiterhin Kreaturen anzieht, die seit Jahrhunderten als bloße Mythen abgetan wurden. Selbst im Wächtertagebuch stand, der Monsignor sei nichts weiter als eine Legende."

„Das dürfte er jetzt auch sein", warf Buffy ein.

„Genau", bestätigte Giles heiter. „Du hast ihn von seinem Fluch erlöst."

Willow hatte den Eindruck, daß er es kaum erwarten konnte, Buffys Heldentat in sein eigenes Tagebuch einzutragen. Das Gespräch war beendet, und die beiden wandten sich wichtigeren Dingen zu: dem Sparring.

Während Willow ihre Suche im Net fortsetzte, unterzog Giles Buffy einem „höllischen Jägertraining", wie sie es nannte. Er unterwies sie in Waffen- und Nahkampftechniken, bei denen der arme Giles nicht selten Schrammen und blaue Flecken davontrug. Zum Glück hielt sich sein Liebesleben in äußerst engen Grenzen, sonst hätte er das eine oder andere Mal arge Erklärungsnöte gehabt. Deshalb war Jenny Calendar auch die perfekte Freundin für ihn gewesen. Sie hatte Bescheid gewußt. Aber diese Tatsache war letztlich der Grund für ihren Tod.

Immer wieder mußte Willow an Miss Calendar denken. Wenn sie gewußt hätte, was Buffy wußte, und wenn sie das „höllische Jägertraining" genossen hätte, dann könnte sie jetzt vielleicht noch leben. Vielleicht hätte sie es geschafft, Angel zu entkommen oder ihn aufzuhalten, bis Hilfe eintraf.

Willow beschäftigte sich mehr und mehr mit diesem Gedanken und immer weniger mit dem, was sie eigentlich tun wollte. Schließlich gab sie die Suche ganz auf, drehte sich um und schaute zu, wie Buffy Giles mit Schlägen und Tritten eindeckte. Ihre Fäuste und Füße trafen ihn hart, trotz der Schutzkleidung, die der Wächter trug, und jeder Schlag wurde mit einem Selbstvertrauen geführt, das Willow niemals besitzen würde.

Willow war keine Närrin. Sie wußte, daß Buffy zu Dingen fähig war, die andere Mädchen einfach nicht beherrschten. Daher war ihr klar, daß sie in Sachen Selbstverteidigung noch einiges von Buffy lernen konnte.

Als Buffy und Giles zu langen Holzstangen, sogenannten Bo-Stöcken, griffen und miteinander kämpften, verfolgte Willow jede Bewegung mit großen Augen.

„Giles, können wir eine kurze Pause machen?" fragte Buffy, als sie Willows Blicke bemerkte.

Giles schien mehr als erleichtert, ein paar Minuten ausruhen zu können, bevor sein Stolz genauso malträtiert war wie sein Körper. Er legte seine Schutzpolster ab und verschwand.

54

Sobald er gegangen war, kam Buffy auf sie zu, neigte den Kopf, zog die Augenbrauen hoch und musterte Willow mit einem forschenden Blick.

„Also, verrätst du mir jetzt freiwillig, was dir auf der Seele liegt, oder muß ich erst das Affentheater veranstalten, mit dem mich meine Mutter immer genervt hat, als ich noch ein Kind war?"

Willow lächelte. „Ich hab dir nur zugesehen", erklärte sie, „und mir dabei gewünscht, ich könnte wenigstens halb so gut kämpfen wie du."

Buffy nagte einen Moment an ihrer Lippe und nickte dann bedächtig. „Die Sache scheint ernst zu sein", stellte sie fest, zog einen Stuhl heran und setzte sich neben Willow an den Computer. „Dieser Überfall hat dich richtig geschafft, was?"

Willow wandte den Blick ab und zuckte matt mit den Schultern. Sie deutete auf den Monitor. „Ich versuche gerade sie aufzuspüren. Vielleicht hat es in der letzten Zeit ja mehrere solcher Überfälle gegeben; vielleicht wurde irgend jemand verhaftet."

„Und? Hast du was gefunden?" fragte Buffy hoffnungsvoll.

„Eine Menge Überfälle", berichtete Willow. „Unglücklicherweise klingen die meisten mehr nach Vampiren als nach Straßenräubern, die den Kids ihr Milchgeld klauen." Willow hörte die Bitterkeit in ihrer eigenen Stimme, aber sie konnte nichts dagegen tun. Und als Buffy nach ihrer Hand griff, um sie zu trösten, zog sie sie unwillkürlich weg, als hätte sie sich verbrannt. Sie wollte Hilfe, kein Mitleid.

„Willow, du konntest nichts tun", beteuerte Buffy abermals. „Es war nicht deine Schuld, und es hat nichts damit zu tun, daß du nicht stark genug bist. Hättest du dich gewehrt, wären die Verletzungen vielleicht viel schlimmer ausgefallen."

Willow spürte, wie ihr heiße Tränen in die Augen schossen, und sie biß die Zähne zusammen, entschlossen, diese Tränen nicht fließen zu lassen.

„Du verstehst das nicht!" fauchte sie. „Ich hätte etwas tun können! Ich hätte mich wehren können, aber ich habe es nicht getan. Buffy, ich war wie erstarrt – vor Angst total gelähmt. Ich bin zusammen mit dir in Situationen gewesen, wo ich wußte, daß mein Leben in Gefahr war. Aber in diesem Fall war es nicht so. Sie wollten mich nicht umbringen, sonst wäre ich jetzt tot."

„Will", begann Buffy, doch Willow schüttelte den Kopf.

„Angel wollte mich einmal umbringen, und er hätte es auch getan, wenn Miss Calendar nicht eingegriffen hätte. Ja, ich weiß, eigentlich war es nicht Angel, aber darum geht es jetzt nicht. Er wollte mich töten, aber ich kann ihm noch immer ins Gesicht sehen. Ich kann mit ihm reden und ihm den Rücken zudrehen. Ich vertraue ihm."

Buffy nickte ernst und schien etwas sagen zu wollen, aber Willow redete unaufhaltsam weiter.

„Vielleicht liegt es an ihm, aber ich glaube, es liegt auch an mir. Denn wenn es hart auf hart kommt, wenn es gegen Vampire geht, dann steh ich nicht allein da. Willow Rosenberg gegen all diese grauenhaften Monster. Dann heißt es, wir gegen sie, kapierst du das?" Wieder nickte Buffy ernst. „Aber allein im Dunkeln . . .", fuhr Willow aufgebracht fort, „. . . allein auf dieser menschenleeren Straße? Ich war wie erstarrt, Buffy. Ich hab nicht mal versucht, mich zu wehren. Ich hab es bis jetzt noch keinem anderen Menschen erzählt, es mir nicht einmal selbst eingestanden. Das war auch mit ein Grund, warum ich den Überfall nicht der Polizei gemeldet habe . . ."

„Hast du nicht?" entfuhr es Buffy, und sie starrte ihre Freundin an.

„Natürlich nicht!" brauste Willow auf. „Wie hätte ich denn erklären sollen, wo ich war, woher ich kam und warum ich ohne Erlaubnis meiner Eltern draußen gewesen bin?"

Buffy sah leicht verlegen aus. „Will, es tut mir leid."

„Es ist nicht deine Schuld, Buffy", erwiderte Willow mit

bebender Stimme. „Es ist nicht mal meine Schuld, das weiß ich. Aber ich hätte es verhindern können, wenn ich besser vorbereitet gewesen wäre."

Buffy schienen die Worte zu fehlen. Zum ersten Mal wußte sie offenbar nicht, was sie sagen sollte.

Sie ist also doch nicht perfekt, oder? fragte eine leise Stimme in Willows Kopf.

„Weißt du", murmelte Buffy, „Giles und ich sind jetzt eigentlich fertig. Wenn du es wirklich willst, könnte ich . . ." Sie wies auf den freien Raum in der Bibliothek, wo sie und Giles trainiert hatten. Willow zuckte zusammen, als hätte Buffy sie geschlagen.

Jetzt bietet sie es mir an, dachte Willow verbittert. *Jetzt erst, nachdem ich mich selbst gedemütigt habe.*

Für einen Moment fühlte sie sich verwirrt. Woher kamen all diese bitteren Gedanken über Buffy? Die hatte sie ganz bestimmt nicht verdient. Aber das Mitleid in Buffys Gesicht machte sie immer noch sauer.

„Weißt du . . . Ich denke, wir sollten es ein anderes Mal versuchen", heuchelte Willow. „Ich hab mich noch immer nicht ganz von gestern erholt." Sie wies auf ihren Arm. „Ich werde hier noch eine Weile arbeiten und dann nach Hause gehen."

„Bist du sicher?" fragte Buffy. Sie sah jetzt selbst ein wenig verletzt und verwirrt aus.

„Ich bin sicher", antwortete Willow und rang sich ein Lächeln ab.

Nachdem Buffy gegangen war und Giles oben im Magazin herumwühlte, wandte sich Willow wieder dem Computer zu. Aber sie führte ihre Suche nach den Kerlen, die sie überfallen hatten, nicht fort. Diesmal forschte sie nach Informationen über Waffen aus allen Teilen der Welt. Sie war ein kluges Mädchen und würde es schon allein schaffen.

Während sie die Schwerter auf dem Monitor betrachtete,

konnte sie ihr Gewicht förmlich in den Händen spüren. Sie spürte den Knauf und hörte den Stahl durch die Luft pfeifen, als ihre Klinge auf das Ziel niedersauste. Sie spürte, wie sie Fleisch zerschnitt und Knochen brach.

Willow verdrehte für einen Moment die Augen und verlor fast das Bewußtsein. Ihre Lider flatterten, und sie hörte eine leise Stimme – vielleicht die Stimme ihres Gewissens, vielleicht eine fremde Stimme – in ihrem Kopf flüstern.

Jaaaaa, wisperte die Stimme.

Ihre Hände legten sich um den Knauf einer imaginären Klinge.

Willow riß die Augen auf.

„Wow", machte sie.

Unsicher stand sie auf und griff nach ihren Sachen. Vielleicht ging es ihr doch noch nicht besser. Jedenfalls war sie weit davon entfernt, sich *normal* zu fühlen. *Normale* Mädchen hatten keine Tagträume über Schwerter und über... *Mord.*

4

„Sie schreien", sagte die große Kaiserin Wu und verbeugte sich tief vor ihrem eigenen Drachenthron mit seinen ausgebreiteten Jadeschwingen und den Perlenaugen, die boshaft im Licht der Öllampen glitzerten. Ihre weite Seidenrobe schimmerte auf dem Fußboden wie der Gelbe Fluß im Schein eines sommerlichen Sonnenuntergangs. Aber jetzt war es Winter und tödlich kalt im Inneren des Palastes.

Auf dem Thron saß Lord Chirayoju, ihr ehemaliger Innenminister und Hofzauberer. Er lächelte und faltete seine Hände vor der Brust. Seine Fingernägel waren scharfe Klauen und seine Zähne Fänge, an denen Blut klebte, denn er hatte vor kurzem gefressen.

Sie selbst mußte ihm das Opfer bringen – einen guten Mann, der einen derart grausigen Tod niemals verdient hatte.

„Sage mir, große Kaiserin, schreien sie vor Schmerz oder vor Furcht?" fragte er und schloß die Augen, während er auf ihre Antwort wartete.

„Ich . . . ich weiß es nicht."

Seine Augen öffneten sich. Sie waren pechschwarz und seelenlos. Das Feuer, das in ihnen loderte, war alles, was von dem ehrgeizigen Hofzauberer Chirayoju übriggeblieben war. Dieser Mann, der sich jahrelang bemüht hatte, den Göttern die Geheimnisse des Universums zu entreißen, war ebenfalls einen abscheulichen Tod gestorben. Aber sein Opfer war der notwendige Preis gewesen.

Was übrigblieb, war unsterblich. Ein grausamer Dämon, der wie ein Falke über die Wiesen und Reisfelder von China flog. Ein unbarmherziger Geist, der die Länder jener, die es wagten, sich ihm entgegenzustellen, mit Feuer heimsuchte und ihre Söhne und Töchter bei lebendigem Leibe verbrannte.

Eine Kraft, die über der Natur stand und sogar dem Wind gebot.

Er öffnete weit sein Maul und zeigte der Kaiserin Wu seine Fänge. Sie wich zurück, und er genoß ihre Angst. Schließlich hatte sie zugesehen, als er gefressen hatte. Wunderschöne Jungfrauen mit winzigen, geschnürten Füßen, die sich widerspruchslos ihrem Schicksal ergaben und dahinwelkten wie zerbrechliche Pfingstrosen. Wagemutige Kriegsherren in voller Rüstung, die mit gezückten Schwertern und Lanzen angriffen, während er über sie herfiel. Die Soldaten kämpften immer tapfer bis zum Ende. Chirayoju zog die kühnen Tiger den furchtsamen Kaninchen vor.

„Wenn du nicht weißt, ob es Schmerz oder Furcht ist, sollten wir zusammen hingehen und nachschauen", schlug Lord Chirayoju vor und erhob sich.

Die Kaiserin konnte ein Schaudern nicht unterdrücken, als er vom Jadedrachenthron stieg und mit ausgestreckten Händen auf sie zu kam. Zusammen schritten sie quer durch den Thronsaal auf die Geheimtür in dem Lackpaneel hinter dem großen Sessel zu. Vor seiner großen Veränderung hatte sie ihm gnädig gezeigt, wo sich die Druckplatte befand, und jetzt lächelte er sie an, als er seinen Klauenfinger auf die Platte legte und die Tür auf magische Weise aufglitt.

Der Höhleneingang war schmal, und Chirayoju forderte die Kaiserin auf, voranzugehen. Die Steifheit ihres Rückens und die Art, wie sich ihre Schultern hoben, verrieten ihr Entsetzen, während sie vor seinem kalten, toten Leib herschritt.

Er konnte ein entzücktes Lächeln nicht unterdrücken und hatte Mühe, dem Drang zu widerstehen, sie herumzuwirbeln und ihr das Herz aus der Brust zu reißen. Aber das ware bloß ein flüchtiges Vergnügen gewesen, und im Moment brauchte er sie noch.

Mit einer einzigen Handbewegung erleuchtete Chirayoju den eisigen, übelriechenden Ort. Dies war die Höhle der

Rache. Die kleinste von drei Höhlen. Das Gewölbe war so hoch wie der Kopf eines Drachens und vom Boden bis zur Decke türmten sich Menschenknochen – die Überreste von Chirayojus Feinden.

Die zweite Kammer, die Höhle der Weissagung, war größer. In ihr hortete Lord Chirayoju die Schätze, die einst den Knochenhaufen im ersten Raum gehört hatten. Voller Stolz betrachtete er die Berge aus Jade, Perlen und Silber – die Schätze, mit denen er die Loyalität der Kaiserin erkauft hatte. Hier standen außerdem die eckigen großen Kessel, in denen er die Menschenopfer dargebracht hatte, um das Geheimnis des ewigen Lebens zu erfahren. Neben all diesen kostbaren Habseligkeiten befanden sich hier die Drachenknochen, mit denen Chirayoju die Zukunft vorhersagte. Für sich hatte er eine wahrhaft glorreiche Zukunft vorhergesehen.

Die Schreie drangen aus der dritten Kammer, die so groß war, daß Chirayoju und die Kaiserin die gegenüberliegende Wand nicht erkennen konnten, als sie jetzt den Eingang durchschritten, der wie ein großes Maul geformt war. Magische Symbole schmückten die Wände: monströse Tiger, Drachen und menschliche Totenschädel. Die Decke wurde von mächtigen, ornamentreichen Säulen gestützt. Dies war die Kammer der Gerechtigkeit.

Chirayoju hatte an diesem Ort über zwanzigtausend seiner Feinde getötet. Darunter auch den Sire, der Chirayoju den Zauberer in Chirayoju den Vampir verwandelt hatte.

Jetzt neigte Chirayoju den Kopf und lauschte. Qual, Angst, Verzweiflung, Grauen. Die vier Elemente seines Wesens.

Die Kaiserin fuhr zurück. Doch er ergriff ihren Ellbogen und zwang sie, noch einen Schritt weiterzugehen.

In einer gewaltigen Grube, die sich vor ihren Füßen ausbreitete, schrien fünfhundert Männer in Todesangst. Schlangen und ausgehungerte Ratten griffen sie an, bissen, kratzten und zerfetzten ihr Fleisch. Ringsum standen – mit schlottern-

den Knien – die Wachen der Kaiserin und stießen mit ihren Speeren nach jedem, der versuchte aus der Todesfalle herauszuklettern, obwohl dies ohnehin ein aussichtsloses Unterfangen war. Niemand konnte entkommen. Die Wände waren steil und hoch und inzwischen mit Blut getränkt und glitschig.

Chirayoju blickte in die hervorquellenden Augen seiner Feinde. Es waren Gelehrte und Schreiber, Männer, die es gewagt hatten, über ihn zu forschen oder etwas über ihn zu verfassen. Ihre Schriftrollen und Bücher waren bereits verbrannt worden – zusammen mit ihren Familien, Freunden und jedem, dem sie von dem furchtbaren Lord erzählt haben konnten, der in Kaiserin Wus Bergfestung hauste.

„Es ist nur Schmerz", sagte er enttäuscht. Doch dann leuchtete sein Gesicht auf. „Aber jetzt soll Furcht daraus werden." Er streckte die Hand aus.

Türen, die zuvor nicht dagewesen waren, öffneten sich in den Wänden der Grube. Mit dämonischem Kreischen stürzten sich Legionen von Vampiren auf die unglückseligen Menschen, die mindestens ebenso hungrig waren wie die Ratten. Das Blut machte sie rasend.

Von großer Vorfreude erfüllt, wies Chirayoju zur Decke. „Laßt uns gehen, Eure Majestät", schrie er der Kaiserin ins Ohr. „Es ist Zeit."

Als sie aus der Höhle der Gerechtigkeit eilten, ballte Chirayoju die Faust. Das Dach explodierte. Felsbrocken stürzten auf die Vampire und Menschen und begruben sie unter sich. Die aufgehende Sonne ließ die kreischenden Vampire zu Staub zerfallen.

Kaiserin Wu und Chirayoju eilten in den Thronsaal zurück. Als die Decke der dritten Kammer einstürzte, erbebte der ganze Palast, und der Hof der Kaiserin Wu geriet in Panik. Gongs dröhnten, Männer brüllten und hasteten schutzsuchend zu ihrer Kaiserin.

„Was ist, wenn einige von ihnen überlebt haben?" fragte

Kaiserin Wu Chirayoju mit bebender, ehrfürchtiger Stimme, während ihre Höflinge in den Thronsaal stürzten.

„Ich werde mich darum kümmern", versprach er. Aber er log.

Als eine weitere Nacht hereinbrach, stürmten die wutentbrannten Überlebenden immer noch durch den Palast. Die Vampire mit den langen Fangzähnen und den entstellten Gesichtern verschonten niemanden in ihrem Zorn.

„Chirayoju! Hilf mir!" rief die Kaiserin, als sie auf den goldgefliesten Boden ihres Schlafgemachs geschleudert wurde. Aber Chirayoju flog bereits übers Meer.

Sollte China doch zu einem Friedhof werden! Was kümmerte es ihn? Seine Drachenknochen hatten ein einziges Wort zu ihm gesagt: Japan.

5

„Willow, geht es dir gut?" fragte ihre Mutter leise, als sie die Tür einen Spalt weit öffnete.

Willow lag im Bett. Sie hatte die Decke bis zum Hals hochgezogen, drehte der Tür den Rücken zu und ballte die Fäuste. Ja, mir geht's prächtig, wollte sie brüllen. Deshalb komme ich auch ständig krank nach Hause!

Schweiß rann über ihre Stirn. Das Zimmer drehte sich so schnell, daß sie die Augen schließen mußte, damit ihr nicht schwindelig wurde, obwohl das seltsam anheimelnd wirkende Dämmerlicht, das durch die Jalousie kroch, ihr guttat. Die Nacht würde Erleichterung bringen. Die Dunkelheit würde sie gesund machen.

Es war Donnerstag, und sie war wieder krank von der Schule nach Hause gekommen. Am Dienstag und Mittwoch hatte sie sich größtenteils fit gefühlt, obwohl sie jede Nacht tief und traumlos schlief und beim Aufwachen erschöpfter war als beim Zubettgehen. Vielleicht steckte auch wirklich nicht mehr dahinter, vielleicht war sie nur erschöpft. Vielleicht.

Aber wenn Willow genauer darüber nachdachte, dann beschlich sie das Gefühl, daß doch mehr dahintersteckte. Würde sie etwa langsam verrückt? Schließlich war da diese Stimme. Diese Stimme, die überhaupt nicht wie ihr Gewissen klang, wenn sie ehrlich zu sich war. Diese Stimme, die anderen Menschen weh tun wollte.

Und zwar nicht nur ein bißchen, wie wenn man jemanden beiseite schubsen will, der einem im Wege steht. Nein, so nicht. Und es war auch keiner jener unheimlichen Impulse, von denen manche Leute manchmal gepackt wurden. Etwa der Impuls, Direktor Snyder zu schlagen, nur um sein erstauntes Gesicht zu

sehen. Ja, meine Damen und Herren, selbst die brave kleine Willow hatte eine rebellische Seele. Sie war nur sehr tief begraben.

Aber das war es nicht. Das hier war viel, viel schlimmer.

„Schätzchen?" drängte Mrs. Rosenberg.

Hör auf, mich zu nerven, hätte sie fast geschrien. Statt dessen zählte sie bis zehn, ballte die Fäuste und atmete tief durch. Mit ungeheurer Anstrengung gelang es ihr, die plötzliche Wut zu beherrschen und zu antworten.

„Ich bin einfach hundemüde, Mom. Ich muß schlafen."

Es war doch wohl offensichtlich, daß sie müde war, oder etwa nicht! Schließlich lag sie im Bett!

„Okay. Sag Bescheid, wenn du etwas brauchst."

„Mom?" rief Willow von plötzlicher Angst erfüllt. Irgend etwas geschah mit ihr. Etwas sehr Unheimliches.

„Ja, Willow?"

Hau ab! Hau ab! Hau ab!

Willow schluckte. „Könntest du bitte die Tür zumachen?"

„Sicher, Schätzchen."

Und schließ ab. Denn wenn du es nicht tust, könnte es sein, daß ich aus dem Bett springe und ... und ...

Willow keuchte, während die Wut in ihr hochkochte. Sie hörte, wie die Tür geschlossen wurde und biß die Zähne zusammen. Dann ballte sie die Fäuste und brach in Tränen aus. Schließlich lachte sie.

Er würde sterben. Xander war sich ganz sicher. Aber manchmal war die Erfüllung der Lust wichtiger als das Überleben. Man mußte sich nur die Männchen der Schwarzen Witwe ansehen – und die gesamte männliche Hälfte der menschlichen Spezies.

„Cordelia? Die Klippe sagt Stopp", stieß er ängstlich hervor, während er sich mit der einen Hand an die Armlehne des Beifahrersitzes und mit der anderen an die Mittelkonsole klammerte.

„Xander, sag mir nicht, wie ich fahren soll", fauchte Cordelia, während sie auf die atemberaubende Aussicht von Makeout Point zurasten. Weitere Autos reihten sich wie vor dem Sunnydale Drive-In aneinander. Nur daß sie – im Gegensatz zu Cordelia – vorhatten, den Nachthimmel und die Lichter der Stadt zu bewundern, statt mit ihnen eins zu werden.

„Cordy", flehte er, „ich bin noch so jung."

„Hast du überhaupt eine Ahnung, wie oft ich schon hier oben . . ." Sie schien zu begreifen, was sie da sagte – eine für ihre Verhältnisse wahrhaft erstaunliche Leistung – und schaltete sowohl ihr Auto als auch ihr Gehirn in einen höheren Gang. Der Wagen wurde schneller. „Ich weiß, was ich tue."

Xander fragte sich, wie viele Jahre seines Lebens vor seinem inneren Auge Revue passieren würden, bevor er durch die Windschutzscheibe flog. „Ich weiß, daß du es kaum erwarten kannst, endlich anzukommen und so weiter, aber, hey, Mädchen, zeig etwas mehr Selbstbeherrschung."

„Oh, Xander, ich weiß nicht, warum . . .", preßte sie hervor. Seine Augen sprangen fast aus den Höhlen, als er bemerkte, daß sie ihr Make-up im Rückspiegel überprüfte, statt auf die Büsche und Bäume zu achten, die sich ihnen rasend schnell näherten. „. . . warum ich so tief gesunken bin . . ."

Er dachte an all die vielen Filme, die er gesehen hatte, in denen Kino- und TV-Stars aus fahrenden Autos sprangen, sich mit der Schulter abrollten und gesund und unverletzt wieder aufsprangen. Gut, daß er nicht im Fernsehen war. *Gut?*

„Hilfe!" schrie er und trommelte gegen das Fenster.

„Xander, was ist dein Problem?"

Sie trat auf die Bremse, und die Reifen quietschten. Der Geruch von verbranntem Gummi stieg Xander in die Nase, als der Wagen nur Zentimeter vor dem Abgrund stehenblieb. Xander schloß die Augen und rieb sich den Nacken.

„Manche nennen es ein Schleudertrauma."

„Halt die Klappe." Cordelia zog die Handbremse an und

66

schaltete den Motor aus. Als hätte sie bloß am Straßenrand gehalten, ordnete sie ihr Haar und öffnete ihre Handtasche. Während er langsam und tief durchatmete, nahm sie ihren Lippenstift heraus und trug ihn sorgfältig auf.

„Was machst du da?" fragte er verdutzt.

Sie warf ihm einen verächtlichen Blick zu. „Ich verschaffe dir ein klares Ziel", fauchte sie. „Weil du so blind und schüchtern bist."

Er blinzelte. „Schüchtern? *Moi?*"

Sie hob ihr Kinn. „Dann beweis mir das Gegenteil, Harry." Sie wies auf ihren Mund. „Hauptsache, du hältst die Klappe."

Er lächelte und sagte leise: „Geronimo."

Das graue Dämmerlicht war gut. Die Dunkelheit würde noch besser sein. Während sich die kleine Gestalt in dem Bett hin und her wälzte, gewann der Geist an Stärke und füllte sie immer mehr aus. Wie eine Schlange glitt er in ihre Brust, ihr Herz, ihr Gehirn. Er durchströmte ihre Hände. Er kroch durch ihre Muskeln und die Adern ihrer Beine.

Dann erreichte er ihr Gesicht und lächelte. Er setzte sich auf.

Das Gesicht wurde länglich und nahm eine jadegrüne, schimmelige Färbung an. Die Augen wurden mandelförmig, die Zähne wuchsen und wurden lang, spitz und tödlich. Der Mond beschien das Gesicht des chinesischen Vampirzauberers Chirayoju.

Und dann war da wieder das Mädchen, das die Arme um die Beine schlang, das Gesicht gegen die Knie preßte und vor Schmerz und Angst leise schluchzte.

Warum wehrst du dich? sagte die Stimme, die nicht ihr Gewissen war. *Du verdienst es, Macht zu haben. Stärke. Ich verfüge über beides. Ich bin nicht gierig. Ich bin bereit zu teilen.*

„Mom?" rief Willow mit zitternder Stimme.

Ruf sie noch einmal, und sie stirbt, drohte der Vampirgeist.

Willow berührte ihre Stirn, die glühte. Sie kam sich vor, als hätte sie irgendeine besonders üble Droge genommen, aber sie nahm keine Drogen. Niemals. Trotzdem war sie völlig desorientiert. Als sie sich in ihrem Zimmer umschaute, hatte sie das Gefühl, es zum ersten Mal zu sehen.

Stöhnend griff sie nach dem Telefon, um Buffy oder Xander anzurufen.

Etwas in ihr registrierte die Namen, durchdrang ihr Bewußtsein, suchend und forschend. Prägte sich die Bilder in ihrem Bewußtsein ein, die zu den Namen gehörten.

Jetzt kannte er ihre Geheimnisse.

Verängstigt zog sie die Hand vom Telefon zurück und preßte sie gegen ihre Brust. Es war die Hand mit dem verletzten Finger, der schrecklich pochte. Es fühlte sich an, als würde tief im Fleisch ein Feuer brennen.

Die Nacht legte sich über das graue Zwielicht und verwandelte alles in beruhigende und gleichzeitig entsetzliche Dunkelheit.

Cordelia schnappte nach Luft und richtete sich auf. „Ups, Zeit zu gehen", keuchte sie.

Auf Xanders Gesicht glitzerten die winzigen Metallpartikel, die ihrem Make-up den besonderen Glanz verliehen. Er keuchte: „Zeit zu gehen?"

„Ich hab noch ein paar Sachen zu erledigen", erklärte sie herrisch und schob ihn zurück auf die Beifahrerseite. Dann ließ sie den Motor an. Er brummte gehorsam und heulte dann auf.

„Schon okay. Ego kaputt." Er lächelte vor sich hin. „Lippen kaputt. Faires Geschäft."

Sie fuhr mit quietschenden Reifen rückwärts. „Ich hasse es, wenn du so vor dich hin murmelst. Nein." Sie hob die Hand. „In Wirklichkeit gefällt es mir. Ich bekomme Angst, wenn du so laut sprichst, daß ich dich verstehen kann." Sie atmete ein. „Meistens jedenfalls."

„Du mußt dich der Wahrheit stellen, Cordelia", sagte Xander und tätschelte ihre Schulter. „Du bist ganz verrückt nach mir."

Sie schnaubte und drückte das Gaspedal bis zum Boden durch.

Xander entdeckte viele neue Götter, zu denen er beten konnte.

Er hob die Arme, als das Mondlicht auf das Gesicht des Mädchens fiel. Und dann, endlich, erkannte er sich selbst in der finsteren Nacht.

Chirayoju.

„Ich bin frei. Ich bin wieder am Leben." Er wanderte unbeholfen durch das Zimmer, testete den Körper des Mädchens namens Willow, der jetzt sein Körper war, und streckte sich. Er hatte sie tief in das verbannt, was sie ihre Seele nennen würde, aber er konnte sie dort spüren, er konnte ihre Angst und ihre Verunsicherung spüren, die sie angesichts seiner Macht empfand. Aber es war ihre Gier nach dieser Macht, die es ihm erlaubt hatte, sie vollständig zu übernehmen.

Er krümmte den Rücken und grunzte. Hin und wieder wehrte sie sich noch, aber ihre Anstrengungen waren lächerlich im Vergleich zu seiner Stärke. Hatte er nicht das gesamte Land der aufgehenden Sonne bedroht?

Und jetzt, wo ihn Sanno nicht mehr aufhalten konnte, würde Chirayoju erneut zum Eroberer werden. Er würde dieses Land, dieses fremde, neue Land, erobern und zu seinem Eigentum machen.

Auf einem Tisch stand ein seltsamer Kasten. Chirayoju trat näher und betrachtete ihn forschend. *Computer.* Das Wort blitzte in ihm auf. Bilder fluteten seinen Geist.

Chirayoju sah den Computer an und erkannte, daß er diese neuen Dinge nicht lernen mußte; in gewisser Hinsicht kannte er ihre Geheimnisse bereits. Jetzt, wo er diesen Körper und dieses Mädchen in seine Gewalt gebracht hatte, war er er

selbst und dennoch mehr. Als könnte es etwas Mächtigeres, etwas Schrecklicheres und Wundervolleres als den Vampir Chirayoju geben!

Es wurde Zeit, hinaus in diese Welt zu gehen und seinen rechtmäßigen Platz einzunehmen.

Er starrte den Gipsverband um sein neugewonnenes Handgelenk an – und riß ihn ab. Er hatte keine Schmerzen mehr, keine Verletzung. Und der Schnitt an der anderen Hand? Der Schnitt im Finger des Mädchens, mit dem sie die rasiermesserscharfe Klinge des Schwertes des Sanno berührt hatte? Die Verletzung des Fleisches, durch die sie Blut verströmt und Chirayoju erlaubt hatte, einen Teil ihrer Lebenskraft zu stehlen und sich zu befreien? Diese Wunde würde er ebenfalls heilen. Sein Wirt sollte perfekt, gesund und stark sein.

Er drückte die Klinke von Willows Zimmertür herunter. Ein zarter Duft strömte ihm entgegen. Was für ein Vergnügen es doch war, seine Sinne wiederzuhaben. Die duftenden Blumen zu riechen – waren das Rosen? Er dachte sehnsüchtig an den Jasmin in den Gärten des chinesischen Palastes. An die wunderschönen chinesischen Jungfrauen und die starken, jungen Krieger, die ihren Hals für ihn entblößt hatten, damit er seine Zähne hineinschlagen konnte. Er hatte all das aufgegeben, um das Meer zu überqueren und das Land der aufgehenden Sonne zu erreichen, dessen Kaiser zu verschlingen und über sein Volk zu herrschen. Während Chirayoju auf den Schwingen der Nacht über das Wasser geflogen war, hatte er um die verlorene Größe seines Heimatlandes geweint – mächtiges China –, aber das Opfer war es wert gewesen.

Doch dann war Sanno erschienen. König der Berge, Kriegergott. Und Sanno hatte ihn besiegt. Chirayoju lachte vor sich hin. Aber hier war Sanno nicht. Dieser Ort war schutzlos.

Buffy, hörte er den Gedanken des Mädchens. Und Chirayoju lauschte dem Gedanken. Er nickte und lächelte.

Wenn dieses Mädchen, diese Buffy, die einzige Verteidigerin

dieses Landes war, dann würde Chirayoju in kürzester Zeit zum Kaiser aufsteigen. Vielleicht würde das Mädchen, diese . . . *Jägerin*? Vielleicht würde sie ihm an seinem Hof als Zofe dienen. Oder zu seiner Unterhaltung in der neuen Grube enden, die er graben würde . . .

Er trat über die Schwelle der Haustüre und wollte sie schon hinter sich schließen, als Mrs. Rosenberg besorgt rief: „Schätzchen?"

„Es ist okay, Mom", antwortete Chirayoju. „Ich brauche nur etwas frische Luft. Es ist so stickig hier drin."

„Dann zieh dich warm an. Schließlich hast du Fieber."

„Ja, ich weiß."

Aber das Fieber sank bereits. Die Besessenheit, die diesen Körper geschwächt hatte, stärkte ihn nun. Chirayoju konnte spüren, wie seine Macht zusammen mit seinem Hunger wuchs. Er hatte viel Zeit gebraucht, um die volle Kontrolle über Willows Körper zu erringen. Und selbst jetzt mußte er diese Kontrolle im Morgengrauen wieder aufgeben. Aber nicht für lange.

Erst mußte er einmal seinen Hunger stillen, und zwar bald.

Er ging, sicherer diesmal, von der Tür zur Frontseite des Hauses und von dort auf die Straße. Dort hob er sein Gesicht zu den Sternen.

Nacht, seelenlos.
Gärten verdorren, die Erde bebt.
Öffne dich, Tor des Todes!

Chirayoju ging die Straße hinunter und genoß seine Freiheit. Er würde laufen, bis die Sonne aufging, wenn ihm danach war bis die Füße dieses Kindes bluteten, und er würde die Nacht zum Schreien bringen.

Xander bedachte Cordelia mit einem erstaunten Wann-hat-man-dich-entlassen?-Blick und kratzte sich am Kopf. „Nur

damit es keine Mißverständnisse gibt . . . Du bist über einen Stein gefahren."

„Oder sonst was." Sie nickte.

„Oder sonst was. Und hast dir dabei einen Platten geholt. Und jetzt möchtest du, daß ich aus dem Wagen steige und den Reifen wechsle, damit du diese ‚Sachen erledigen‘ kannst, von denen ich annehme, daß sie etwas mit einem Jungen zu tun haben, der nicht ich bin?"

Sie schwieg und starrte ihn nur an. Xander starrte zurück.

Schließlich sagte Cordelia: „Und worauf willst du hinaus?"

„Gibt es eigentlich das Wort ‚verlottert‘ in deinem Vokabular?" fragte er. „Laß es mich für dich buchstabieren: Vergiß es."

„Schön." Sie funkelte ihn an. „Dann mach ich's eben selbst." Sie spreizte die Finger, als wäre der Lack auf ihren Nägeln noch feucht, und überflog das Armaturenbrett. „Dieses Heberdings liegt im Kofferraum", sagte sie zu sich selbst. „Ich muß also nur noch . . . ah, hier!" Sie strahlte und drückte einen Knopf. Die Warnblinkanlage leuchtete auf.

Xander entfuhr der Seufzer der zutiefst Schikanierten und öffnete die Beifahrertür.

„Danke!" rief ihm Cordelia wehleidig nach.

Er drehte sich um und starrte sie mit zusammengekniffenen Augen an. „Weißt du, es sind Nächte wie diese, in denen Psychos aus der Klapsmühle fliehen", sagte er mit leiser, unheimlich klingender Stimme. „Wenn ich also nicht zurückkomme . . . dann verriegle die Türen und schließe deine Augen. Denn das Tropf, Tropf, Tropf, das du hörst, kommt von dem Blut, das aus meinem Hals läuft. Und das dumpfe Klatschen kommt von meinem abgetrennten Kopf, der auf deiner Kühlerhaube landet."

„Oh, Xander." Sie verdrehte die Augen. „Ich verstehe einfach nicht, wie du über solche Sachen Witze machen kannst – nach all den grauenhaften Dingen, die ich wegen dir und deinen bizarren Freunden durchmachen mußte."

Er klimperte mit den Wimpern. „Cordy, meine Süße. Du hast offenbar vergessen, daß du jetzt eine von meinen bizarren Freunden bist."

„Von wegen." Sie beugte sich zu ihm und griff nach der Armlehne des Beifahrersitzes, um die Tür zuzuziehen. „Geh einfach, okay? Ich werde dann auch nett zu dir sein oder so."

„‚Oder so' wäre einfach wunderbar." Er rieb sich die Hände wie ein verrückter Wissenschaftler.

Sie ließ die Armlehne los und warf ihre Haare zurück.

Xander grinste und schloß die Tür. Dann ging er zum Kofferraum, um das Heberdings zu holen, und murmelte dabei: „Harris, du bist ein echter Knallkopf."

Die Hunde von Sunnydale bellten, als Chirayoju an ihren Häuser vorbeischlich. Katzen machten einen Buckel und fauchten. Der Mond versteckte sich hinter einem Wolkenschleier. Der Vampir bewegte sich schneller, als er frisches, junges Blut roch, das durch pochende Herzen strömte. Gierig inhalierte er das Aroma. Nach Jahrhunderten der Gefangenschaft war er nahezu am Verhungern. Er dürstete nicht nur nach Blut, sondern nach dem, was ihn wirklich nährte – Leben. Die Lebenskraft lebender Wesen.

Doch Chirayoju wußte, daß er Sklaven und Gefolgsleute brauchte, um seine Schreckensherrschaft zu errichten. Und plötzlich wußte er, wo er sie finden würde.

Die Luft war erfüllt von der Präsenz anderer Vampire, und er war so entzückt, daß scharlachrote Tränen in seine Augen traten. Er hob den Kopf und spähte zu dem Hügel über der Stadt hinauf, zu den kleinen, bewegungslosen Objekten auf dem Hügel: Autos.

Andere Objekte bewegten sich auf sie zu, schwirrten wie ein Heuschreckenschwarm über die Landschaft: Vampire.

Begierig näherte sich Chirayoju und stieg den Hügel hinauf. Er rannte, obwohl der Körper erschöpft war. Er gab den Glie-

dern neue Kraft und pumpte Blut durch das Herz. Der Körper war jung, aber bei diesem Tempo würde er bald verbraucht sein. Gut, wenn das geschah, mußte er sich eben einen anderen suchen.

Nachdem Xander den Reifen gewechselt hatte, saß er wieder zusammengesunken auf dem Beifahrersitz, während Cordy den Hügel hinunterraste. Cordelia fuhr an einer nur undeutlich erkennbaren Gestalt vorbei, die am Straßenrand stand, und schüttelte den Kopf.

„Also wirklich. Da will jemand per Anhalter zum Makeout Point. Ist das denn zu fassen? Wissen die Leute denn nicht, wie gefährlich das ist?"

„Wer? Wo?" fragte Xander und blickte von Cordelias Handschuhfach auf, in dem er nach einer einigermaßen anständigen CD gesucht hatte. Er sah sich um, konnte aber niemanden entdecken.

Cordelia blickte in den Rückspiegel. „Bin ich verschmiert?"

Xander wies verzweifelt nach vorn. „Könntest du dich *bitte* auf die Straße konzentrieren."

„Sag mir einfach, ob ich verschmiert bin", forderte sie und drehte ihm das Gesicht zu.

„Nein, nein, du bist eine Göttin", stieß er hervor. „Du siehst perfekt aus." Er starrte sie durchdringend an und gab sich größte Mühe, so zu tun, als wäre er von ihrer Schönheit verzaubert und nicht von ihrem Fahrstil zu Tode erschrocken. „Ehrlich. Bitte, bitte, bring' mich nicht um."

Sie verdrehte die Augen. „Xander, du bist so ängstlich."

Ihr Fuß war aus Blei. Sein Leben vorbei.

Die Wind heulte, als Chirayoju hinter den Vampirschwarm glitt. Sie waren nur zu dritt – offenbar waren die anderen Punkte verwilderte Hunde gewesen – und machten einen zerstreuten und unkoordinierten Eindruck. So war es auch schon

in China gewesen, bevor Chirayoju zum Land der aufgehenden Sonne aufgebrochen war. Und danach hatte sich ihm in Japan das gleiche Bild geboten. Nur wenige seiner Art waren wirklich intelligent. Und kaum einer verfügte über Führungsqualitäten wie er sie hatte. Der Dämon war sehr stolz auf seine Leistungen.

Nein, im Vergleich zu ihm waren die anderen wie Kinder. Aber dagegen hatte Chirayoju nichts. So waren sie leichter zu kontrollieren und zu beherrschen.

Er beobachtete den Fortgang der Jagd. Eigentlich war es mehr ein Massenangriff, denn eine Jagd erforderte Umsicht und gemeinsames Vorgehen. Aber diese Vampire hier stürzten sich einfach auf die Autos, rissen die Türen auf und zerrten die Insassen heraus. Ein junges Mädchen mit kurzen, schwarzen Haaren kreischte vor Angst, als eine blonde Vampirin sie aus dem Wagen zog. An einem anderen Fahrzeug machte sich ein Vampir an einem Jungen in Lederjacke zu schaffen, zerrte ihn heraus und zerfetzte ihm die Kehle. Der dritte Vampir, hochgewachsen, mit beginnender Glatze, jagte ebenfalls allein. Er griff ein etwas abseits stehendes Auto an und bot den Pärchen in den anderen Wagen damit die Gelegenheit zu einem Fluchtversuch. Doch seine Komplizen waren schnell. Ein paar Herzschläge lang gellten Schreie durch die Nacht. Und dann gab es keine Herzschläge mehr.

In diesem Moment richtete sich Chirayoju auf und breitete die Arme aus. Blitze zuckten über den schwarzen Nachthimmel und der Wind heulte.

„Erkennt mich als euren Meister an!" donnerte er.

Die anderen Vampire erstarrten. Doch sie hatten sich schnell wieder gefangen. Die Vampirin stürzte sich auf ihn.

„Halt!" befahl Chirayoju ihr.

Zunächst zeigte sein Befehl keine Wirkung. Dann schien sich die Vampirin in eine Marionette zu verwandeln. Sie blieb so abrupt stehen, als würde sie von Fäden zurückgehalten.

Chirayoju griff nach ihrem toten Bewußtsein und versklavte den Dämon, zwang ihn vor sich auf die Knie.

„Meister", flüsterte das Mädchen.

„He, Mäuschen, was willst du eigentlich?" fragte der Vampir verächtlich, der zuvor dem Jungen mit der Lederjacke die Kehle zerfetzt hatte.

Chirayoju sah ihn durchdringend an. Ihre Blicke trafen sich. Er wußte, daß das Wesen bloß ein Mädchen sah, und er zeigte ihm die Wahrheit hinter der Maske.

Der Vampir verzog den Mund zu einer Grimasse, die all seinen Schmerz und seine Verwunderung zeigte. Er wußte jetzt, wen er vor sich hatte. Der Vampir erinnerte sich natürlich an den Tod, an die Zeit zwischen dem Verlust seiner menschlichen Seele und seiner Wiederauferstehung als Vampir. Er wollte nicht noch einmal dieses grausige Nichts erdulden müssen, und er fürchtete sich vor dem Grauen, das er in Chirayojus Augen sah.

Chirayoju fixierte sie nacheinander mit seinem Blick und zwang ihnen seinen Willen auf. Er spürte ihren Widerstand, als der Himmel aufriß und Regen auf sie niederprasselte. Das Blut der Opfer vermischte sich mit der Erde, und der Schlamm färbte sich karmesinrot.

Chirayoju wählte den Vampir mit der Glatze aus, zwang ihn, näherzutreten und vor ihm niederzuknien.

„Sprich meinen Namen", befahl er.

Mit fester Stimme antwortete der Vampir: „Lord Chirayoju."

Der Mond warf sein kaltes, weißes Licht auf Angel, das seine bleiche Haut noch betonte. Seine schwarzen Augen waren auf Buffy gerichtet. Zärtlich berührte er ihre Wange. Seine Finger waren kalt, aber seine Zärtlichkeit wärmte sie. Ihre Lippen waren von seinen Küssen geschwollen.

„In diesem Licht siehst du aus wie ich", flüsterte er.

„Wie ein Vampir." Ihre Stimme war lauter, kräftiger.

„Warum sprichst du es nicht aus? Ist es ein schmutziges Wort für dich?"

Sein Lachen war kurz und bitter. „Du bist die Jägerin, Buffy. Für dich ist es ein schmutziges Wort."

Buffy legte den Kopf zur Seite und nahm mit beiden Händen seine Hand. „Angel, wenn wir weiterkommen wollen, müssen wir... weiterkommen." Sie stellte sich auf die Zehenspitzen und streckte ihm ihren Mund entgegen. „Ich dachte, wir hätten diesen Hasse-mich-ich-bin-ein-Vampir-Kram längst hinter uns gelassen."

Sein Blick ruhte auf ihrem Mund, und sie konnte erkennen, daß er mit dem Wunsch kämpfte, sie erneut zu küssen. Ihr Herz hämmerte. Sie wußte, daß er den schnelleren Rhythmus hören konnte.

„Du weißt, daß es für mich mehr bedeutet, als wir beide am Anfang ahnten", flüsterte er.

„Ich weiß." Sie legte ihre Arme um seinen Hals und zog ihn näher. „Und wenn ich keine Angst habe, warum solltest du dich dann fürchten?"

„Vielleicht weil ich dich lie..." Er drehte plötzlich den Kopf weg, als hätte er etwas gespürt oder gesehen.

Auch Buffy ließ ihren Blick über den Friedhof schweifen. Da war etwas in der Luft, etwas, das sich auf sie legte und sie nach unten zu drücken drohte, das wie eine unsichtbare Hand ihren Mund verschließen und sie zum Schweigen bringen wollte. Etwas, das mit dem Tod Händchen hielt.

„Hast du das gespürt?" fragte sie. „Es war fast wie..." Sie suchte nach den richtigen Worten. „Als wäre die Luft schwerer geworden. Oder wie ein Schrei in meinem Kopf." Sie runzelte die Stirn. „Irgend etwas stimmt nicht."

Angel nickte langsam. „Irgend etwas stimmt ganz und gar nicht."

Sie blickten zum Nachthimmel hinauf und sahen sich dann forschend um. Unter den Grab- und Gedenksteinen ruhten die

77

Toten und rührten sich nicht. Der Mond leuchtete durch einen Wolkenschleier. Ein Käuzchen pfiff direkt über ihren Köpfen. Alles war friedlich. Dennoch lag die Gegenwart des Bösen wie dichter Nebel über allem.

„Ich denke, ich mach mich besser wieder auf die Jagd", murmelte Buffy. „Irgend etwas braut sich zusammen. Vielleicht sollte ich mit Giles reden."

Fast unbewußt legte Angel einen Arm schützend um Buffys Schultern. „Und ich denke, ich sollte dich begleiten."

Zusammen gingen sie auf den Ausgang des Friedhofs zu.

6

Am Freitagmorgen erwachte Willow im Nirgendwo. Eine Stimme aus der realen Welt hallte durch einen langen, verdrehten Traumkorridor zu ihr, und der erste Funke der Erkenntnis glomm in ihr auf.

Country-Musik.

Willow Rosenberg war vielleicht ein Computerfreak, aber sie hörte keine Country-Musik. Nein, ein Radiowecker, der Country-Musik spielte, war wie eine Einladung zum Verspottetwerden. Und um die Wahrheit zu sagen, Willow hatte in dieser Hinsicht nie irgendwelche Einladungen verschicken müssen.

Wenn ein Radiowecker lief, bedeutete das gewöhnlich, daß man schlief, oder geschlafen hatte.

Nur die Wärme der Sonne, die durch das Schlafzimmerfenster drang, ließ Willow erkennen, wie sehr sie fror. Dazu kam, daß sie von einem Muskelkater geplagt wurde, als hätte sie den Gipfel des Mount Everest erklommen, um dort einen Mitternachtssnack einzunehmen.

Mitternachtssnack. Dahinter versteckte sich irgend etwas Unheimliches. Etwas, an das sie sich fast erinnerte.

Dann spürte sie den Speichel an ihrem Kinn und erkannte, daß sie mit offenem Mund geschlafen und gesabbert hatte. Vermutlich hatte sie sogar geschnarcht!

Willow verzog das Gesicht zu einer angewiderten Grimasse, während sie ihr Kinn abwischte und ihr klar wurde, daß sie tatsächlich wach war. Wach und erschöpft. Ihre Augen brannten, als hätte sie sich wieder einmal die ganze Nacht Dauerwerbesendungen angesehen. Schlaflosigkeit konnte einen Menschen dazu bringen, die seltsamsten Dinge anzustellen. Aber nein, sie hatte nichts angestellt. Zumindest konnte sie sich an nichts erinnern.

Eigentlich konnte sie sich an überhaupt nichts mehr erinnern, seit sie krank von der Schule nach Hause gekommen war. Nur daß sie ihren Radiowecker auf einen Country-Sender eingestellt hatte.

Seltsam. Seltsam und abscheulich, dachte sie. Wie sollte sie je eine Nacht mit einem Jungen verbringen, wenn die Möglichkeit bestand, daß er sie mit offenem Mund und Sabber am Kinn sah? Oh, oh.

Sie öffnete vorsichtig ihre trockenen, brennenden Augen, aber als der erste Sonnenstrahl ihre Netzhaut traf, stöhnte sie auf und schloß die Lider wieder. Willow keuchte, als ein scharfer Schmerz ihren Kopf durchbohrte, und blieb einen Moment reglos liegen. Sie wartete darauf, daß der Schmerz nachließ, wie es sonst auch immer geschah, wenn sie zu schnell Eiscreme aß und davon Kältekopfschmerzen bekam. Aber jetzt ließ er nicht nach.

Als sie aus dem Bett kroch und sich ins Bad schleppte, wurden die Kopfschmerzen sogar noch schlimmer. Es war kein pochender Schmerz, bei dem man spüren konnte, wie das Blut durch den Kopf gepumpt wurde. Es war vielmehr ein Gefühl, als hätte ihr jemand einen Nagel in den Schädel getrieben.

Selbst nach dem Duschen ging es Willow nicht viel besser. Ihre Mutter rief von unten nach ihr, aber die Worte drangen nicht bis zu ihr durch. Sie achtete auch nicht darauf, was sie anzog. Hauptsache, die Sachen waren frisch.

Erst als sie auf der Bettkante saß und ihre Schuhe zuschnürte, blickte sie zu dem Computer auf ihrem Schreibtisch hinüber und bemerkte das kleine grüne Gewächs auf ihrem Mauspad. Willow runzelte die Stirn und bereute diese Bewegung direkt wieder. Für jemandem mit derart starken Kopfschmerzen war selbst Stirnrunzeln zu viel.

Sie erhob sich und trat an den Schreibtisch. Neben der Maus stand ein kleiner, verwachsener Bonsai-Baum, wie sie in trendigen Läden in trendigen Einkaufszentren an Leute ver-

kauft wurden, die mit der Verantwortung für ein Haustier überfordert waren. Aber dieser Bonsai stammte sicherlich aus keinem Einkaufszentrum. Er hatte lange, erdverkrustete Wurzeln und war erst vor kurzem aus dem Boden gerissen worden.

„Okay, vielen Dank, aber ich habe nicht Geburtstag", murmelte Willow unbehaglich.

Die große Frage lautete: wie war die Pflanze in ihr Zimmer gekommen? Da der Schmerz in ihrem Kopf jeden Gedanken zur Qual machte, beschränkte sie sich auf einen einzigen: Angel?

Durch die Nacht zu streunen und unangemeldet vor irgendwelchen Fenstern aufzutauchen. Das war typisch für Vampire. Zumindest typisch für Angel. Aber wieso sollte er ihr so mir nichts dir nichts Grünzeug schenken? Außerdem hatte sie zusammen mit Buffy während dieser ganzen Geschichte mit Angel, über die jetzt niemand mehr reden wollte, ihr Zimmer mit einer Art Schutzzauber belegt, um ihn am Eindringen zu hindern.

Also war es nicht Angel gewesen. Doch als sie über andere Möglichkeiten nachzudenken versuchte, verwandelte sich der Nagel in ihrem Schädel in eine Stricknadel. Sie massierte ihre Stirn, und ihr dämmerte, daß sie zu spät zur Schule kommen würde. Doch wem sollte das nach dieser höllischen Woche noch auffallen, in der „Willow" und „Verspätung" die gleiche Bedeutung angenommen hatten? Trotzdem, es war besser, wenn sie heute hinging. Wer wußte, was sie in dieser Woche alles verpaßt hatte? Sie konnte sich nicht einmal genau daran erinnern, wann sie das letzte Mal in der Schule gewesen war!

War das an dem Tag gewesen, als sie bei Mr. Morses Popquiz über ihren Museumsbesuch die Bestnote bekommen hatte? Trotz ihres benebelten Zustandes war offenbar einiges an Informationen hängengeblieben. Wenn sie auch in Zukunft irgend etwas lernen wollte, mußte Willow wieder zur Schule gehen.

Sie wollte gerade das Zimmer verlassen, als sie neben dem

ausgerissenen Bonsai-Baum noch etwas bemerkte. Es war die Scheibe, die sich im Museum vom Knauf dieses riesigen Schwertes gelöst hatte. Durch die Schnittwunde hatte sie vergessen, sie wieder an ihrem Platz zu befestigen. Aber wie war die Scheibe in ihre Tasche gelangt? Und warum war sie bis jetzt verschwunden gewesen? Obwohl – da lag sie ja, deutlich sichtbar auf ihrem Schreibtisch neben dem Computer. Wann hatte sie sie da hingelegt?

Willow fühlte sich unbehaglich. Vielleicht sollte sie heute nachmittag versuchen, das Ding zurückzubringen? Als sie danach griff und die fremdartigen Gravierungen betrachtete, spürte sie, wie jemand die Stricknadel mit einem Hammer in ihr Gehirn trieb. Willow legte die Scheibe zurück, wandte sich ab und stolperte auf den Flur. Plötzlich hatte sie das Gefühl, sich übergeben zu müssen.

Seltsamerweise fühlte sich Willow gleich darauf viel besser. Die Kopfschmerzen verschwanden zwar nicht völlig, ließen aber nach, bis sie nur noch ein leises Pochen im Hintergrund waren. Es tat noch immer weh, aber sie konnte damit leben. Vielleicht würde sie sich sogar im Unterricht konzentrieren können.

Als sie aus der Haustür eilte, schmerzte das helle Sonnenlicht in ihren Augen, und sie setzte eine Sonnenbrille auf, die sie seit Monaten nicht mehr getragen hatte. Es war eigentlich nicht ihr Stil. Bis jetzt.

Buffy saß allein an einem runden Tisch in der Cafeteria. Das Mathebuch lag aufgeschlagen vor ihr. Der Teller mit den gipsgefüllten Plastikröhrchen, die von dem Schulkoch kühn als überbackene Cannelloni bezeichnet wurden, stand unberührt auf ihrem Tablett.

Sie hatte Giles von dem unheimlichen Gefühl auf dem Friedhof erzählt. Er war fasziniert gewesen, hatte aber keine Erklärung dafür gefunden. Vermutlich forschte er jetzt noch

immer in der Bibliothek, ob die Fluch-der-Rattenmenschen-Nacht bevorstand.

Sie winkte Oz zu, der in diesem Moment lächelnd an ihr vorbeischlich, als wäre er auf der Jagd ... äh ... auf der Suche nach etwas – oder jemandem. Buffy hoffte, daß dieser Jemand jemand war, den sie kannte, und zwar Willow.

„Ist der Platz noch frei?" fragte eine Stimme hinter ihr. Xander ließ sich auf dem Stuhl neben ihr nieder, ohne auf eine Antwort zu warten, und machte sich gierig über seinen Teller Plastikröhrchen her. Hielt er den Fraß etwa für richtiges Essen?

Buffy reagierte auf seine Tischmanieren mit einem kritischen Blick und einem irritierten Stirnrunzeln, bevor sie sich wieder ihrem Buch widmete.

„Oh, hi, Xander", sagte Xander. „Tut mir leid, daß ich keine Zeit zum Plaudern hab, aber ich hab's wieder getan. Ich Böse. Ich hab das Lernen aufgegeben, um mich meinen nächtlichen Sportaktivitäten zu widmen, und jetzt haben wir den Salat. Schon wieder. Oh, wehe mir, meine Tutorin Willow hat mich verlassen."

Buffy blickte noch immer nicht auf.

„He, ich seh' doch, daß du wegen des Tests nervös bist, denn statt wie sonst Mango Madness zu trinken, hast du dich für einen halben Liter Schoko-Quick entschieden. Major Buffys Trostgetränk."

Buffy blickte noch immer nicht auf, aber sie antwortete. „Konzentrier' dich auf deinen Teller, Xander."

„Ich schätze, das bedeutet wohl, daß ich still sein soll, damit du für den Mathetest pauken kannst, der in ...", er sah auf seine Uhr, „... in zweiunddreißig Minuten beginnt?"

„Konzentrier' dich auf deinen Teller", wiederholte Buffy.

„He, kein Problem. Ich halte schon mein Maul. Ich bin gut im Maulhalten. Niemand ist besser im Maulhalten als der X-Man."

83

„Halt endlich dein verfluchtes Maul", befahl Buffy mit ihrer besten Warner-Brothers-Cartoongangster-Stimme.

Xander grinste breit. „Siehst du? Das hast du doch die ganze Zeit sagen wollen."

„Ja", bestätigte Buffy, blickte endlich auf und fixierte Xander mit einem gleichermaßen amüsierten wie frustrierten Blick. „Herzlichen Dank. Das war einer der größten Wünsche meines Lebens. Du bist ein Prinz."

Willow stellte scheppernd ihr Tablett auf den Tisch und ließ sich auf einen Stuhl fallen. „Ein Prinz?" fragte sie. „Jemand hat die Kröte geküßt und mir nichts davon gesagt? Warum bin ich immer die letzte, die's erfährt?"

Xander und Buffy starrten Willow an, als sie sich über das grauenhafteste Gericht hermachte, das die Schule anzubieten hatte – und sie bot es einmal die Woche an –, ein Gericht mit dem perversen Namen „vegetarischer Fleischkäse". Aber es war nicht die Wahl ihres Menüs, die ihre Aufmerksamkeit erregt hatte.

„Großer Gott, was ist denn mit dir passiert?" platzte Xander heraus und beugte sich neugierig zu Willow.

Buffy gab ihm einen Klaps auf den Arm.

Aber er bohrte weiter. „Will, bist du okay?"

„Nach einer derartigen Woche? Warum sollte ich nicht okay sein?" blaffte sie ohne ein Lächeln, ohne ein selbstironisches, treues Willow-Grinsen.

„Bist du wieder überfallen worden?" wollte Xander wissen und schaltete in den bewährten Rettet-die-Jungfrau-in-Not-Modus um, den er so perfekt beherrschte.

Cordelia schlenderte quer durch die Cafeteria auf sie zu, zog sich einen Stuhl heran und setzte sich.

Endlich sah Willow zu ihnen hoch – wenn auch nur durch die schwarzen Gläser ihrer Sonnenbrille, die sie trug. Sie trug eine Sonnenbrille! In der Cafeteria! Als hielte sie sich für Courtney Love oder irgendeinen anderen minderbemit-

84

telten Bewohner des Universums der Reichen und Berühmten.

„Hä?" machte sie. „Nein. Im Gegenteil, mein Handgelenk ist wieder voll in Ordnung. Es ist verdammt schnell geheilt."

„Das meinten wir nicht", erklärte Buffy. „Es ist mehr, nun, kosmetisch. Hör mal, ich bin mir ziemlich sicher, daß du keinen Kater hast. Also, was ist mit dir los?"

Cordelia schnalzte mit der Zunge und neigte auf täuschend mitfühlend wirkende Art den Kopf. „Willow", säuselte sie so freundlich, wie sie nur konnte, „ich glaube, Buffy versucht dir klarzumachen, daß du wie eine Zwei-Dollar-Nutte aussiehst, die es noch nicht bis zu ihrer Straßenecke geschafft hat."

Buffy wollte Willow verteidigen, wußte aber nicht, was sie sagen sollte. Willow sah wirklich schlecht aus. Ihr Haar war die reinste Katastrophe, gewaschen, aber ungekämmt und struppig. Sie trug ein limonengrünes, hochmodisches Top und purpurrote Pants – eine stilistische Verirrung, die in der Sekunde, als Willow hereingekommen war, das SEK für Modedelikte zum Eingreifen hätte provozieren müssen.

Aber wann genau war sie eigentlich gekommen? Sicherlich nicht zur ersten Stunde, soweit Buffy wußte. Und was sollte diese Sonnenbrille?

Willow funkelte Cordelia an, und obwohl ihre Augen hinter den dunklen Gläsern verborgen waren, konnte man ihre Blicke förmlich spüren.

„Wie nett von dir, Cordelia", fauchte Willow. „Aus deinem Mund klingt es besonders überzeugend. Schließlich kennst du dich aus."

„Nun, entschuldige bitte", verteidigte sich Cordelia und wedelte mit den Fingern, als wollte sie ihren Nagellack trocknen. „Aber laß uns nicht streiten. Ich hab nur versucht, dich vor einer postapokalyptischen Peinlichkeit zu retten. Aber siehst du, ich hab meinem Therapeuten immer gesagt, daß man gar nicht erst versuchen sollte, freundlich zu seinen Mitmenschen

zu sein. Es ist bloß eine Verschwendung kostbarer Zeit, die man viel besser zur eigenen Weiterentwicklung nutzen könnte."

„Sehr weise", spottete Xander. Aber Cordelia zu verspotten, machte natürlich nur Spaß, wenn sie es bemerkte. Was außerordentlich selten der Fall war. Aber vielleicht war es ihr auch einfach egal, denn schließlich handelte es sich bei dem Spötter nur um ihn, Xander.

„Du hast recht", versicherte Willow Cordelia. „Du solltest wirklich etwas mehr Zeit auf deine Weiterentwicklung verwenden, Cordelia. Vielleicht würden die Leute dann aufhören, dich mit Barbies durchgeknallter Freundin Skipper zu verwechseln."

Buffy grinste. Sie konnte nichts dagegen tun. Sie hätte sogar fast laut aufgelacht, doch Willows Gesichtsausdruck hielt sie davon ab. Ihre Miene drückte keinen Triumph aus – obwohl sie Cordy soeben in der Beleidigungsdisziplin geschlagen hatte –, sondern eine derartige Verachtung, daß Buffy für einen Moment befürchtete, Willow würde sich mit gefletschten Zähnen auf Cordelia stürzen.

Statt dessen stand Willow so abrupt auf, daß ihr Stuhl umkippte, machte kehrt und stürmte aus der Cafeteria.

„Wow", staunte Cordelia. „Was ist denn in die gefahren? Alle Mann auf die Gefechtsstationen." Sie griff nach Willows Tablett. „Ich schätze, sie ißt ihr Tofu wohl nicht mehr."

Xander schlug ihr auf die Finger. „Pfoten weg!"

Cordy warf ihm einen gekränkten Blick zu, aber Buffy nahm den Wortwechsel kaum wahr. Sie sah Willow hinterher.

„Was ist euer Talkshow-Thema?" wandte sich Cordelia mit einem ironischen Lächeln an Xander.

„Hast du schon mal in den Spiegel gesehen und bist dabei blind oder sonst was geworden?" fauchte Xander. „Ich kenne Willow schon mein ganzes Leben. Sie ist meine beste Freundin, seit . . . nun, seit. Offensichtlich bedrückt sie etwas. Sie war so unwillowig. Ebensogut könntest du zweimal dieselben Klamotten in der Schule tragen."

86

Cordelia blinzelte. „Du meinst wirklich, daß es so schlimm ist?" fragte sie besorgt.

„Es ist so schlimm", bestätigte Buffy.

„Was machen wir jetzt?" fragte Xander.

„Am besten geben wir ihr etwas mehr Freiraum. Wir versuchen mit ihr zu reden, aber ohne Druck und nicht alle auf einmal. Wir könnten auch Giles bitten, mit ihr zu reden", sprudelte Buffy hervor. „Ich fürchte, der Überfall hat Willow mehr zugesetzt, als wir dachten."

„Du meinst, sie leidet an einem posttraumatischen Streßsymptom oder so?" wollte Cordelia wissen.

Buffy warf ihr einen Seitenblick zu und sagte sich im stillen, daß Cordy bei weitem nicht so dumm war, wie sie meistens wirkte – jedenfalls nicht immer.

„Ich werde mit ihr reden", bot Xander an.

„Gut." Buffy nickte. „Ich werd's auch versuchen."

Cordelia pfiff leise vor sich hin, während sie interessiert die schmucklosen, weißgetünchten Wände betrachtete. Plötzlich hörte sie auf zu pfeifen, schürzte die Lippen und verdrehte die Augen.

„In Ordnung!" sagte sie. „Ich versuch's auch."

„Das ist meine Cordy", sagte Xander stolz. „Immer ein Herz für andere."

Aber keiner von ihnen sah Willow an diesem Tag noch einmal wieder, und Buffy war so sehr mit diesem höllischen Mathetest beschäftigt, daß sie nicht einmal mehr an sie dachte, bis sie sich auf den Heimweg machte.

Manchmal hatte Buffy Gesellschaft, während sie auf Patrouille war und Sunnydale nach etwas Unnatürlichem absuchte, das sie in die Natur zurückführen konnte. Gelegentlich kam Giles mit und hielt Vorträge darüber, wie sie eine bessere Jägerin werden konnte, brachte ihr neue Tricks bei und reichte ihr Holzpflöcke, wenn sie welche brauchte. Bei anderen Gelegenheiten,

wenn sie glaubte, daß es sie nicht allzusehr ablenkte, ließ sie sich bei ihren nächtlichen Streifzügen von Angel begleiten.

Wenn sie ehrlich zu sich war, lenkte Angel sie immer ab. Aber wer war schon immer ehrlich? In den Nächten, in denen sie mit Angel auf Patrouille war, kam es meistens zu gewaltigen Knutschereien – wie Xander es einmal treffend formuliert hatte. Zu ganz gewaltigen Knutschereien.

„Im Moment könnte ich etwas Ablenkung durchaus vertragen", murmelte sie vor sich hin.

Es war still und ein wenig kühl. Buffy sehnte sich nach Angels Gesellschaft – oder zumindest Giles'. Vielleicht war es sinnvoll, das nächste Mal ihre Hausaufgaben mitzunehmen? Sie konnte sich in den Mußestunden unter eine Straßenlaterne setzen und lernen, während sie darauf wartete, daß etwas Unmenschliches und Böses sie angriff.

„Tiefer Seufzer", flüsterte Buffy, warf ihre Tasche über die Schulter und machte sich auf den Heimweg. Doch dann änderte sie die Richtung und schlenderte zum *Bronze* hinüber. Als sie dort ankam, blieb sie draußen stehen und starrte die Tür an. Möglicherweise war Angel dort. Und wenn sie hineinging und er da war, würde sie in den nächsten Stunden bestimmt nicht nach Hause kommen.

Nach Hause. Der Ort, nach dem die Hausaufgaben benannt worden waren. Der Ort, an dem man normalerweise die Hausaufgaben erledigte. Und Buffy hatte noch eine Menge zu erledigen.

Morgen nacht, dachte sie, morgen nacht werde ich Angel sehen.

Sie machte auf dem Absatz kehrt. Plötzlich blieb sie abrupt stehen. Was war das? Ein unheimliches Gefühl, ähnlich wie das auf dem Friedhof, beschlich sie. Buffy drehte den Kopf und spähte in die dunkle Gasse direkt neben dem *Bronze*.

Drei von ihnen lauerten dort, zwei Männer und ein Mädchen. Buffy hielt sie wachsam im Auge. Es war wie auf

der High School: diejenigen, von denen man es am wenigsten erwartete, überraschten einen am meisten. Wenn die Lehrer ihre Erwartungen an sie nur ein klein wenig reduzieren würden, dann wäre sie der Stolz der Sunnydale High.

„Ich wollte ja wirklich", sagte sie laut und öffnete dabei ihre Tasche. „Ehrlich, ich wollte meine Hausaufgaben machen, aber immer kommt etwas dazwischen!"

Ihre Gesichter waren grauenerregend, bestialisch, und sie knurrten wie Tiere, als sie jetzt aus der Gasse kamen und sich teilten, um sie einzukreisen. Buffy nahm einen Pflock aus der Tasche und ließ sie anschließend auf den Bürgersteig fallen.

„Hallo", sagte sie und lächelte.

„Guten Abend, Jägerin", knurrte das Mädchen. „Ich hoffe, er hat dir gefallen, denn er wird der letzte sein, den du erlebst."

„Oh, danke", antwortete Buffy. „Das ist wahnsinnig aufmerksam von dir."

„Keine Ursache", sagte der zweite Vampir, ein Kerl mit beginnender Glatze, der sich von hinten anschlich.

„Wir warten schon seit Stunden auf dich", mischte sich jetzt auch der dritte, ein korpulenter, dunkelhäutiger Bursche ein. „Wir hatten fast die Hoffnung aufgegeben, dich heute nacht töten zu können."

Für einen Moment wurde Buffy wieder von jenem gespenstischen Gefühl heimgesucht. Fröstelnd dämmerte ihr, daß die drei ihr aufgelauert hatten. Sie waren nicht bloß auf der Jagd nach frischem Blut. Sie hatten sich hinter dem *Bronze* versteckt und auf die Jägerin gewartet. Dabei waren Vampire im allgemeinen nicht für ihre Geduld bekannt.

Buffy schüttelte den Gedanken ab, wechselte den Pflock in die rechte Hand und lächelte. „Ihr hattet fast die Hoffnung aufgegeben", sagte sie mit vorgespieltem Mitgefühl. „Aber jetzt bin ich ja hier und werde eure Herzen brechen."

Der Glatzkopf sprang sie an, und Buffy reagierte. Sie riß das Bein hoch und griff mit der linken Hand nach seinem

Hemd, um ihn gegen seinen Kumpel zu schleudern – wenigstens war das ihre Absicht.

Aber sie bekam ihn nicht zu fassen. Der Glatzkopf blieb plötzlich stehen, richtete sich auf und lächelte sie an.

Buffy erkannte sofort, was vor sich ging. Sie hatten sie ausgetrickst. Big Boy attackierte sie von rechts und das Blutsaugermädchen zerrte an ihren Haaren und bleckte bereits die Zähne.

Buffy verlor das Gleichgewicht und riß das Mädchen mit sich zu Boden. „Oh", spottete sie. „Ein Klugscheißer. Erinner mich daran, daß ich dich später töte."

Big Boy hatte offensichtlich nicht mitbekommen, daß Buffy ihre Position verändert hatte. Jedenfalls schoß er an der Stelle vorbei, wo sie soeben noch gestanden hatte.

Buffy sprang bereits wieder auf, trat dem Mädchen in die Magengrube und wirbelte sie dann über ihren Kopf, so daß sie hart auf der Straße landete. Autos brausten über die Kreuzung, aber keiner der Wagen hielt vor dem *Bronze*.

Das war ihr nur recht. So konnte niemand ihrer Mom oder der Schule verraten, daß sie in einer Schulnacht vor dem Club gekämpft hatte.

Aber das Mädchen war schnell. Sie stürzte sich erneut auf die Jägerin.

„Nun, wenn du darauf bestehst", seufzte Buffy und wich wie ein Torero vor dem Stier zur Seite aus, bohrte ihr das Knie in den Magen, zog sie an den Haaren hoch und trieb ihr den Pflock durchs Herz.

Sie explodierte und der Aschenregen fiel auf den Asphalt. Buffy blieb jedoch keine Zeit, ihr Ableben gebührend zu würdigen. Sie spürte Big Boy und den Glatzkopf in ihrem Rücken und rannte in die dunkle Gasse.

Sie nahmen die Verfolgung auf. Schwachköpfe.

In der Gasse parkte ein rostiger Chevy. Buffy sprang von der Kühlerhaube aus aufs Dach. Die beiden Vampire postier-

90

ten sich an den Seiten des Wagens, und ihr Lächeln verriet, daß sie glaubten, sie in der Falle zu haben.

„Jetzt haben wir dich", knurrte Big Boy.

„Wißt ihr, ich kann ja verstehen, daß ihr Probleme habt, eine Freundin zu finden, aber das hier geht wirklich ein bißchen zu weit, meint ihr nicht auch?" stichelte Buffy. „Ich hab gehört, das Internet soll die ideale Spielwiese für Leute sein, die ihres Verstandes wegen geliebt werden wollen."

„Ich werde dich von Herzen lieben, Jägerin, während ich deine zerfetzte Pumpe hinunterschlinge!" schrie Big Boy und schlug nach ihren Beinen.

Buffy sprang, machte einen Salto und landete hinter ihm auf dem Boden.

„Was für eine schöne Vorstellung", höhnte sie und bohrte Big Boy den Pflock in den Rücken. Es war schwieriger als von vorne, aber wenn ein Mädchen gut trainiert war, blieb das Endergebnis dasselbe.

Puff.

Der Glatzkopf starrte sie über das Dach des Chevys hinweg an.

„Du könntest weglaufen", schlug sie vor.

„Wenn ich weglaufe, werde ich für meine Feigheit getötet", grollte der Glatzkopf. „Außerdem hab ich keine Angst vor dir, kleines Mädchen."

Er sprang auf das Dach des Autos, wo sie noch Sekunden zuvor gestanden hatte. Buffy packte den Türgriff des Chevys und zog. Der Wagen war nicht verriegelt. Sie öffnete die Tür, glitt hinein und zog die Tür in dem Moment zu, als der Glatzkopf die Hand nach ihr ausstreckte. Sie hörte, wie sein Armknochen brach. Heulend vor Schmerz zog er seinen Arm zurück.

Jetzt schlug Buffy die Tür erneut zu und blieb einfach hinter dem Lenkrad sitzen. Eine Sekunde später zerschmetterte der Glatzkopf mit seiner unversehrten Faust das Fahrerfenster und streckte sein Gesicht durch die Öffnung.

„Buh!" machte Buffy und boxte ihm ins Gesicht.

Der Glatzkopf rutschte vom Dach, rappelte sich mühsam wieder auf und starrte durch das zersplitterte Fenster.

„Hast du jetzt Angst vor mir?" fragte Buffy.

„Komm raus aus diesem Wagen!" brüllte er.

Buffy lächelte schüchtern. „Nein."

Der Glatzkopf umklammerte den Türgriff, und Buffy stieß den Pflock durch das zerbrochene Fenster mitten in sein Herz.

„Du hast nicht ‚Bitte' gesagt", tadelte sie, als er sich in einer Staubwolke auflöste.

Das Adrenalin, das in Buffys Adern kreiste, als sie nach Hause ging, fühlte sich gut an. Die Jägerin zu sein, hatte schon etwas für sich – obwohl Buffy dieses Hochgefühl niemals zugegeben hätte, wenn sie sich bei Giles über ihr Leben beschwerte.

Aber heute nacht war etwas anders. Das Hochgefühl wurde von der Furcht überlagert, die wie ein schweres Gewicht auf ihr lastete und sie innerlich derart aufwühlte, daß sie bezweifelte, in dieser Nacht viel Schlaf zu finden.

Diese Vampire waren nicht schwerer zu töten gewesen als die meisten anderen, die sie erledigt hatte. Aber sie waren nach einem Plan vorgegangen. Sie hatten auf sie gewartet und zu Beginn das Kampfes ausgetrickst, als hätten sie gewußt, wie sie reagieren würde. Im Grunde genommen hatten sie es gewußt.

Dann werde ich für meine Feigheit getötet, hatte der letzte Vampir gesagt, als sie ihm riet wegzulaufen. Und das beunruhigte Buffy am meisten. Bedeutete das nicht, daß den drei irgend jemand *befohlen* hatte, der Jägerin aufzulauern? Jemand, der fähig war, einen Plan auszuarbeiten?

Unwillkürlich mußte sie wieder an die Nacht auf dem Friedhof denken und an das unheimliche Gefühl, das sie beschlichen hatte. Um noch mal auf die Ehrlichkeit zurückzukommen: Das waren keine guten Aussichten!

7

Nach einem erfrischend ereignislosen Wochenende – relativ ereignislos – gab Buffy ein langes Montagmorgengähnen von sich, als sie die Bibliothek betrat.

„Viele Vampire. Viele Hausaufgaben. Vampire erledigt. Hausaufgaben nicht." Sie seufzte. „Also melden Sie mich zum Nachhilfeunterricht an, sprechen Sie mit meiner Mutter und erklären Sie ihr, warum ich in undurchrasselbaren Fächern wie Sport durchrasseln werde."

„Hmm?" machte Giles und blickte von einem seiner völlig eingestaubten Bücher auf.

Buffy stellte fest, daß ein Großteil ihres Lebens um Staub kreiste. Sie atmete ihn während ihrer Studien ein und erzeugte ihn aus toten Vampiren.

Giles lächelte, schob seine Brille hoch und schloß das Buch. „Guten Morgen, Buffy. Sagtest du gerade, daß es an diesem Wochenende eine Menge Aktivitäten gab?"

„Nur Vampis", antwortete sie und erstellte im Geiste eine Liste der Dinge, die nicht passiert waren: Hausaufgaben, das *Bronze*, gewaltige Knutschereien mit Angel . . .

„Aha", meinte er, als wäre das alles, was zählte. Er hatte leicht reden. Er würde als Bibliothekar nicht durchrasseln. Woher wußten die Leute eigentlich, ob man gute Arbeit leistete? Überprüfte etwa jemand, ob die Bücher in den Regalen in korrekter alphabetischer Reihenfolge standen?

„Aha", äffte sie Giles nach. „Nur daß diese Vampire ganz anders waren als ihre Vampire." Sie setzte sich auf den Tisch, schlug die Beine übereinander und bewunderte beiläufig ihre funkelnagelneuen hochhackigen Stiefel, die das Ergebnis eines Mutter-Tochter-Harmonisierungs-Rituals am Samstagnachmittag waren, das die meisten Leute „Shoppen in der City"

nannten. „Es waren organisierte Vampire, als gäbe es einen neuen Anführer in der Stadt", informierte sie ihren Wächter. „Ich hatte schon Freitagnacht eine häßliche Begegnung mit ihnen. Und gestern nacht kreuzten ein paar weitere auf. Kein Problem für mich, aber es war ziemlich abgefahren."

„Wirklich?" Der Bibliothekar zog die Augenbrauen hoch und legte das Buch sorgfältig mit beiden Händen auf den Tisch. Dichter Staub stieg vom Einband auf.

„Wirklich." Buffy lehnte sich zurück, spähte zu den Regalen hinüber und hielt Ausschau nach ihrer besten Freundin. „Da wir gerade von Dämonen sprechen – Willow ist das ganze Wochenende über abgetaucht. Sie war nicht im *Bronze* und hat auch meine Anrufe nicht erwidert. Außerdem ist sie heute nicht in der Schule. Niemand hat sie gesehen. Das jagt mir eine Heidenangst ein."

Giles zog eine Braue hoch. „Eine Heidenangst?"

„Heidenangst. Etwas weniger als ‚Poltergeist', etwas mehr als ‚Casper'. Also Heidenangst."

„Aha", machte Giles wieder und fuhr dann eilig fort: „Und was hat Willows Fehlen mit Dämonen zu tun? Habt ihr euch gestritten?"

„Nein. Aber seit dem Überfall ist Willow von Tag zu Tag seltsamer geworden." Buffy schürzte ihre Lippen. „Sie ist jetzt sogar noch ... hexenhafter als Cordelia. Und Sie wissen ja, wie spitz *ihr* Hut ist." Buffy setzte sich aufrecht hin und verschränkte die Arme.

„Nun, wir alle haben unsere schlechten Tage", bemerkte Giles und sah sie nachdenklich an. „Aber ich möchte noch mehr über diese ..."

Buffy runzelte ungeduldig die Stirn. „Sie hat eine Sonnenbrille getragen – und zwar eine der Marke Gargoyle."

Er blinzelte verständnislos.

„Giles, Sie müssen die Zeitschriften auch lesen, nicht nur abonnieren. Selbst die letzten Spießer haben ihre Gargoyles

entsorgt. Und sie auch noch im Haus zu tragen, ist so tot wie paillettenbesetzte Handschuhe! Es ist so out, daß es selbst die Spießer für out halten." Sie wurde rot. „Nicht, daß ich Willow zu den Spießern zähle. So was würde ich niemals tun. Sie ist meine Freundin. Um es auf den Punkt zu bringen – sie hat sich völlig verändert."

Giles seufzte. „Buffy, bitte, ich flehe dich an, beruhige dich. Für jemanden, der von sich behauptet, kein Morgenmensch zu sein, würzt du unsere vorunterrichtlichen Plaudereien mit einem gewissen manischen Überschwang, den ich für meinen Teil gelegentlich ein wenig, nun ja, erschöpfend finde."

„Natürlich", erwiderte Buffy fröhlich. „Sie sind alt . . . äh . . . älter als ich, meine ich", fügte sie hinzu, als sie seine pikierte Miene bemerkte.

Beide blickten auf, als Xander in diesem Augenblick die Bibliothekstür aufstieß und sofort munter drauflosquatschte. „Thema: Willow. Nicht mal Oz, ihr neuer, sie wahrhaft liebender Werwolf-Freund, hat sie heute gesehen."

„Thema: Willow", bestätigte Buffy und rieb sich die Hände.

„Buffy, ich denke wirklich, wir sollten uns auf diese Vampire konzentrieren, die dich am Wochenende ins Visier genommen haben", beharrte Giles. Ehe Buffy protestieren konnte, hob er einen Finger. „Als erstes. Danach können wir gerne und bis zur Erschöpfung Willows verändertes Verhalten und ihr zunehmendes modisches Versagen diskutieren."

„Oh, in Ordnung", resignierte Buffy und zog einen Schmollmund. „Xander, komm her." Sie klopfte neben sich auf den Tisch. „Sitz."

„Ich hechle wie ein Hund und gehorche wie eine Fußmatte." Er nahm an ihrer Seite Platz und gab ihr einen freundschaftlichen Rippenstoß.

„Wir haben uns gerade über einige seltsame Zwischenfälle in der letzten Zeit unterhalten", informierte Giles Xander.

„Am Wochenende ist Buffy auf einige Vampire gestoßen, die sehr planvoll und organisiert vorgingen."

Xander nickte wissend. „Verstanden. Gewerkschaftsvampire. Gespeichert. Nächster Punkt?"

„In der Nacht davor war sie mit Angel auf dem Friedhof, als sie etwas Unheimliches spürte."

„Buffy!" sagte Xander entrüstet.

„Wir beide hatten diese unheimliche Gefühl", verteidigte sich Buffy.

„Ja, darauf gehe ich jede Wette ein. Dieses unheimliche Gefühl ist auch unter dem Begriff *Lust* bekannt." Xander sah sie zornig an. „Weißt du eigentlich, wie gefährlich es ist rumzuknutschen, während du auf Patrouille bist?"

Buffy runzelte die Stirn, obwohl sie argwöhnte, daß ihre geröteten Wangen sie verrieten. „Wir haben nicht rumgeknutscht. Wir haben gejagt."

„Gejagt?" argwöhnte Xander. „Was? Die Tollwut? Die wirst du nämlich bekommen, wenn du Dead Boy weiter küßt. Ich hab Willow diesbezüglich auch vor Oz gewarnt."

„Und ich bin sicher, daß Willow deinen Rat genauso zu schätzen wußte wie ich", sagte Buffy und sah ihn finster an.

Xander hob eine Hand. „Außerdem ist da noch die Frage, welche Wirkung euer Verhalten auf all diese leicht zu beeindruckenden jungen Vampirmädchen hat, die euch womöglich nachspionieren? Du weißt doch, daß du als Jägerin eine Vorbildfunktion hast, ob es dir nun paßt oder nicht."

„Ich werde dran denken", knurrte sie und warf ihm einen wissenden Blick zu. „Wenn ich dich das nächste Mal erwische, wie du auf Cordelia liegst."

„Wir reden hier nicht über meine seltsamen Hobbys", sagte Xander ohne eine Spur Verlegenheit. „Wir reden über deinen Geschmack in Sachen Liebhaber."

Buffy rutschte vom Tisch und ging unruhig auf und ab. „In der Zwischenzeit konzentrieren wir uns auf Will. Ich glaube,

der Überfall hat sie derart mitgenommen, daß sie sich richtiggehend eingebunkert hat, um nicht noch einmal verletzt zu werden." Sie verstummte und dachte daran, wie sie von dem Vampir, der sich „der Meister" nannte, besiegt worden war. Nie würde sie vergessen, wie wütend sie gewesen war, nachdem Xander sie ins Leben zurückgeholt hatte. Ihre Freunde mußten eine Weile ganz schön unter ihrer Bitterkeit leiden. „Zuerst dachte ich ja, es würde sich wieder legen, aber der Überfall ist jetzt mehr als eine Woche her, und sie wird immer verbiesterter. Wir müssen ihr helfen", schloß sie leise und musterte Xander, während sie an die vielen Gelegenheiten dachte, bei denen Xander für sie und Willow dagewesen war.

„Das werden wir auch, Buffy", beruhigte Xander sie.

„Noch mal langsam, damit ich das auch richtig verstehe", sagte Cordelia, während sie Xander zu Willows Haus fuhr. „Wenn ich dich bitte, unsere perverse und abscheuliche Zurschaustellung gegenseitiger Leidenschaft zu reduzieren, dann heißt das, ich gehe mit einem anderen Typen aus. Aber wenn du mich aus heiterem Himmel anrufst, damit ich dich zu Willows Haus fahre, dann kümmern wir uns bloß um eine Freundin, ja?"

Xander blickte aus dem Beifahrerfenster und nickte. „Ich schwör dir, Babe, das Zusammensein mit mir hat deinen Verstand geschärft."

„Ich bin nicht dein *Babe*. Ich bin nie dein *Babe* gewesen und ich werde nie dein *Babe* sein. Babe ist ein Schwein." Sie trat auf die Bremse. „Und was meinen Verstand betrifft . . ."

„Ich hab nichts gesagt. Ich habe gar nichts zu sagen", versicherte Xander, öffnete die Tür und sprintete zu Willows Haustür. Das Verandalicht brannte, aber es schien niemand da zu sein.

Er klingelte und wartete.

„Ich hab Hunger", jammerte Cordelia.

„Auf der Fußmatte unter dem Beifahrersitz liegt ein halber

Schokoriegel", sagte er. „Vorher war er in meiner Hand, aber ich mußte ihn fallenlassen, als wir auf zwei Rädern um diese Kurve schlingerten. Die angebissene Seite ist wahrscheinlich voller Teppichflusen, aber, he, was soll's, wir brauchen alle unsere Ballaststoffe."

„Das ist widerlich", zeterte Cordelia. Sie drängte sich an ihm vorbei und hämmerte gegen die Tür. „Sie ist nicht zu Hause. Komm endlich. Ich hab nur noch zwei Stunden, bis das Cheerleadertraining beginnt."

Xander geriet in Versuchung. Zwei Stunden in Cordelias Armen bedeuteten zwei angenehme Stunden. Er war sicher, daß sie in der letzten Zeit ungeheuer viel Geld für Lippenstift ausgab, denn sie verschmierte ihn mit einer Großzügigkeit auf seinem Gesicht, die nur von seinem Verbrauch an Pfefferminzbonbons übertroffen wurde. Aber seine Sorge um Willow war stärker als sein überwältigendes Verlangen nach gewaltigen Knutschereien und so weiter.

„Was ist überhaupt los?" wollte Cordelia wissen, als er störrisch auf der Veranda stehenblieb. „Sie ist wohl ausgegangen."

„Du kapierst das nicht, was?" motzte Xander. „Morgen ist Schule!"

„Dann ist sie eben mit Oz im *Bronze*", sagte Cordelia schulterzuckend. „Oder mit Buffy shoppen." Sie dachte darüber nach. „Nein", sagte sie dann entschieden. „Die beiden gehen niemals einfach so shoppen. Würden sie es auch nur ansatzweise versuchen, wären sie viel besser gekleidet."

„Ich werde hier noch eine Weile auf sie warten", erklärte Xander, legte seine Arme um Cordelia und zog sie an seine Brust. „Komm schon, Cor, wir müssen nicht zum Point fahren, um rumzumachen. Das können wir auch hier im Auto tun. Mond, Sterne, Lippen? Was meinst du?"

Sie seufzte schwer, eine Märtyrerin der Ekstase. „Komm", erwiderte sie und zog ihn zum Auto.

Buffy keuchte und blieb abrupt stehen. „Was ist?" fragte Giles. „Hast du wieder dieses . . . seltsame Gefühl?"

„Unheimlich, Giles. Es war ein unheimliches Gefühl. Und – nein", sagte sie langsam. „Ich fürchte bloß, ich hab vergessen, den Trockner auf ‚Schonen' zu stellen, bevor ich meine Sachen reingetan hab." Sie stöhnte. „Mein neues T-Shirt ist bestimmt eingelaufen."

„Ich verstehe", murmelte Giles.

„Ihnen ist es vielleicht egal, wie Sie aussehen", schimpfte Buffy verärgert, „aber Sie sind auch kein siebzehnjähriges High-School-Mädchen."

„Völlig richtig, Buffy, völlig richtig." Giles nickte.

Buffy entging sein geflüstertes „Gott sei Dank" nicht, doch sie entschied sich, es zu ignorieren.

„Sie wollten mir von Ihren Nachforschungen erzählen, die Sie gerade anstellen", erinnerte Buffy ihn.

„Ach ja", sagte Giles, froh darüber, wieder auf vertrautem Territorium zu sein. Er schulterte ihren Jagdbeutel und schob mit dem Pflock, den er in der Hand hielt, seine Brille hoch. „Es hat in der letzten Zeit eine bedeutende Zunahme von Vermißten gegeben."

Sie nickte ganz geschäftsmäßig.

„Viele davon sind Teenager", fügte er hinzu. „Sie sollen häufig einen Ort aufgesucht haben, an dem sich junge Leute treffen, um gewisse . . ."

„Makeout Point", unterbrach Buffy und nickte. „Fahren Sie fort, Giles. Ich habe zwar kein Privatleben, aber ich weiß trotzdem, was abläuft. Also, was ist passiert? Ist dort oben jemand aufgetaucht, um einen Haufen Teenager zu vampirisieren, die gerade dabei waren, sich gegenseitig an die Wäsche zu gehen?"

„So scheint es, ja", bestätigte Giles und räusperte sich. „Wenn du recht mit deiner Vermutung hast, daß es im Höllenschlund einen neuen Anführer gibt, dann ist es durchaus

möglich, daß er eine Gruppe von Vampiren um sich sammelt, die ihm treu ergeben sind und alle seine Befehle befolgen."

„Wie schön", frotzelte Buffy. „Vielleicht gelingt es mir ja, seine Sympathie zu gewinnen, so daß er ihnen befiehlt, meine Hausaufgaben für mich zu machen." Sie wehrte mit einer Handbewegung Giles' unausweichliche Aufforderung, ernst zu bleiben, ab. „Oder ich frage ihn . . ." Plötzlich zuckte sie alarmiert zusammen und gab ihrem Wächter ein Zeichen.

Ein Vampir schlich sich an sie heran.

Giles hob den Pflock.

„Warten Sie", empfahl Buffy lächelnd.

Es war ein Vampir, ja. Ein großer, dunkelhaariger und im Moment menschlich wirkender Vampir. Und gutaussehend! Sehr, sehr gutaussehend!

„Hi, Buffy", sagte Angel. Er nickte Giles zu. „Guten Abend."

„Was geht ab?" erkundigte sich Buffy betont gleichmütig.

„Ich war unterwegs." Er zuckte die Achseln. „Eigentlich hatte ich gehofft, wir könnten . . ." In diesem Moment fiel eine Horde Vampire vom Himmel. Sie kreischten, als sie in einem Kreis um Buffy, Giles und Angel landeten. Es waren mindestens ein Dutzend mit bestialischen Gesichtern, die sich duckten – abwarteten. Nein, sie zeigten keine Eile. Sie verhielten sich ganz und gar nicht wie die typischen blutgierigen Leichname, mit denen es Buffy sonst immer zu tun hatte.

Die Jägerin sah sich um und musterte die seltsame Mischung der Vampire. Jung und alt, Vertreter verschiedener Rassen und beider Geschlechter. Aber sie unterschieden sich auch noch in anderer Hinsicht. Einige waren in Leichenhemden gehüllt, was darauf hindeutete, daß sie in Leichenhallen gelegen hatten und beerdigt worden waren, bevor sie als Untote wiederauferstanden. Andere trugen Straßen- oder Arbeitskleidung. Ein Mann trug nur einen Bademantel und Boxershorts. Er gehörte zu den Leuten, die ermordet und ver-

schleppt worden waren und nie ein anständiges Begräbnis bekommen hatten.

„Das ist nicht gut", flüsterte Buffy und starrte einen Mann in Schwarz und mit einem weißen Kragen an. Wer auch immer diese Toten zu Untoten gemacht hatte – er wollte sich ganz offenbar eine Armee zusammenstellen.

„Heute morgen wurde ein Priester als vermißt gemeldet", flüsterte Giles neben ihr. „Und eine ältere Dame in einem Jogginganzug."

Der Priester näherte sich Angel, die ältere Joggerin knurrte Giles an, und der dicke Kerl im Bademantel maß Buffy mit einem bösartigen Blick.

„Mach dich auf etwas gefaßt, Jägerin", grollte der Vampir. „Der Meister hat Pläne mit dir. Du wirst eine äußerst nützliche Sklavin abgeben."

Buffy wirbelte herum und traf den Bademantelträger mit dem Fuß am Kinn, so daß sein Kopf hart nach hinten geschleudert wurde ... aber nicht hart genug, um ihm das Genick zu brechen, erkannte sie enttäuscht.

„Okay, Leute. *Ehemalige* Leute", korrigierte sich Buffy. „Wenn ihr mir verratet, was hier vor sich geht, werde ich euch vielleicht am Leben lassen. Wer ist dieser Meister, den ihr alle so toll findet? Denn ich kannte mal einen Typen, der sich so nannte, aber alles, was von ihm übrig ist, liegt in irgendeinem Sandkasten verscharrt."

Der Priestervampir lachte. „Bald wirst du es wissen. Wenn du vor ihm auf die Knie sinkst und um dein Leben bettelst."

Wie ein Mann griffen die Vampire an. Der Priester, der Typ mit dem Bademantel und ein junges Mädchen mit mehreren Nasenringen und gepiercter Lippe stürzten sich auf Angel. Aber hinter ihnen tauchten noch üblere Gestalten auf. Die nächsten drei Vampire trugen ihren besten Sonntagsstaat – die Anzüge, in denen sie beerdigt worden waren. Junge Burschen, die bei ihrem Tod nicht viel älter als Buffy gewesen sein konn-

101

ten und ihr vage bekannt vorkamen. Buffy grübelte nicht länger darüber nach, woher sie sie kannte. Sie wollte es gar nicht genau wissen.

Giles wurde von der Dame im Jogginganzug und einem Jungen angegriffen, der höchstens vierzehn war, als er starb. Während Buffy die Attacke der Vampire abwehrte, behielt sie Giles im Auge, wie stets um seine Sicherheit besorgt. Aber wie immer wurde sie von seinen Kämpferqualitäten überrascht. Er erledigte die ältere Joggerin fast augenblicklich. Doch der Junge war von einem anderen Kaliber; er wirbelte wie ein Derwisch umher und ließ seine Hände und Füße kreisen.

Bumm! Eine Faust traf sie am Kinn. Es war kein harter Schlag, aber da die Kraft eines Vampirs dahintersteckte, brachte er sie ins Wanken.

„Das wird mir eine Lehre sein, besser aufzupassen", murmelte sie vor sich hin und ging zum Gegenangriff über.

Das gepiercte Mädchen trat nach Angels Kopf, aber er blockte die Attacke ab, parierte und schmetterte sie zu Boden. Der Priester war direkt vor ihm, und Angel rammte ihm das Knie in die Magengrube und hämmerte mit beiden Fäusten auf seinen Rücken, so daß er ebenfalls zu Boden ging. Dann stürzte sich der übergewichtige Kerl im Bademantel auf ihn.

„Ich brauch' einen Pflock!" schrie er Buffy zu.

Aber Giles reagierte schneller.

Der Wächter wich einem Magenschwinger des Vampirjungen aus und rannte zum Beutel der Jägerin. Schon wollte er Angel einen sorgfältig angespitzten Pflock zuwerfen, als sich der Vampirjunge auf ihn stürzte. Giles handelte rein instinktiv – er riß rechtzeitig den Pflock hoch.

Der Junge kreischte, explodierte und bedeckte den Wächter mit einer Staubwolke. Giles zögerte keine Sekunde länger und warf Angel den Pflock zu.

Als Angelus hatte man ihn „die Geißel von Europa" genannt. Aber diese Kreatur existierte jetzt nicht mehr. Trotz-

dem war Angel noch immer ein gefährlicher Kämpfer. Mit dem Pflock in seinen Händen hatten die anderen Vampire nicht die geringste Chance. Einen Moment später war der Priester nur noch Staub. Als nächstes schaltete er den Kerl im Bademantel aus, indem er ihn auf den Rücken warf, auf seine Brust sprang und den Pflock mit aller Kraft in sein Herz trieb.

Von Angels Gegnern existierte nur noch das gepiercte Mädchen. Sie grinste Angel höhnisch an. „Wenn wir beseitigt sind, werden andere unsere Plätze einnehmen. Mein ehrenwerter Lord ist zurückgekehrt und wird dieses Land erobern und eure Knochen zu Staub zermahlen."

„Zurückgekehrt? Von wo?" rief Buffy neugierig.

„Wenn wir alle sterben, werdet ihr es nie erfahren", sagte das Mädchen, sah aber weiter nur Angel an.

Angel zögerte. Sie war noch so jung! Doch dann, als sie die Fänge entblößte und sich auf ihn stürzte, reagierte er reflexartig und trieb ihr den Pflock in die Brust.

„Ich schätze, das Risiko müssen wir eingehen", sagte er, während der Aschenregen seine Schuhe einstaubte.

Angel wollte Buffy zu Hilfe eilen, aber sie kam problemlos allein zurecht. Einen der Leichenhemdträger hatte sie bereits in Staub verwandelt. Die beiden anderen waren härter im Nehmen, und sie mußte mehrere Angriffe abwehren, bevor sie die Gelegenheit erhielt, sie mit einem Pflock auszuschalten.

Sie umkreisten sie lauernd. Während einer sie ablenkte, griff der andere von hinten an. Buffy lächelte. Dieser Trick hatte schon bei ihrem letzten Hinterhalt nicht funktioniert, und er würde auch jetzt nicht funktionieren. Sie stürzten sich gleichzeitig auf sie. Buffy ließ sich fallen, stützte sich mit den Händen ab und ließ ihre Beine unter ihrem Körper so geschickt kreisen, daß ihr Sportlehrer in Begeisterungsstürme ausgebrochen wäre. Mit einem Tritt riß sie den ersten Leichenhemdträger zu Boden. Der andere baute sich drohend

über ihr auf, aber Buffy machte einen Handstandüberschlag und rammte ihm ihre Stiefel ins Gesicht.

Er schlug die Hände vors Gesicht und sah sie nicht einmal an, als sich der Pflock in sein Herz bohrte.

Der letzte Leichenhemdträger rappelte sich mühsam wieder auf. Aber er war nicht schnell genug.

„Wer ist der nächste?" schrie Buffy durch die Staubwolke, aber die wenigen verbliebenen Vampire flohen wie ein Rudel in dieselbe Richtung. Buffy sah ihnen einen Moment lang nach und wunderte sich, daß sie zusammenblieben. Sie waren viel disziplinierter als die Vampire, die sie bisher kennengelernt hatte.

Keuchend ließ sich Buffy in Angels mittlerweile leere Arme fallen und küßte ihn. Ohne das geringste Taktgefühl stellte Giles sich mit dem Pflock in der Hand zu ihnen. Buffy seufzte und wandte sich von Angel ab. Nachdenklich starrten sie auf die Staubhäuflein, die nach dem Kampf auf dem Boden zurückgeblieben waren, bis ein eisiger Windstoß die Asche hochwirbelte und davonwehte.

„Wir sollten von hier verschwinden", sagte Giles.

Angel zog sein Jackett aus und legte es um Buffys Schultern. „Dies ist jetzt schon das zweite Jackett, das du von mir bekommst!" schrie er, um den heulenden Wind zu übertönen. „Bald habe ich nichts mehr zum Anziehen."

„Welch ein hübscher Gedanke!" brüllte sie zurück. Dann schrie sie plötzlich auf und sprang zurück.

Ein Blitz zuckte an Angels Gesicht vorbei und fuhr knapp zwei Meter von ihnen entfernt in den Boden. Mit zusammengekniffenen Augen starrte sie das seltsame Bild an, das der Blitz enthüllt hatte: Die fliehenden Vampire folgten einer Gestalt, die lachend herumsprang. Selbst jetzt, im Mondlicht, konnte Buffy ihre Silhouette noch deutlich erkennen.

„Oh, mein Gott", wisperte Buffy.

Die Gestalt sah aus wie Willow.

8

Sanno, der Gott, der von den Menschen König der Berge genannt wurde, erhob sich wie jeden Morgen von den Wolken um den Berg Hiei und wandelte wie ein Mensch über die Erde. Jeder seiner Schritte verursachte ein kleines Erdbeben und lockte die Gläubigen an, die ihn begrüßten, als wäre er die Sonne.

Sanno war ein gütiger Gott, barmherzig und großzügig. Er schenkte seinem Volk klare Bergquellen, aus denen es trinken konnte, Hasen und andere Tiere, um sich zu nähren, Holz, um sich Häuser zu bauen und sich zu wärmen. Und er schenkte ihnen die Burg des Fujiwara-Clans, die sich am Fuße des Berges Hiei erhob. Er kannte all ihre Bedürfnisse, und er gab ihnen alles, was sie brauchten.

So wandelte er also in Erwartung eines strahlenden Morgens in Gesellschaft jener, die ihn liebten und anbeteten. Aber an diesem verschneiten Wintermorgen ließ sich keiner von ihnen an seinem Schrein sehen.

Verärgert erstieg Sanno wieder den Berg Hiei, und mit seinem mächtigen Atem blies er die Wolken fort. Dann blickte er hinunter auf seine Länder und betrachtete sein Volk, das sich auf der gegenüberliegenden Seite des Berges versammelt hatte und vor dem Eingang eines neuerrichteten Tempels mit seltsam geschwungenem Dach kniete. Einige der Frauen weinten und zerrissen ihre Kleider. Ihre Männer, Bauern, lagen bäuchlings auf dem Boden und vergruben ihre Gesichter im Schlamm.

Links von der jammernden Menge saßen die Mitglieder der örtlichen Adelsfamilie auf weißen Bastmatten. Sie trugen prächtige Kimonos mit dem Halbmond des Fujiwara-Clans und saßen bewegungslos wie Statuen da, stumm und bleich

vor Kummer. Sanno kannte sie gut. Er sah Ehemann, Ehefrau und Sohn, aber nicht ihre wunderschöne Tochter Gemmyo, benannt nach der Kaiserin, die vor über siebzig Jahren das Reich regiert hatte.

In der letzten Zeit hatte Sanno darüber nachgedacht, ob er Gemmyo heiraten sollte. Hatten Götter nicht auch all das Glück verdient, das den Sterblichen zuteil wurde? Sie war nicht nur die schönste Jungfrau in der Umgebung des Berges, sondern auch die freundlichste. Außerdem verstand sie sich auf Musik und Gesang. In vielen Nächten hatte er die Erde heftig erbeben lassen, während er zu den lieblichen Melodien ihres Koto getanzt hatte.

Er stieg wieder zur Erde hinab und wandelte inmitten seiner Anhängerschaft, um nach Gemmyo und dem Grund für all dieses Leid zu suchen.

Als sie seiner gewahr wurden, sahen sich die Dorfbewohner und Edlen verstohlen an. Mit roten Augen und bebendem Kinn wichen sie zurück und machten eine Gasse für ihn frei, durch die er sich dem Eingang des neuen, fremdartigen Tempels näherte.

In dem Gebäude, unter einem mit Sternen bestickten Baldachin und auf einer Bahre aus rotem Samt, lag seine Geliebte. Ihre Augen waren geschlossen, als würde sie ruhen. Sie trug einen wunderschönen weißen Kimono, der mit Reihermotiven bestickt war. Auf den ersten Blick glaubte Sanno, sie schliefe, obwohl ihr Leib wachsweiß war. Doch es war nicht ungewöhnlich, daß sich Frauen zu besonderen Anlässen mit elfenbeinfarbener Schminke schmückten.

Erst als er genauer hinsah, entdeckte der König der Berge die zwei klaffenden Wunden an ihrem Hals, aus denen Blut auf die Falten ihres Gewandes getropft war.

Er hielt den Atem an, als er erkannte, daß sie auf heimtückische Weise von dem bösesten aller Dämonen ermordet worden war: einem Vampir.

In seinen Augen loderte unkontrollierbarer Zorn. Seine Halsschlagader pulsierte vor Wut. Blitz und Donner zuckten und grollten am Himmel, und rasch zogen Sturmwolken auf. Die Erde schwankte wie der Rücken eines Drachen, der aus seinem Schlummer gerissen wurde.

Sanno fuhr zu den Dörflern herum, die vor Entsetzen erstarrt waren, und donnerte: „Wer hat das getan?"

Niemand antwortete.

Er stampfte mit dem Fuß auf, und die Erde spaltete sich. „Wer hat das getan?" donnerte er wieder.

Die Dörfler blieben stumm.

Dann, als sich Sanno anschickte, die Erde unter seinen Füßen zu zermalmen, trat unsicheren Schrittes ein verhutzelter alter Mann vor. Obwohl es kalt war, trug er keine Schuhe, und sein Mantel war aus Stroh. Sanno erkannte ihn. Es war Genji, ein armer Bauer, dessen Frau der Tod von ihm gerissen hatte. Ohne Kinder, die ihn in seinem hohen Alter unterstützen konnten, kam er oft zu Sannos Schrein, um dort zu beten.

Der alte Mann hob eine zitternde Hand und sagte: „Sanno-no-kami, diese feigen Dörfler schweigen, weil Gemmyos Mörder gedroht hat, sie zu töten, wenn sie seinen Namen verraten. Aber ich bin sehr alt und habe in meinen letzten Jahren oft um Glück gebetet. Jetzt sehe ich, daß meine Gebete erhört wurden, denn ich, und nur ich, wage es, Euren Feind herauszufordern. Wenn ich mein Leben opfern muß, um Euch seine Identität zu enthüllen, dann werde ich glücklich sterben."

Von seinem Zorn überwältigt, griff Sanno nach seinem großen, uralten Schwert und sagte: „Dann sprich, Genji, und wisse, daß ich dich töten werde, wenn dein Mut dich verläßt."

Der alte Mann schüttelte den Kopf und verbeugte sich mehrere Male tief. „Bitte, mein gnädiger Herr, erspart Euch die Mühe. Ich bin froh, seinen Namen laut aussprechen zu können. Er heißt Chirayoju."

Als der Name fiel, wichen die anderen Dörfler entsetzt zurück. Einige weinten, andere jammerten.

„Chirayoju?" wiederholte Sanno. „Ich kenne niemanden mit diesem Namen."

Genji sagte: „Er ist ein Vampir aus dem großen Land China, der übers Meer geflogen kam. Und er ist ein Zauberer, der mit einem Wink unsere Häuser in Brand setzen kann. Ein Atemzug von ihm genügt, und die Flammen lodern hell auf. Er hat gedroht, uns all dies anzutun, wenn wir Euch seinen Namen verraten. Aus diesem Grund fürchten alle seinen Zorn. Aber ich werde mich eher freiwillig selbst verbrennen, als Euch zu enttäuschen, großer Sanno-sama."

„Du törichter alter Mann!" schrie ein anderer Dorfbewohner. Es war ein junger Mann namens Akio. Er stürzte sich auf Genji und streckte ihn mit der Faust nieder. „Du hast unser ganzes Dorf verdammt!"

„Nein, nicht er", sagte Sanno zu dem jungen Mann. „Du hast es getan." Der Berggott stampfte mit aller Kraft auf den Boden, bis niemand mehr stehen konnte. Dann zwang er Akio auf die Knie. Er hob sein Schwert, ließ es auf Akios Nakken niedersausen und köpfte ihn. Er schlug jenen, die ihm am nächsten waren, die Köpfe ab. Dann wirbelte er herum, und von seinen Händen züngelten reinigende Flammen zu Gemmyos Leichnam, so daß sie ins Paradies eintreten konnte.

Die Flammen breiteten sich von ihrem Leichnam zu dem Sternenbaldachin und von dort in dem gesamten Tempel aus. Sie sprangen auf die Bäume über und auf die Hütten der Dörfler. Sie verschlangen die Bäume und Büsche, bis sie die Festung des Fujiwara-Clans erreichten.

An diesem Tag tötete Sannos Zorn tausend Menschen. Und von diesem Tag an galt er nicht mehr als gütig und freundlich. Er wurde nicht länger verehrt. Er wurde nur noch gefürchtet.

9

Cordelia lag keuchend auf dem Rücksitz ihres Autos und stieß Xander weg. „Hör auf zu stöhnen", befahl sie ihm und setzte sich aufrecht hin. Sie beugte sich nach vorn, um ihr Make-up im Rückspiegel zu überprüfen, und strich ihren Pony zurecht. „Ich hasse es, wenn du stöhnst."

„Wa... wa...", keuchte er.

„Wenn du stöhnst", fuhr sie fort und beantwortete die Frage, die er nicht über die Lippen gebracht hatte, „erinnert es mich daran, daß du es bist, okay?"

„Erinnert dich... *Oh!*" Xander bedachte sie mit einem finsteren Blick. „Wie nett von dir. Du willst damit also sagen, daß du, wenn du mit mir zusammen bist, dir vorstellst, ich wäre ein anderer."

Als sie nichts sagte und nur den Kopf drehte, um ihn mit diesem leeren, für sie so typischen Gesichtsausdruck anzusehen, starrte er voller Abscheu zurück.

„Okay, schön. Ich verschwinde", sagte er schließlich und wollte schon die Tür öffnen. Doch Cordelia griff an seinem Kopf vorbei, entriegelte die Tür und stieß sie so auf, daß er halb aus dem Wagen fiel.

„Das wirst du mir büßen." Er stolperte und landete auf dem Bürgersteig. Mühsam rappelte er sich wieder auf, gewann einen Teil seiner Fassung zurück und warf die Autotür zu.

„Schön!" Cordelia zwängte sich hinters Lenkrad, ließ den Motor an, gab Gas und raste die Straße hinunter.

„Vergiß nicht, den Sicherheitsgurt anzulegen!" brüllte Xander. „Du Nympho...!" Als er sie nicht mehr sehen konnte, stapfte Xander auf die Veranda, setzte sich und zog die Knie bis zum Kinn an. Er seufzte und wünschte, er hätte irgend etwas mitgenommen, um sich das Warten zu verkürzen.

Selbst meine Hausaufgaben würde ich jetzt nicht verschmähen, dachte er beunruhigt.

Als er gerade kurz davor war einzudösen, hörte er Schritte auf dem Bürgersteig. Er öffnete die Augen und setzte sich auf. „Will!" rief er erleichtert. „Ich hab mir schon Sorgen um dich gemacht."

Willow stand breitbeinig da, die Hände in die Hüften gestemmt. „Kleiner Junge", höhnte sie, „du hast dir Sorgen um mich gemacht?"

„Na, sicher, Will", sagte er bedächtig. „Äh, hast du vielleicht vergessen, etwas zu essen? Ich bin auch immer so mies drauf, wenn ich Hunger hab. Sicher, es macht Spaß, am Computer zu sitzen, und man vergißt leicht die Zeit dabei. Vielleicht bist du so biestig, weil dein Blutzuckerspiegel gesunken ist? Du solltest . . ."

„Schweig!" befahl Willow.

„Willow?" Er zog auf Nicholson-Art die Augenbrauen hoch. „Übst du für ein Theaterstück? Wenn nicht, dann solltest du dir diese Attitüde sofort wieder abgewöhnen. Sie ist nicht gerade geeignet, neue Freunde zu gewinnen und andere Leute positiv zu beeinflussen. Wir wollen dir helfen, aber du mußt es auch zulassen."

Willows Gesicht schien sich zu verändern. Für einen Moment sah sie sehr traurig und verloren aus. Er ging mit offenen Armen auf sie zu und erwartete, daß sie sich hineinflüchten und gründlich ausheulen würde, so wie am letzten Montagmorgen.

„Xander", seufzte sie unglücklich und kam ihm entgegen. Sie humpelte und griff sich an den Kopf, als hätte sie einen Monsterkater. Aber das war ja völlig unmöglich! Schließlich war sie Willow! „Xander, irgend etwas stimmt nicht mit . . ." Und dann schrie sie. „*Nein!*" Sie stürzte sich auf ihn und trat ihm ins Gesicht, bevor er reagieren konnte.

Mit einem satten Plumps landete Xander auf dem Hintern.

Sie setzte sich auf ihn, packte ihn an den Haaren und hämmerte seinen Kopf auf den Verandaboden. Sie ballte die Faust und rammte sie ihm ins Gesicht – wieder und wieder. Mit beiden Fäusten trommelte sie auf ihn ein, während er versuchte, sie abzuschütteln.

„Wi... Wi..." Blut rann sein Kinn herab. Er schmeckte das widerliche Aroma von Eisen in seinem Mund.

„Ah, der Duft des Lebens geht von dir aus", freute sich Willow. Sie warf ihren Kopf zurück und lachte. Dann, als er schon hoffte, sie würde von ihm ablassen, schlug sie erneut zu.

Ihm wurde schwarz vor Augen. Pechschwarz.

Chirayoju blickte von dem Jungen auf und lauschte.

Willows Mutter fuhr die Straße entlang. Wenn sie ihre Tochter so sah, über ihrem jungen Freund kauernd, würde sie viel zu viele Fragen stellen. Also stand Chirayoju auf, wuchtete den Körper hoch, legte ihn sich über die Schulter, ging zum Rand der Veranda und warf ihn kurzerhand in die Büsche.

Chirayoju war wütend über die Störung: der Junge war noch nicht tot, und er hatte sich schon so auf seine köstliche Seele gefreut! Dank seiner Zauberkraft ernährte sich Chirayoju nicht mehr von Blut, sondern von der Essenz des Lebens selbst. Aber nicht in dieser Nacht.

Das Auto hielt am Straßenrand. „Schätzchen?" sagte Mrs. Rosenberg, als sie aus dem Wagen stieg. „Was machst du hier? Ich dachte, du gibst Buffy Nachhilfe."

„Wir haben früher aufgehört", antwortete Chirayoju. „Mir ging's nicht besonders gut, und Buffy hatte noch was anderes vor. Xander hat mich nach Hause gefahren", beruhigte er Willows Mutter, die ein besorgtes Gesicht machte.

„Seit diesem Überfall habe ich ständig Angst um dich", sagte die Frau.

Chirayoju mußte all seine Kraft aufbieten, um nicht in Gelächter auszubrechen und der Frau das Rückgrat zu zertrümmern. Bei der Vorstellung, ihr Leben zu trinken und die Seele aus ihrem gelähmten und sterbenden Körper zu saugen, spürte er, wie ausgehungert er war. Aber er brauchte Schutz vor dem kommenden Morgen, und die andere Zuflucht, die er gefunden hatte, war zu weit entfernt. Außerdem hatte er inzwischen erkannt, daß die Freunde des Mädchens Vampirjäger waren – angeführt von jenem wunderschönen blonden Mädchen –, und es hatte keinen Sinn, sich ihnen jetzt schon zu offenbaren.

Die Frau trat auf ihn zu, legte eine Hand auf die Stirn seines Wirtes und sagte: „Du bist ganz heiß. Komm ins Haus, Schätzchen."

Sobald die Tür geschlossen ist, schwor er sich im stillen, wird sie sterben. Ein derart schwächlicher Körper ließ sich leicht verstecken.

„Okay. Fassen wir es noch mal zusammen", sagte Buffy zu Giles. Angel, der die ganze Zeit in einem Buch mit dem Titel *Vampyre und andere Kreaturen des Grauens* nach Zauberformeln geblättert hatte, legte die Lektüre beiseite.

Buffy hielt eine Hand hoch. „Vampire." Es folgte die andere Hand. „Dämonen." Sie wedelte mit den Händen. „Dämonische Besessenheit."

„Ja. Völlig richtig." Giles nickte zustimmend. Er war sichtlich stolz auf Buffy. Angel kannte dieses Gefühl. Buffy war die einzige Sache in seinem Leben, auf die er mit Fug und Recht stolz sein konnte.

Dann schnitt Buffy eine Grimasse und wedelte wieder mit den Händen. „Aber vampirische Besessenheit? Oh, Giles, ich weiß nicht."

„Wie läßt sich sonst erklären, was du gesehen hast?" fragte Giles. Er sah Angel hilfesuchend an. Doch der war genauso verwirrt wie Buffy.

„Ich habe so etwas auch noch nie zuvor gehört", bekannte er, während er wieder in den Seiten des Buches blätterte, als hoffte er, dort die Antwort zu finden. „Soweit ich weiß, können Vampire von keinem Lebenden Besitz ergreifen."

„Allerdings", überlegte Giles, „könnte man argumentieren, daß Vampirismus eine Form der dämonischen Besessenheit ist. Vampire sind im Grunde nichts weiter als seelenlose menschliche Leichname, die von Dämonen besessen sind." Er räusperte sich und fügte hinzu: „Anwesende natürlich ausgenommen."

„Dem kann ich zustimmen", sagte Angel. „Aber die Dämonen, die Vampire bewohnen, können nicht von Körper zu Körper springen oder eine andere Person so beeinflussen, wie es Dämonen können."

„Buffy, es tut mir leid, daß ich deine Besorgnis um Willow nicht ernster genommen habe", wandte sich Giles an die Jägerin. „Offensichtlich geschieht etwas sehr Beunruhigendes mit ihr und . . ."

Buffy bewegte sich unbehaglich. „Ich bin mir selbst nicht sicher, was ich gesehen hab. Ich dachte, es wäre Willow, aber vielleicht hab ich mich auch geirrt. Es ging alles so schnell! Vielleicht hab ich es mir nur eingebildet, weil ich mir solche Sorgen um sie mache." Sie starrte das Telefon an. „Am liebsten würde ich bei ihr anrufen und fragen, wie es ihr geht." Sie warf einen kurzen Blick auf ihre Armbanduhr und seufzte. „Aber ich will nicht daran schuld sein, daß ihre Mutter sie umbringt. Und meine anschließend mich."

„Es ist ein sehr langer Tag gewesen . . . und eine sehr lange Nacht, und zwar für uns alle. Vielleicht wäre es das beste, bis morgen zu warten", schlug Giles vor. „Ich bin sicher, daß Willow zur Schule kommt, und dann wird sich alles aufklären." Sein gezwungenes Lächeln wirkte nicht sehr beruhigend.

„Komm, ich bring' dich nach Hause", sagte Angel und griff nach Buffys Hand.

113

„Also gut", sagte sie und ließ ihr glückliches Lächeln auf-blitzen, das manchmal wie der Blitz bei ihm einschlug.

Als sie vor dem Schulgebäude standen, nahm Angel Buffy in die Arme und küßte sie lange und leidenschaftlich. Er konnte nicht fassen, daß er sich von allen sterblichen Mäd-chen auf der Welt ausgerechnet in die Jägerin verliebt hatte. Die Gewißheit, daß sie ihn auch liebte, machte seine sonder-bare und einsame Existenz ein wenig erträglicher. Er war ein Ausgestoßener unter den Vampiren, aber dennoch einer von ihnen, und manchmal war Buffys Liebe alles, woran er sich klammern konnte. Das – und sein Gelöbnis, die Erde von sei-nen Brüdern und Schwestern, den grausigen Kreaturen der Nacht, zu befreien.

Er lächelte sie an, als sie mit ihren großen blauen Augen zu ihm aufschaute. Sie hatte keine Ahnung von seinen düsteren Gedanken, die ihm durch den Kopf gingen.

„Angel, ich bin so verwirrt", murmelte sie.

„Warum?" Er fuhr mit seinen Fingern durch ihr Haar.

„Es ist bloß . . ." Sie schmiegte ihren Kopf an seine Brust. „Nun, wegen Willow. Sie war so anders in letzter Zeit. So böse und biestig. Als wir von den Vampiren angegriffen wur-den, muß ich mir wohl eingebildet haben, sie unter ihnen zu sehen."

„Vielleicht hast du sie wirklich gesehen."

„Nein. Tief in meinem Herzen weiß ich, daß Willow nicht besessen ist. Sie ist nur völlig verängstigt. Ich kann nicht glau-ben, daß ich es überhaupt für möglich gehalten habe. Aber genauso ist es auch zwischen meiner Mom und mir."

„Sie glaubt demnach, daß du besessen bist?" erkundigte sich Angel amüsiert. Er glaubte, ihre Antwort zu kennen. Und Buffy enttäuschte ihn nicht.

„Mir kommt es so vor, als würde meine Mom schon mein halbes Leben zu mir sagen: ‚Buffy, das paßt gar nicht zu dir.' Immer dann, wenn ich irgend etwas angestellt hab, was sie

enttäuscht. Aber wenn es nicht zu mir passen würde, hätte ich es schließlich nicht getan, oder? Ich hätte es gar nicht gekonnt." Sie legte den Kopf in den Nacken und blickte zu ihm auf. „Weißt du, was ich meine?"

Er hörte auf zu lächeln, damit sie nicht den Eindruck gewann, daß er sie auslachte, denn er empfand tiefes Mitgefühl für sie. Aber es gab nichts, was er tun konnte, um ihr das Erwachsenwerden zu ersparen.

„Ich denke schon", versicherte er ihr.

„Schau dir Xander und Cordelia an", fuhr sie fort. „Wenn jemand besessen ist, dann die beiden. Sie können nicht einmal erklären, warum sie tun, was sie tun." Sie zitterte. „Ich meine, es ist so abgefahren."

Er nickte und kicherte. Ja, Xander und Cordelia hatten auch ihn überrascht. Aber wenn er jetzt so darüber nachdachte, mußte er zugeben, daß es von Anfang an zwischen ihnen gefunkt hatte. Seit sie sich kannten, stritten sie miteinander und beschimpften sich gegenseitig. Und beide waren hitzköpfig und leidenschaftlich.

„Es war viel einfacher, als ich in deinem Alter war", erzählte er. „Wenn die Menschen etwas Unerwartetes taten, sagten wir, daß sie besessen waren und beließen es dabei." Er hob die Schultern. „In Wirklichkeit haben wir es nicht dabei belassen. Normalerweise verbrannten wir sie auf dem Scheiterhaufen oder hängten sie. Wenn sie Glück hatten, landeten sie nur in der nächsten Irrenanstalt." Er umfaßte ihr Kinn mit der Hand. „Ein eigensinniges Mädchen wie dich hätte man damals garantiert als Hexe denunziert und auf dem Scheiterhaufen verbrannt."

„,C'mon, baby, light my fire'", zitierte sie, aber Angel erkannte, daß er sie beunruhigt hatte. Er wußte, daß sie manchmal vergaß, wie alt er war: 242. Im Vergleich zu ihren 17 Jahren war das verdammt alt. Er war etwa in ihrem Alter gewesen, als er in eine Kreatur der Nacht verwandelt worden

115

war, und die Dekaden hatten seine äußere Erscheinung nicht verändert. Da konnte man den Altersunterschied zwischen ihnen leicht schon einmal vergessen.

Einige der sterblichen Frauen, die er in all den Jahren kennengelernt hatte, hielten dies für einen Segen und flehten ihn an, sie auf dem Höhepunkt ihrer Schönheit zu verwandeln. Aber er hatte sich stets geweigert – wenigstens, nachdem er seine Seele zurückbekommen hatte. Denn er wußte, daß sie sich über die Konsequenzen dieser Veränderungen nicht im klaren waren.

„Deine Mutter sieht halt nur das Beste in dir", erklärte Angel, während er mit dem Finger über Buffys Wange strich. Die Jägerin war ebenfalls eine Schönheit, aber wie die meisten attraktiven Frauen konnte sie es selbst nicht sehen. „Dein Gesicht ist der Spiegel ihrer Liebe zu dir. Wenn sie dich anschaut und einen Fehler sieht, dann glaubt sie, daß es ihre Schuld ist, weil sie auf irgendeine Weise versagt hat." Er umfaßte wieder ihr Kinn und hob ihr Gesicht. „Deswegen ist sie so hart zu dir, Buffy. Weil sie dich so sehr liebt."

„Bin ich wirklich ihr Spiegel?" fragte Buffy unsicher. „Vielleicht ihr zersprungener Spiegel", schnaubte sie dann.

„Nein. Klar wie Glas", widersprach er. „Rein."

Sie schüttelte den Kopf. „Das bin ich nicht."

„Doch. Das bist du."

„Aber was ist mit dir, Angel?" lenkte sie vom Thema ab und er protestierte nicht. „Du hast kein Spiegelbild."

„Doch, wenn ich dich anschaue." Er küßte sie, zunächst sacht, dann mit größerer Leidenschaft. Sie erwiderte seinen Kuß, und er zog sie an sich. Von ganzem Herzen wollte er so sein, wie Buffy ihn sich wünschte. Er wollte genau der sein, den sie brauchte. Aber er war ein Vampir, ein Halbdämon mit einer menschlichen Seele, die jede Sekunde gegen die Finsternis ankämpfte. Und er machte sich schwere Vorwürfe, weil er ihr in der Vergangenheit so oft Kummer bereitet hatte.

Könnte er doch nur ungeschehen machen, was er ihr angetan hatte . . .

„Angel", flüsterte Buffy, „ich liebe dich."

„Ich liebe dich auch, Buffy."

„Ich möchte . . .", begann sie, aber er legte einen Finger an ihre Lippen und brachte sie zum Schweigen.

„Komm, ich bring' dich nach Hause", sagte er sanft.

Arm in Arm schlenderten sie davon, wie ein ganz normales Mädchen und ein ganz normaler Junge, die nach einem Rendezvous nach Hause gingen.

In Willows Zimmer machte sich Chirayoju bettfertig, während er auf die schwächer werdenden Herzschläge des Jungen lauschte, der draußen in den Büschen lag. Der Junge würde höchstwahrscheinlich noch vor dem Morgengrauen sterben. Wenn nicht, dann würde sich Chirayoju eben erneut mit ihm befassen. Xanders Sorge um Willow sollte sein Tod sein.

Der Vampirzauberer glitt zu den hohen Fenstern und sah hinaus. In der Dunkelheit konnte er die Silhouetten seiner Günstlinge erkennen, die er erschaffen und in seine Dienste gepreßt hatte. Jene, die in dieser Nacht bereits erfolgreich gejagt hatten, versammelten sich um Willows Haus, wo ihr Meister residierte, um ihn zu ehren, bis die Morgendämmerung sie zwang, sich in ihren Schlupfwinkeln zu verkriechen.

Chirayoju hatte mit dem Aufbau seiner Armee begonnen. Zugegeben, noch war die Streitmacht sehr klein. Aber sie wuchs mit jeder Nacht.

Zumindest würde sie das, wenn diese verfluchte Vampirjägerin nicht eingegriffen hätte! dachte er zornig.

Chirayoju brauchte mehr Zeit, um seine Truppen aufzustellen – es war nicht so wie in den alten Zeiten, als auf seinen Befehl hin ganze Dörfer wie ein Mann in den Kampf gezogen waren. Doch sobald er seine volle Stärke erreichte, würde ihn

nicht einmal mehr die Jägerin daran hindern können, ein Regiment der Toten zusammenzustellen, das groß genug war, um alle Länder unter dem Mond zu versklaven.

Ein kalter Windstoß fegte durch das offene Fenster. Chirayoju dachte an die Kirschblüten in den Bergen Japans und an die wunderschönen Bäume, die einst in dem Garten von Sunnydale geblüht hatten. Das letzte Mal, als er dort gewesen war, hatte er einen verdorrten Bonsai-Baum aus der Erde gerissen – für den Schrein, den er im Zimmer des Mädchens zu bauen gedachte.

Willows Mutter klopfte an die Tür.

„Ja?" sagte Chirayoju.

„Schätzchen, ich . . . ist alles in Ordnung mit dir?"

„Mir geht's gut", fauchte Chirayoju. „Ich bin nur müde."

„Du scheinst gar nicht du selbst zu sein."

Chirayoju trat an den Wandspiegel und blickte hinein. Mit reiner Willenskraft ließ er die Gesichtszüge des Mädchens verschwimmen und von seinen eigenen überlagern – eine grünschimmernde, durchscheinende Maske. Er grinste, als er den Zorn in seinen Augen sah. Der unbesiegbare Geist. Erfüllt von Vitalität und Entschlossenheit.

„Natürlich bin ich ich selbst, Mom", antwortete Chirayoju. „Wer sollte ich denn sonst sein?"

Willows Mutter lachte verlegen. „Ich schätze, das ist die Frage, die sich die meisten Eltern von Teenagern stellen." Sie öffnete die Tür, kam herein und setzte sich auf Willows Bett. „Du warst bei deiner Geburt so süß und winzig", sagte sie wehmütig. „Ich hielt dich stundenlang in meinen Armen und sah dich bloß an. Ich konnte nicht fassen, wie vollkommen du warst. Deine Hände und Füße. Jeder Finger, jeder Zeh." Die Frau griff nach einem Kissen und drückte es an ihre Brust. „Bei deinem ersten Wutanfall war ich so schockiert. Mein vollkommenes kleines Baby! Aber ich war auch stolz auf dich. Du wurdest allmählich unabhängig." Sie zupfte an einem Zip-

fel des Kissens. „Sobald ein Baby geboren wird, lernt es, der Obhut seiner Eltern zu entkommen. Zuerst rollt es sich weg, dann krabbelt es weg und dann läuft es davon." Sie seufzte. „Aber ich habe gehofft, daß du am Ende, wenn du erwachsen bist, wieder zu mir zurückkommst. Natürlich nicht als mein kleines Baby", sie lächelte, „sondern vielleicht als meine Freundin."

Chirayoju starrte sie an. Er konnte nicht fassen, wie schwach sie war. Glaubte sie wirklich im Ernst, daß die Eltern, die als Götter idealisiert und verehrt werden sollten, die Freunde ihrer Kinder werden konnten? Glaubte sie wirklich, daß sie eine derartige Respektlosigkeit verdient hatte? Wenn er dieses Land erst einmal erobert hatte, würde er dafür sorgen, daß derartige Vorstellungen verboten wurden – selbst den Toten.

„Das hoffe ich auch, Mom", erwiderte er und lächelte.

Sie war nur deshalb noch am Leben, weil er befürchtete, daß es eine Untersuchung geben würde, wenn er sie ermordete. Und da sie eine Erwachsene war, würde man zu viele Fragen stellen. Schon jetzt untersuchten die Behörden einige der Todesfälle, für die er verantwortlich war – der heilige Mann, die alte Dame, die seine Günstlinge umgebracht hatten. Aber der Junge in den Büschen war nur ein Junge. Kinder starben auf alle möglichen tragischen und unerwarteten Weisen – selbst in diesen modernen Zeiten.

Willows Mutter trat zu ihrer Tochter und küßte sie liebevoll auf die Wange. Chirayoju bedauerte zutiefst, daß er sie nicht töten konnte. Jedesmal, wenn Willow die Stimme ihrer Mom hörte, kämpfte sie darum, die Kontrolle über ihren Körper zurückzugewinnen. Chirayoju fand ihre Versuche irritierend und leicht ermüdend. Früher oder später würde er sie auslöschen, so daß der Widerstand ein Ende hatte.

Draußen wurde der Herzschlag des Jungen immer schwächer. Bald, sehr bald, würde auch sein Kampf enden.

10

„Spieglein, Spieglein an der Wand", sagte Buffy, während sie auf der Damentoilette ihre Frisur und ihr Make-up überprüfte. Hinter ihr drängten sich die anderen Mädchen und schwatzten über Jungen, Kleidung und andere angenehme Aspekte des Teenagerdaseins. Die weniger angenehmen Aspekte – Hausaufgaben und Auseinandersetzungen mit den Eltern – wurden natürlich auch diskutiert.

Buffy seufzte leise. Warum wurden ihr ausgerechnet die angenehmen Dinge meistens verwehrt? Die unangenehmen Dinge dagegen kannte sie nur zu gut: Ihre Mom hatte ihr erst in der vergangenen Nacht wieder eine Strafpredigt gehalten.

„Wirst du dich denn nie ändern, Buffy?" hatte sie zum Schluß gesagt.

Buffy versuchte, Angels wunderschönen Vortrag zu beherzigen und sagte sich, daß sie ein Spiegel war und ihre Mutter diesen Spiegel liebte. Aber alles in allem hatte sie bloß das Gefühl, zu sieben Jahren Zwangsarbeit verurteilt zu werden.

Ein paar Mädchen grüßten Buffy, aber keine kam zu ihr, um sich ein Autogramm abzuholen oder sie nach ihrer Meinung zu *Dawson's Creek* zu fragen. Außer Willow hatte sie keine wirkliche Freundin. Und die vermißte sie. Wo war sie? *Ihre* Willow, nicht dieses Update, diese Willow-Version 7.0.

Buffy dachte an ihre ersten Wochen in Sunnydale – an die verschworene Gemeinschaft, die sie, Willow und Xander gebildet hatten. *Einer für alle und alle für einen.* Jetzt war Willow mit Oz zusammen und Xander mit Cordy. Nicht nur ihre Freundschaft hatte sich verändert, ihr ganzes Leben hatte sich verändert. Zum Glück hatte sie Angel.

Aber da sie die Jägerin war, mußte sie persönliche Beziehungen zurückstellen. Oberste Priorität galt der Suche nach dem

neuen Chefvampir in der Stadt. Bis jetzt hatte sie bei der Jagd kein Glück gehabt – abgesehen von der Vermutung, daß es sich bei jener Gestalt, die sie in der vorherigen Nacht auf dem Friedhof beobachtet hatte, um Willow handelte.

Sie schlenderte aus der Toilette und wollte schon Giles aufsuchen, um sich vor dem Unterricht mit ihm zu besprechen, als Cordelia auf sie zustürzte. Buffy wartete auf die Granate, die Cordy zweifellos auf sie abschießen würde. Wahrscheinlich eine spitze Bemerkung über Buffys Strumpfhose oder die Tatsache, daß ihre Haare „aus der Form geraten" waren.

Cordelia blieb abrupt stehen, sah nach links, dann nach rechts, versicherte sich, daß keine der Cordettes in der Nähe war, um ihr Gespräch mit einer der Unberührbaren zu beobachten, und eilte zu Buffy.

„Buffy", stieß sie keuchend hervor, „Xander ist heute nicht zur Schule gekommen. Und Willow auch nicht."

„Aha", sagte Buffy bedächtig. „Und was denkst du? Daß Xander und Willow nach Las Vegas ausgerissen sind?"

„Ich denke, Miss Jägerin, daß ich Xander gestern nacht bei Willow abgesetzt habe, weil er sich solche Sorgen um sie machte, und daß jetzt beide verschwunden sind."

Buffy überlegte. „In Anbetracht der Tatsache, daß wir auf dem Höllenschlund leben und daß sich Willow mehr wie du benommen hat . . ."

„Und daß ich mich mit Xander gewöhnlich jeden Morgen zum, äh, Frühstück treffe."

„Hast du eigentlich schon mal daran gedacht, daß er vielleicht sauer ist und dich versetzt hat?" gab ihr Buffy zu bedenken.

Cordelia verdrehte die Augen. „Vertrau mir. Xander würde kein einziges *Frühstück* mit mir versäumen." Sie zog einen Schmollmund. „Komm schon, Buffy, wir reden hier über *mich*. Ich meine, ich weiß, daß ich in einem früheren Leben etwas Schreckliches getan haben muß, sonst hätte ich nicht diese absolut unkontrollierbare Anziehungskraft auf Männer, aber Xan-

121

der . . . Xander muß das Gefühl haben, in der Lotterie gewonnen zu haben. Er würde mich niemals einfach versetzen."

Buffy gab es nicht gerne zu, aber sie verstand, was Cordelia meinte. Xander war schließlich auch nur ein Mann.

„Was hat er gesagt, als du ihn angerufen hast?" fragte sie mit einem Blick auf Cordelias Handy.

Cordelia machte ein Gesicht, als hätte Buffy auf sie geschossen. „Als *ich ihn* angerufen hab? Also bitte, Buffy, ich ruf doch keine Jungs an! Sie rufen mich an."

„Vorausgesetzt, sie sind nicht tot", meinte Buffy verärgert.

„Oh." Cordelia tippte mir finsterer Miene Xanders Nummer. „Eigentlich wollte ich meinen Termin im Nagelstudio verschieben", sagte sie zu Buffy, blinzelte dann und nickte der Jägerin zu. „Hallo, Mrs. Harris?" fragte sie zuckersüß. „Hier ist Cordelia. Was? . . . Cordelia Chase! Xander muß Ihnen von mir erzählt . . . Kann ich ihn bitte sprechen? . . . *Was?*" Sie sah schockiert aus. „Die *Polizei?*"

„Oh, mein Gott", flüsterte Buffy. „Was? Was?"

„Okay. Ja, natürlich. Ja, natürlich werde ich das tun. Ganz bestimmt. Auf Wiederhören." Cordelia schob das Handy in die Tasche und umklammerte Buffys Unterarm. Sie hatte einen erstaunlich festen Griff.

„Buffy, Xander ist gestern nacht nicht nach Hause gekommen." Ihr traten wahrhaftig Tränen in die Augen. „Seine Familie glaubt, daß er vielleicht entführt oder ermordet oder sonst was wurde, da in der letzten Zeit doch so viele Leute verschwunden sind." Sie preßte ihre zittrigen Fingerspitzen gegen die Lider und unterdrückte ein Schluchzen. „Und wenn er tot ist, dann war das Letzte, was ich zu ihm gesagt hab, daß er aufhören soll zu stöhnen."

Buffy nahm dies zur Kenntnis, ging aber nicht darauf ein. „Was ist mit Willow? Ruf bei ihr zu Hause an." Jetzt bedauerte Buffy, daß sie Willow nicht schon gestern nacht angerufen hatte.

Cordelia gab ihr das Handy. „Mach du's. Ich kenn' die Nummer nicht."

Buffy wählte. Und wartete. Niemand nahm ab. Sie drückte auf die Wahlwiederholungstaste. Vielleicht schliefen im Hause Rosenberg ja noch alle. Aber immer noch hörte sie nichts weiter als das Freizeichen. Nicht einmal der Anrufbeantworter meldete sich. Sie wechselte einen alarmierten Blick mit Cordelia.

„Giles", sagten sie gleichzeitig und rannten zur Bibliothek. „Er muß uns decken", forderte Buffy. „Wir können nicht den ganzen Tag die Schule schwänzen, ohne Ärger zu bekommen. Er hat all diese erstaunlichen Sondergenehmigungen, die man uns Schülern vorenthält. Arbeitsurlaub oder so was in der Art."

„Ich habe schon immer gewußt, daß dieser Laden nur ein gut getarntes Gefängnis ist", murmelte Cordelia. Sie schlitterte über den gefliesten Boden. „Natürlich mußte ich heute hochhackige Schuhe anziehen."

Schulter an Schulter stießen Buffy und Cordelia die Doppeltür auf und sahen Giles vor sich, der sehr ernst auf Oz einsprach und ihm einen großen Segeltuchsack gab. Irgend etwas darin klirrte, als Oz ihn entgegennahm. Die beiden zuckten zusammen, entspannten sich aber sofort wieder.

„Hi, Girls", grüßte Oz sie. „Ich hol mir gerade das neue und verbesserte Oz-Wolf-Kontrollsystem ab." Er deutete mit dem Kopf nach oben – dahin, wo nachts der Mond schien. „Es ist mal wieder soweit."

„Oh." Buffy nickte. „Ich verstehe. Werwolfzeit. Hmm."

Oz hatte erst vor kurzem erfahren, daß er sich drei Nächte in jedem Monat in einen Werwolf verwandelte, seit ihn sein dreijähriger Neffe in den kleinen Finger gebissen hatte. Willow hatte Verständnis für seine Situation. Aber nicht nur sie. Die gesamte Scooby Gang verstand es. Schließlich war es nicht seine Schuld, und er verletzte niemanden.

123

Oz musterte sie. „Bist du okay? Ich meine, ist alles in Ordnung?"

„Sicher." Sie lächelte und gab Cordelia einen Rippenstoß. Cordys Gesicht leuchtete wie ein Weihnachtsbaum auf.

„Alles ist super-duper", versicherte sie.

„Hoffentlich erholt sich Willow bald von diesem Magenvirus", sagte er und schlenderte bereits auf die Tür zu.

„Warte", sagte Buffy hastig und hielt ihn am Arm fest, als er gerade an ihr vorbeiging, ließ ihn aber sofort wieder los und räusperte sich. „Du hast mit ihr gesprochen?"

„Nee, sie hat mir 'ne Mail geschickt. Bis später." *Klirr, klirr, klirr,* und schon war er verschwunden.

„Wenn sie Mails verschickt, ist sie vielleicht okay", warf Cordelia in dem Moment ein, als Buffy auf Giles zu stürzte und hervorsprudelte: „Sie müssen uns decken. Xander und Willow sind verschwunden."

„Ja, ja, natürlich", versicherte er mit besorgtem Gesichtsausdruck, „aber was . . ."

„Ich fahre", erbot sich Cordelia. „Ich bin dafür am besten geeignet."

„Einverstanden", erklärte Buffy. „Wir müssen nur noch einen Boxenstop an meinem Spind einlegen, damit ich meine Jägersachen holen kann."

Während die beiden Mädchen aus der Bibliothek stürmten, rief Giles ihnen nach: „Ja, in Ordnung. Aber was ist eigentlich los?"

Er erhielt keine Antwort.

„Bitte, töte mich nicht", murmelte Buffy etwas später, als sie um die Ecke rasten und die Straße zu Willows Haus entlangbrausten.

„Du klingst genau wie Xander", stellte Cordelia fest. „Bei ihm kann ich es ja noch verstehen. Schließlich hat er sein ganzes Leben in Sunnydale verbracht. Der bedeutungsvollen Stadt

124

mit sage und schreibe fünf – du kannst gerne nachzählen – fünf großen Straßenkreuzungen. Aber du hast in L. A. gelebt!"

„Ich schätze, ich bin bloß ein wenig nervös", gab Buffy zu. „Und mir ist bewußt, daß man auch schon in jungen Jahren sterben kann."

„Wir sind da." Cordelia trat auf die Bremse.

Buffy duckte sich und schützte den Kopf mit den Händen, als befände sie sich an Bord einer abstürzenden 747.

Cordelia seufzte ärgerlich, sprang aus dem Wagen und stöckelte auf ihren extrem hohen Absätzen zum Bürgersteig.

Buffy, die kniehohe Stiefel trug, erwartete sie dort bereits und hielt Cordelia zurück, als sie auf die Veranda stürmen wollte.

„Wir wissen nicht, wer oder was uns dort drinnen erwartet", flüsterte sie. „Niemand ist ans Telefon gegangen."

„Oh, richtig." Cordelia war gleichzeitig neugierig, aufgeregt und verängstigt.

„Wir sehen uns am besten zuerst um", erklärte Buffy leise. „Ich gehe nach links und du . . ."

„Ich geh auch nach links", sagte Cordelia nachdrücklich.

„In Ordnung. Halt dich hinter mir." Buffy hob ihren Jagdbeutel und vergewisserte sich, daß ein Pflock und ein Kreuz in Griffweite waren. Natürlich, es war hellichter Tag, aber man wußte nie, was einem in Sunnydale begegnete. Sie musterte prüfend den Rasen, während sie ihn auf Zehenspitzen überquerte. Aber da war nichts Ungewöhnliches.

Buffy spähte in die Büsche. Nichts. Sie ging zum nächsten Busch und schlich suchend um ihn herum.

Da lag er. Xander. Sein Gesicht, so still und weiß wie der Tod, war von Schrammen und Blutergüssen überzogen.

„Oh, mein Gott!" kreischte Cordelia.

Die Haustür sprang auf, und Buffy wirbelte herum, den Pflock kampfbereit in der Hand.

Willows Mutter stand, mit einem hastig übergeworfenen

125

Bademantel und dunklen Ringen unter den Augen, im Türrahmen.

„Buffy, was ist passiert?" rief sie.

„Mrs. Rosenberg, rufen Sie einen Krankenwagen. Es ist Xander."

„Er ist tot", schluchzte Cordelia und warf sich auf Xanders reglose Gestalt. „Oh, mein Gott!"

Mrs. Rosenberg machte einen Schritt auf Xander zu, aber Buffy packte sie am Arm und zog sie mit sich in die Küche. Sie nahm das Telefon von der Basisstation und wählte die Nummer der Notrufzentrale. „Wo ist Willow?" fragte sie.

„Sie ist weggegangen", sagte Mrs. Rosenberg besorgt. „Ich hab die ganze Zeit gehofft und gebetet, daß sie anruft, aber..."

„Es hat einen Unfall gegeben", sagte Buffy, als sich am anderen Ende der Leitung endlich jemand meldete. „Schicken Sie bitte einen Krankenwagen in die... in die... Ach, Moment..." Sie reichte Willows Mom das Telefon, damit sie ihre genaue Adresse durchgeben konnte. Buffy war so außer sich, daß sie Willows Hausnummer vergessen hatte. Dann stürzte sie durch den Flur und in Willows Zimmer.

Das Zimmer war leer, genau wie Mrs. Rosenberg gesagt hatte. Das Bett war nicht gemacht, und Willows Stofftiere lagen überall auf dem Boden verstreut. Und nicht nur das! Willow hatte sie mißhandelt und geköpft, wie Buffy bemerkte, als sie sich bückte und eins genauer betrachtete. Es war ein kleines weißes Einhorn. Jemand hatte ihm einen Kugelschreiber in die Brust gebohrt.

Buffy standen vor Entsetzen die Haare zu Berge. Ihr Gesicht war heiß. *Willow, was ist bloß mit dir los?* fragte sie sich stumm.

„Sie haben Post", sagte eine Stimme hinter ihr.

Buffy drehte sich um und entdeckte den Computer auf Willows Schreibtisch. Sie trat näher und klickte Willows Mailbox an. Die Nachricht war von Oz.

126

Ich hoffe, es geht dir besser. Trink viel Flüssigkeit und nimm eine Menge Vitamin C, hatte er geschrieben. *PS: Ich mag dich.*

Also waren sie noch immer in der Phase der Schwärmerei und hatten noch nicht das Stadium des *Ich liebe dich* erreicht.

Neben dem Computer stand ein kleiner, vertrockneter Strauch. Buffy hob ihn hoch und betrachtete ihn. Er kam ihr irgendwie bekannt vor, aber sie konnte sich nicht erinnern, wo sie so etwas schon mal gesehen hatte.

Dann entdeckte sie die Scheibe, die Willow versehentlich von dem großen japanischen Schwert an der Wand des Museums abgebrochen hatte. Daneben lag eine kleine grüne Papierblume. Buffy starrte sie einen Moment an. Ihr Herz klopfte laut, und sie faltete das Papier auseinander.

Draußen heulte eine Sirene. Rotes und blaues Licht flakkerte durch die Jalousie. Der Krankenwagen war eingetroffen.

Buffy verstaute die Scheibe und den Baum in ihrem Jagdbeutel. Als sie das Zimmer verließ, glättete sie das Papier. Dort stand: *Es tut mir leid.*

„Die Sanitäter sind da!" rief Mrs. Rosenberg. „Sie wollen mit dir sprechen, Buffy."

Sie nickte und warf die Notiz ebenfalls in ihren Beutel, bevor sie die Treppe hinunterging. Sie würde sie Giles zeigen.

Plötzlich stolperte sie und konnte sich nur in letzter Sekunde an der Wand abstützen. Sie zitterte am ganzen Leib. Noch nie hatte sie so viel Angst gehabt wie in diesem Moment, Angst um ihre Freunde. Tränen rannen über ihr Gesicht. Wenn sie sie verlor, wenn auch nur einem von ihnen wegen ihr, der Jägerin, etwas zustieß, dann würde sie sich das niemals verzeihen. Niemals.

So muß es Angel gehen, erkannte sie. Er hatte nicht nur geliebte Menschen verloren, sondern sie selbst getötet.

Sie riß sich zusammen und lief zum Krankenwagen. Xander lag angeschnallt auf der Pritsche. In seinem rechten Arm

steckte bereits eine Infusionsnadel, und eine Sauerstoffmaske bedeckte sein Gesicht.

„Ich komme mit", sagte Cordelia entschlossen und stieg in den Krankenwagen.

„Ich auch", erklärte Buffy und kletterte hinterher.

Cordy seufzte. „In Ordnung, ich kann mein Auto hier nicht einfach stehenlassen, also komm, wir fahren." Sie stieg wieder aus, und Buffy folgte ihr.

Diese Fahrt in Cordelias Auto unterschied sich deutlich von allen anderen. Nicht, daß Cordelia vorsichtiger oder besser fuhr als sonst. Aber diesmal sagte Buffy nichts. Sie war voll und ganz mit ihrer Angst beschäftigt. Angst, daß Xander sterben würde, obwohl es im Moment so aussah, als würde er nach einer Transfusion und ein paar Tagen Bettruhe wieder auf den Beinen sein. Angst, daß Willow vielleicht schon tot war. Und das alles, weil sie sich nicht genug auf die Suche nach dem Vampir konzentriert hatte, der die neue Welle von Schrekkenstaten organisierte, die Sunnydale derzeit heimsuchte.

Aber da war noch eine andere Befürchtung, die Buffy quälte. Eine, die sie am liebsten ignoriert hätte, die sich ihr aber in ihrer Logik immer stärker als Gewißheit aufdrängte. Die Befürchtung, daß sie tatsächlich Willow in der vergangenen Nacht auf dem Friedhof gesehen hatte.

Jetzt war Willow verschwunden und hatte nichts weiter als eine Entschuldigung zurückgelassen. Eine Entschuldigung wofür?

Buffy glaubte es zu wissen, und ihr Verdacht machte sie ganz krank vor Angst: Vampirische Besessenheit. Gestern nacht war es ihr nur wie eine Theorie erschienen. Doch mittlerweile wuchs sich diese Theorie zu einer der schrecklichsten Möglichkeiten aus, die sie sich vorstellen konnte.

Trotz der technologischen Fortschritte, die Futuristen wie H. G. Wells und George Orwell in Staunen versetzt hätten, war

es den Wissenschaftlern der Welt immer noch nicht gelungen, eine internationale Telefonverbindung ohne diesen hohlen, blechernen Klang herzustellen, den Giles als so störend empfand. Es hatte ihn mehrere Anrufe gekostet, um die Telefonnummer in Erfahrung zu bringen, nach der er suchte, und als er sie endlich in den Händen hielt, zögerte er, sie zu wählen.

In Sunnydale war es gerade Mittag. Aber in Tokio, Japan, war es fünf Uhr morgens. Ihm gefiel der Gedanke nicht, einen dreiundsiebzig Jahre alten Mann im Morgengrauen aus dem Schlaf zu reißen. Aber schließlich hatte er keine andere Wahl und auch keine Zeit für Höflichkeiten.

Als Giles die Nummer gewählt hatte und das Freizeichen ertönte, seufzte er erleichtert. Hohl und leise, ja, aber wenigstens ohne dieses grauenhafte Echo, das internationale Ferngespräche manchmal begleitete und ein normales Gespräch fast unmöglich machte.

Am anderen Ende der Leitung ertönte ein Klicken, als der Hörer abgenommen wurde. „Mushimushi?"

„Ohayo gozaimasu", sagte Giles. Er konnte bloß ein paar Brocken Japanisch, und selbst die kamen nur außerordentlich mühsam über seine Lippen. „America kara, Giles desu . . ."

„Ah, der geschätzte Professor Giles", antwortete der Mann in perfektem Englisch. „Hier ist Kobo. Es ist mir eine Ehre, mit Ihnen zu sprechen. Ihr Japanisch ist ausgezeichnet, aber wenn Sie einverstanden sind, möchte ich die Gelegenheit nutzen, meine zugegebenermaßen bescheidenen Englischkenntnisse anzuwenden. Man gerät sonst so schnell aus der Übung."

Giles lächelte trotz des Ernstes der Lage. Diese Höflichkeit beherrschten nur die Japaner. Kobo hatte direkt erkannt, wie schlecht es um Giles' Japanisch bestellt war und ihm mit seinem freundlichen Angebot, das er nur auf die eigenen Schwächen und nicht auf die Unfähigkeit seines Gesprächspartner bezog, aus der Bredouille geholfen.

129

Die japanische Kultur unterschied sich so grundlegend von den westlichen Kulturen, seiner eigenen eingeschlossen, daß es Giles manchmal schwerfiel, diese Andersartigkeit in ihrem ganzen Ausmaß zu begreifen.

Kobo war Traditionalist. Giles mußte bei diesem Gespräch sehr behutsam vorgehen, wenn er den alten Mann nicht beleidigen wollte. Allerdings hatte er das Gefühl, daß er als Brite einen gewissen Vorteil hatte, da er zurückhaltender als ein Amerikaner und, wie er hoffte, weniger forsch und ungeduldig war. Zumindest war er so bei seiner Ankunft in Sunnydale gewesen.

Aber wenn man den Großteil seiner Zeit in der Gesellschaft von Amerikanern, um genauer zu sein, von südkalifornischen Teenagern, verbrachte, konnte man nicht davon ausgehen, daß die eigenen kulturellen Wert- und Verhaltensmuster noch völlig intakt waren. Schließlich hatte ihn vor kurzem sogar der sarkastische junge Xander einen „coolen Typen" genannt. Und das war nicht nur ironisch gemeint gewesen ...

„Vielen Dank, *sensei*", sagte er und benutzte das japanische Wort für „Lehrer", den höchsten Ehrentitel, den es in dieser Sprache gibt, wenn man einmal von den Anreden für die Götter und den Kaiser absieht. Außerdem war es ein zutreffender Titel, denn Professor Kobo lehrte an der Universität von Tokio.

„Bitte verzeihen Sie mir, daß ich Sie zu dieser frühen Stunde geweckt habe, aber die Angelegenheit ist äußerst dringlich, und ich hoffte, daß Sie vielleicht in der Lage sind, gewisse Fragen zu beantworten, für die ich in meinen Unterlagen keine befriedigende Erklärung finde."

Für ein paar Sekunden herrschte am anderen Ende der Leitung Schweigen. Ohne das Knistern und Knacken hätte Giles geglaubt, die Verbindung sei unterbrochen worden. Als der Professor schließlich sprach, waren seine Worte eine große Überraschung.

„Ich habe Ihre Großmutter gekannt", sagte der alte Japaner.

„Meine . . ."

„Sie war die größte Wächterin, die es je gab", fuhr Kobo fort.

„Das ist überaus freundlich von Ihnen", sagte Giles leicht verwirrt. „Sie sprach auch stets sehr anerkennend von Ihnen, *sensei*. Sie sagte oft, alles, was sie wüßte, hätte sie von Ihnen gelernt."

„Ach nein, in Wirklichkeit war sie die Lehrerin, Professor Giles. Ihre Großmutter war bereits eine Wächterin, als ich sie kennenlernte", erwiderte Kobo. „Es ist mir eine Ehre, Ihnen meine bescheidenen Dienste zur Verfügung zu stellen."

Giles schob seine Brille hoch und stützte sich auf den Ellbogen, während er auf die Bücherstapel auf seinem Schreibtisch deutete, obwohl er wußte, daß sein Gesprächspartner sie nicht sehen konnte.

„Nun, um ehrlich zu sein, ich hatte bisher nur wenig Gelegenheit, die fragliche Angelegenheit näher zu untersuchen. Im Moment versuche ich noch immer, eine Hypothese aufzustellen."

Giles berichtete dem emeritierten Wächter von den bisherigen Ereignissen in Sunnydale, dem Verhalten der Vampire, die Buffy aufgelauert hatten, den Geschehnissen in dem Museum und von Willows und Xanders Verschwinden. Da er seit ihrem letzten Treffen nichts mehr von Buffy und Cordelia gehört hatte, mußte er annehmen, daß irgend etwas vor sich ging. Angesichts der Tatsache, daß Buffy die Jägerin war und sie alle auf dem Höllenschlund lebten, war das eine durchaus berechtigte Annahme.

„Falls Sie irgend etwas über diese Gottheit Sanno wissen, könnte es mir vielleicht weiterhelfen", sagte Giles. „Allerdings bin ich ein wenig verwirrt, denn ich habe in den japanischen Legenden nicht die geringsten Hinweise auf Vampire gefunden."

„Verzeihen Sie mir bitte, Giles-*sensei*. Obwohl ich sicher bin, daß Ihre Nachforschungen erschöpfend waren, kann ich nur vermuten, daß die Texte, die Sie konsultiert haben, unglücklicherweise unvollständig waren. Die Wahrheit ist, daß es in den japanischen Legenden – wenn überhaupt – nur sehr wenige *japanische* Vampire gibt", erklärte der alte Mann. Giles mußte sich konzentrieren, um ihn zu verstehen, da die Verbindung so schlecht war. „In unseren Geschichten werden Vampire gewöhnlich als Chinesen dargestellt, eine Folge der historischen Rivalität zwischen unseren beiden Nationen."

„Ich verstehe", antwortete Giles vorsichtig. Er wollte den Professor nicht dazu zwingen, näher auf die schmerzhafte Geschichte seiner Nation einzugehen.

„Im Altertum waren die meisten von ihnen wahrscheinlich Chinesen", fuhr Kobo fort. „China war eine höherentwickelte Nation, und Untote wurden dort eher entdeckt und zur Strecke gebracht. Japan muß den chinesischen Vampiren damals wie ein sicherer Hafen erschienen sein."

„Eine exzellente Schlußfolgerung", kommentierte Giles.

„Ich fühle mich geehrt." Der alte Mann räusperte sich. „Was Sanno betrifft – wenn damit der Bergkönig aus den Legenden gemeint ist, die ich kenne, dann ist er mir als *Oyamagui no kami* geläufig. Ich bin sicher, daß er noch andere Namen hat. Es ist eine alte Legende, und sie wird nicht oft erzählt. Allerdings glaube ich mich zu erinnern . . ." Der alte Mann machte eine Pause. „Verzeihen Sie bitte, aber stehen Ihnen die gesammelten Wächtertagebücher zur Verfügung?"

„Ja, natürlich." Er wäre eine schreckliche Fehlbesetzung als Buffys Wächter, hätte er nicht die vollständige Ausgabe in seinem Besitz.

„Wie erfreulich. Erinnern Sie sich vielleicht an Claire Silver?"

Giles kramte ein paar Sekunden lang in seinem Gedächtnis,

bevor es ihm wieder einfiel. „Ich habe ihre Tagebücher studiert", erwiderte er, „aber das ist schon Jahre her."

Wieder war es am anderen Ende der Leitung für einen Moment still. Giles dachte erneut an die japanischen Traditionen der Ehre, und er fragte sich, ob Kobo trotz der Komplimente, die er ihm machte, im stillen Giles' mangelnde Sachkenntnis tadelte. Von allen noch lebenden Wächtern genoß Kobo das höchste Ansehen. Der Gedanke, daß dieser bedeutende Mann seine, Giles', eigenen Leistungen als Wächter kritisch betrachtete, war ihm bis zu diesem Moment noch nicht gekommen. Doch jetzt, wo es passiert war, konnte er den Unterton in der Stimme des alten Mannes nicht mehr überhören.

„Ich möchte respektvoll vorschlagen, Giles-*sensei*, daß sie einen Blick in Claire Silvers Tagebücher werfen. Ein Gelehrter von Ihrem Rang wird sie vermutlich äußerst erhellend finden", sagte der alte Mann. „Ich meine, mich zu erinnern, daß in ihnen auch der Bergkönig erwähnt wird. Aber es ist schon lange her, seit ich sie zum letzten Mal gelesen habe; damals hatte ich noch über einen Jäger zu wachen. Deshalb habe ich zugelassen, daß die Geschichte meinem Gedächtnis entfiel."

Da! dachte Giles. Das war mit Sicherheit eine Spitze. Eine Andeutung, daß Giles seine Pflichten als Wächter vernachlässigte, wenn er sich nicht intensiv genug mit den Wächtertagebüchern beschäftigte. Er ignorierte es. Die Information, die er brauchte, war wichtiger, als sein Gesicht zu wahren.

„Aber Claire Silver war eine Wächterin im England des neunzehnten Jahrhunderts", entgegnete Giles. „Was hat sie mit dem alten Japan zu tun?"

„Bedauerlicherweise habe ich Ihnen bereits alles gesagt, was mir im Gedächtnis haftenblieb, Mr. Giles", sagte Kobo schlicht. „Ich fürchte, daß ich Ihre wertvolle Zeit verschwendet habe."

Giles schwieg einen Moment, bevor er antwortete. Der alte

Wächter hatte zugegeben, daß er nicht alles wußte. Aber wenn Giles den Mann nicht verteidigte, bedeutete dies eine direkte Beleidigung. Kobo mochte ihn beleidigt haben, aber er hatte es indirekt getan. Schon um den Schein zu wahren oder in Gedenken an seine Großmutter würde Giles tun, was von ihm erwartet wurde.

„O nein, *sensei*", versicherte er, „Sie sind mir eine große Hilfe gewesen. Ihre Weisheit und Erfahrung sind unerreicht, und Sie ehren mich mit Ihrer Unterstützung. Ich danke Ihnen. Ich bin sicher, daß mir dieses Gespräch weiterhelfen wird. Vielleicht rettet es sogar das Leben der derzeitigen Auserwählten und das ihrer Freunde."

Diesmal hörte Giles Kobo tatsächlich seufzen. „Giles-*sensei*", sagte der alte Wächter langsam, als müßte er seine Verärgerung zügeln. Sein freundlicher Tonfall klang jetzt gezwungen. „Ich freue mich über Ihre Hingabe an die Auserwählte, denn natürlich habe ich schon davon gehört. Dennoch ist es äußerst ungewöhnlich, daß ein Wächter die Zufriedenheit der Jägerin, ihr Wohlergehen und sogar das Wohlergehen ihrer Freunde über die Mission stellt. Nur die wenigsten Jäger hatten überhaupt Freunde. Sie ehren sie durch die Loyalität, mit der Sie ihre Bedürfnisse erfüllen – auch wenn einige davon einem alten Japaner frivol vorkommen."

Giles zuckte zusammen und starrte das Telefon an, als hätte der Apparat ihn beleidigt.

„Bitte entschuldigen Sie, falls meine Besorgnis um die Jägerin nicht Ihrem Standard für das korrekte Verhalten eines Wächters entspricht", fauchte Giles. „Und mit allem Respekt, Sir, wie Sie bereits selbst festgestellt haben, ist die Jägerin, für die ich verantwortlich bin, noch immer am Leben." Er legte auf, zorniger und verwirrter als je zuvor. Einige Minuten lang suchte er in den Tagebuchbänden nach den Aufzeichnungen Claire Silvers, aber er war mitten in der Neuordnung seines Archivs gewesen, als die Krise begonnen hatte.

134

Als das Telefon klingelte, starrte er es einen Moment lang feindselig an, bevor er den Hörer abnahm. Er erwartete fast, Kobos Stimme zu hören, der eine neue Salve auf ihn abfeuern wollte.

„Ja?" sagte er scharf.

„Giles, ich bin's, Buffy. Wir sind im Krankenhaus. Xander ist . . . er ist . . .", sie stockte, „überfallen worden", flüsterte sie. „Wenn Sie wissen, was ich meine."

„Ich bin unterwegs", sagte er und erhob sich von seinem Stuhl.

„Gut, ich mach mich auf die Suche nach Willow."

„Nein! Warte auf mich, Buffy." Er sprach selten so streng mit der Jägerin.

„Aber . . ."

„Warte!" Er legte auf und stürmte aus der Tür. Daß er dabei um ein Haar Direktor Snyder umrannte, war mehr als ungünstig.

„Verzeihung", stieß Giles hervor. „Bin in Eile. Verzeihung."

„Mr. Giles?" rief ihm Direktor Snyder nach.

„Verzeihung!" rief Giles zurück und rannte weiter.

Nach ihrem Telefonat kehrte Buffy zu Cordelia zurück, die zusammengesunken in einem Sessel an Xanders Bettseite saß.

„Die Schwestern versuchen immer noch Xanders Mutter zu erreichen." Cordy richtete sich kurz auf, als sie Buffy sah. Dann sank sie wieder in sich zusammen.

Buffy ging unruhig auf und ab. Sie hatte gehofft, daß sie das Gespräch mit Giles beruhigen würde, doch eher das Gegenteil war der Fall. Sie wäre am liebsten sofort losgerannt, um Willow zu suchen. Aber Giles hatte ihr ausdrücklich befohlen, sich nicht vom Fleck zu rühren. Sie betrachtete Cordelia.

Ihr Make-up war völlig ruiniert, aber sie hatte Buffy nicht ein einziges Mal gefragt, ob sie okay aussah. Sie hielt nur Xanders Hand und massierte sie sacht, als könnte sie ihn auf diese Weise erwärmen und die gespenstische Blässe aus seinen

Wangen vertreiben. Er hatte eine Menge Blut durch die beiden klaffenden Wunden an seinem Hals verloren.

War das Willow? fragte sich Buffy im stillen. War Willow ein Vampir?

„Nein", sagte sie laut und biß die Zähne zusammen. Was sollte sie bloß tun, wenn sie Willow fand! Auf jeden Fall war es das beste, wenn sie ihre Freundin vor Sonnenuntergang aufspürte. Doch im Moment konnte sie nur weiter auf und ab gehen.

Als Giles endlich eintraf, war Buffy mit den Nerven am Ende. Obwohl ihn Xanders Anblick zutiefst erschütterte, informierte der Wächter sie über sein Gespräch mit Professor Kobo, und sie warf ihn praktisch sofort wieder aus dem Zimmer.

„Bibliothek, Giles", bat sie. „Wir haben Fragen. Sie müssen die Antworten finden."

„Ich weiß nicht, ob es vernünftig ist, wenn ich jetzt gehe", protestierte Giles.

Buffy sah ihn an und blickte dann zu den beiden anderen hinüber. Cordelia, die mit besorgtem Gesicht neben Xander saß, und Xander, der noch immer bewußtlos war, obwohl er sich angeblich langsam erholte. Zumindest hatten das die Ärzte gesagt. Aber was wußten die schon.

„Er wird zwar für ein paar Wochen an keinem Hundertmeterlauf teilnehmen können, aber in ein paar Tagen ist er wieder zu Hause, schlürft Schokomilchshakes und hält seine Mutter gehörig auf Trab", klangen Buffy noch die Worte des Stationsarztes im Ohr.

Sie sah sich um. Xanders Mutter, die inzwischen eingetroffen war, besprach sich draußen mit den Ärzten. Cordelia saß nach wie vor an Xanders Bett.

„Wir müssen herausfinden, was ihm zugestoßen ist", flüsterte Buffy mit einem Seitenblick zu Xander. Es war offensichtlich, daß Giles' Beschützerinstinkt sein logisches Denken

trübte. Buffy war gerührt. Ihr Engländer war der beste Wächter, den sich ein Mädchen wünschen konnte.

„Ihr Job ist es nicht, Xander anzustarren und sich Sorgen zu machen", erklärte Buffy. „Dieser Kobo hat Ihnen gesagt, wo Sie die gesuchten Informationen finden, und ein Bibliothekar muß tun, was ein Bibliothekar tun muß."

Giles wollte schon protestieren, als Cordelia seinen Namen murmelte. Ihre Stimme war so leise, daß Giles sie zuerst nicht hörte.

„Giles", wiederholte Cordelia lauter. „Ich bleibe hier. Ich werde nirgendwohin gehen. Ganz gleich, was passiert, ich rufe Sie an, sobald Xander in der Lage ist, über alles zu reden."

Giles schürzte die Lippen. „Glaubt ihr nicht, es wäre besser, wenn ich . . ."

„Ich komm schon allein zurecht", unterbrach Cordelia, ohne ihn dabei anzusehen. „Ich werde ihn fragen, was geschehen ist, sobald er reden kann. Sie gehen zurück in die Bibliothek und lesen die Tagebücher dieser Claire Soundso." Sie sah Buffy zufrieden und wichtigtuerisch an. „Jeder von uns hat einen Job zu erledigen, nicht wahr, Buffy?"

„Das ist mein Stichwort, die Jagd auf Willow zu beginnen", erklärte Buffy.

„Nimm meinen Wagen", bot ihr Cordelia großzügig an.

„Ich hab keinen Führerschein", sagte Buffy schnell.

„Ja, aber du kannst fahren, wenn es sein muß, oder?" fragte Cordelia.

„Ich bin mir nicht sicher, ob das eine kluge Entscheidung ist", sagte Giles vorsichtig, aber Buffy brachte ihn mit einer Handbewegung zum Schweigen. Cordelia hatte recht.

„Ich krieg' das schon hin", beteuerte sie. „Also, ich bin dann mal." Und damit wandte sie sich ab und rannte fast aus dem Krankenhaus. Die Abenddämmerung ließ nicht mehr lange auf sich warten. Aber natürlich wurde es in Sunnydale immer viel zu früh dunkel.

11

Dieses schutzlose Land! Diese närrischen, schwachen Menschen! Und vor allem diese Dämonen! Sie strömten zu Chirayoju, nachdem sie sich lange Zeit verzweifelt nach einem Führer gesehnt hatten. Oni, die mit den buddhistischen Gläubigen aus China gekommen waren. Die vampirischen Kappa, diese fremdartigen, geschuppten Kreaturen, deren schüsselförmigen Köpfe mit magischem Wasser gefüllt waren. Wenn das Wasser vergossen wurde, verloren die Kappa ihre Kräfte, aber nicht ihre Lust auf Blut. Blut, das Chirayoju ihnen in großer Menge zur Verfügung stellte.

Er selbst hatte seit langem nichts mehr so Köstliches wie die Jungfrau Gemmyo genossen – obwohl er mindestens einhundert Menschen probiert hatte, seit er vom Berg Hiei hierhergekommen war. Aber seine neue Armee von Gefolgsleuten versicherte ihm, daß der Kaiser aufgrund seiner Heiligkeit von allen Menschen am besten schmeckte.

Und so, begleitet von seinen Günstlingen, deren Zahl jetzt in die Tausende ging, fiel Chirayoju wie ein Alptraum über die Hauptstadt dieses Landes der aufgehenden Sonne her.

Seine Armee lagerte im Wald und erkundete die Wehrhaftigkeit des Palastes. Kampferprobte Krieger bewachten die Wälle, hinter denen der Hof des Kaisers Kammu nur darauf wartete, wie eine reife Frucht gepflückt zu werden. Chirayoju war voller Verachtung, denn er hielt Buddha, der von diesen Menschen verehrt wurde, für ein schwaches Wesen. Wie sonst war es zu erklären, daß jemand predigte, es sei der Schlüssel zum Glück, dem Ehrgeiz zu entsagen?

Während die Edlen im Palast Gedichte schrieben und über Philosophie parlierten, hungerte jenseits der Mauern das Volk. Die Steuern waren hoch und die Ernte trotz des frucht-

*baren Landes gering. Die Menschen waren reif für Unruhe
und Rebellion.*

*Und so ließ Chirayoju seine furchterregenden Günstlinge
zurück und wandelte des Nachts unter den hungernden Bauern, flüsterte ihnen ein, was er alles für sie tun könnte, wenn
sie ihn nur ihren Meister nannten.*

*Sie hörten auf ihn und glaubten ihm. Bald freuten sie sich
auf seine nächtlichen Besuche und seine Erzählungen über ihr
zukünftiges Leben, das er ihnen in den buntesten Farben schilderte. Alles, was sie dafür zu tun hatten, war, ihm ihren Kaiser
auszuliefern.*

*Es dauerte nicht lang, bis sie es ganz selbstverständlich fan-
den, ihren Herrn zu hassen. Sie trainierten mit ihren Fisch-
speeren und Heugabeln für den Kampf. Sie bereiteten sich auf
den Angriff vor und freuten sich darauf. Sie vergaßen, daß sie
weder Rüstungen noch Waffen besaßen. Sie wußten auch
nicht, daß ihr General, Chirayoju der Befreier, seinen eigenen
Gefolgsleuten, den Oni und den Kappa, die hinter den Bauern
den Palast stürmen sollten, ihr Blut versprochen hatte.*

*Die Oni und die Kappa wiederum wußten nicht, daß er ihr
köstliches und magisches Blut den Vampiren versprochen hatten, die die Nachhut der Armee bilden sollten.*

*Und als seine in drei Truppen gegliederte Armee bereit war,
in die Schlacht zu ziehen, schloß sich Chirayoju tief in einer
Höhle ein, und in der längsten Nacht des Winters befragte er
seine Drachenknochen. Er wollte erfahren, wann der günstig-
ste Moment für den Angriff auf den Kaiser war, den er zu verschlingen gedachte.*

*Zu diesem Zeitpunkt wußte er nicht, daß Sanno, der Berg-
könig, Tausende von eigenen Gefolgsleuten um sich geschart
hatte, die in voller Rüstung am Fuße des Berges aufmarschiert
waren. In seiner linken Hand hielt er Feuer und Blitz. In seiner rechten Wasser und Wind.*

Er hatte geschworen, daß er eher die Hauptstadt Nara zer-

stören würde als zuzulassen, daß Chirayoju ihm entkam. Wenn es sein mußte, würde er auch ganz Japan zerstören. Denn sein einziger Gedanke war Rache.

Aber seine Taten sprachen eine andere Sprache. Er marschierte mit einer kleinen Gruppe seiner Gefolgsleute zu den Toren des Palastes und verlangte eine Audienz bei Kaiser Kammu. Aus dem Verhalten der Wachen schloß er, daß die Geschichten über seinen tödlichen Zorn noch nicht bis Nara durchgedrungen waren und daß man ihn hier noch für die gütige Gottheit hielt, die er einst gewesen war. Die Wachen zeigten sich überwältigt, daß der Gott unter ihnen wandelte, und sie eilten zum Kaiser und informierten ihn über seinen ranghohen Gast.

In großer Hast wurden umfangreiche Vorbereitungen getroffen, und Sanno wurde ehrerbietig von Kammu empfangen, der sich für das armselige Gastmahl und die erbärmlichen Zerstreuungen entschuldigte, die er ihm zu Ehren aufbot. In Wirklichkeit war das ganze Fest natürlich von verschwenderischer Pracht. Sanno und sein Gefolge genossen Speis und Trank, und als er sich nach vielen Trinksprüchen und Bekundungen der Treue und Freundschaft erhob, um zu tanzen, da wurde der Palast von den Schritten des Bergkönigs in seinen Grundfesten erschüttert.

Auf diese Weise erfuhr Chirayoju, der Vampirzauberer, daß Sanno eingetroffen war und versammelte seine Armee um sich. Die Schlacht begann.

12

Buffy hatte keinen Führerschein, aber Buffy fuhr. Sofern man es überhaupt als Fahren bezeichnen konnte. Büsche litten. Bordsteine litten. Der Lack von Cordelias Wagen litt. Aber sie schaffte es, auf der Straße zu bleiben.

Nachdem sie bereits einige Straßen weit gekommen war, fiel ihr ein, daß sie vergessen hatte, Giles von dem kleinen Gewächs, der antiken Scheibe und der Nachricht zu erzählen. Vielleicht hatte diese ganze Atme-tief-durch-und-denk-gründlich-nach-bevor-du-etwas-unternimmst-Strategie doch etwas für sich. Sie entschloß sich, zwei Fliegen mit einer Klappe zu schlagen und ihn in der Schule zu treffen. Vielleicht war Willow mittlerweile wieder zur Vernunft gekommen und wartete bereits in der Bibliothek auf Giles, um ihn um Hilfe zu bitten. Jedenfalls war es einen Versuch wert.

Kurze Zeit später – und zwar viel schneller, als es theoretisch und in Anbetracht der Geschwindigkeitsbegrenzung in Sunnydale möglich gewesen wäre – bog sie auf den Lehrerparkplatz der Schule ein und trat so hart auf die Bremse, daß die durchdrehenden Reifen Sand hochwirbelten. Sie hatte es zu eilig, um den Wagen richtig zu parken. Auf gewisse Kleinigkeiten konnte sie jetzt einfach keine Rücksicht nehmen.

Sie hielt die Scheibe in der Hand. Doch bevor sie in die Schule stürmte, fädelte sie sie zu dem Kreuz auf die Kette, die sie um den Hals trug. Da durchzuckte sie ein Stromschlag.

Vermutlich die elektrostatische Aufladung, überlegte sie, aber es kam ihr dennoch seltsam vor.

Sie überprüfte, ob sie auch den kleinen Baum und die Nachricht aus Willows Zimmer eingesteckt hatte, und rannte los.

Es hatte bereits zur fünften Stunde geklingelt, und die Kor-

ridore waren wie leergefegt. Sie stieß die Tür zur Bibliothek auf, und ein naiver kleiner Teil von ihr hoffte, Willow dort am Computer vorzufinden. Aber nichts, niente, nada.

„Verflucht", zischte sie. „Wo zum Henker steckst du bloß, Willow."

„Ja, ich würde auch gern wissen, wo Miss Rosenberg steckt", sagte eine ironisch klingende Stimme hinter ihr „Und der Schulbibliothekar."

Buffy wirbelte herum, bereit, gegen das schreckliche Monster zu kämpfen, das ihr in die Bibliothek gefolgt war. Aber es war viel schlimmer, als das schlimmste Monster, das sie sich vorstellen konnte. Es war Direktor Snyder.

„Oh, äh, guten Tag, Direktor Snyder", stotterte sie und sah sich suchend um. Giles würde doch hoffentlich rechtzeitig eintreffen, um ihr aus der Patsche zu helfen. Oder etwa nicht?

„Versuchen Sie ja nicht, mir etwas vorzumachen, Miss Summers", sagte Snyder.

Sie wußte, daß Snyder sie noch nie gemocht hatte, und dieses Gefühl beruhte durchaus auf Gegenseitigkeit. Der Bursche sah kaum menschlicher aus als einer der Ferengi aus *Star Trek*. Aber er war der Direktor, und außerdem kannte er die Telefonnummer von Buffys Mom. Und zwar auswendig.

„Was vormachen, Sir?" Sie klimperte unschuldig mit den Augen.

Das schien Snyder auf eine Idee zu bringen. „Ich habe dich im Auge, Summers", drohte er. „Dich und deine straffälligen Freunde. Es ist schon schlimm genug, daß ihr ständig gegen die Regeln dieser Schule verstoßt und es euch an dem fundamentalen Respekt vor der Autorität mangelt. Aber hier hereinzustürzen, als wärst du in einem dieser drogenverseuchten Rock-'n'-Roll-Clubs, die ihr Rowdys regelmäßig besucht . . ." Er schüttelte fassungslos den Kopf. „Also, das geht wirklich zu weit."

„Da wir gerade von Rowdys sprechen – haben Sie vielleicht

142

Willow gesehen? Oder, äh, Mr. Giles?" fragte Buffy und wartete ungeduldig blinzelnd auf eine Antwort.

„Unterbrich' mich nicht! Es gibt so etwas wie Anstand, Summers."

Aber dafür hatte Buffy jetzt keine Zeit. „Hören Sie, Direktor Snyder", brauste sie auf, „wenn Sie mich gefragt hätten, warum ich so in Eile bin, dann . . ."

„Ich wollte gerade darauf zu sprechen kommen, Summers. Glaube ja nicht, ich hätte nicht bemerkt, daß du das Schulgelände verlassen hast. Ich habe dich gesehen, als du gekommen bist. Und du weißt, daß ich dich allein dafür von der Schule verweisen könnte."

Buffy dachte fieberhaft nach. „Nun, um ehrlich zu sein, Sir, Mr. Giles hat mich und Cordelia Chase hinüber zur Stadtbücherei geschickt, um ein Buch zu holen, das wir für ein Forschungsprojekt brauchen, an dem wir arbeiten."

Er wirkte eine Spur weniger selbstgerecht. „Das ist keine Entschuldigung . . ."

„Ich bin sicher, er wird Ihnen bestätigen, daß wir das Schulgelände verlassen durften, sobald er wieder zurück ist . . . von wo auch immer", fügte sie mit großen, unschuldigen und furchtlosen Augen ernst hinzu. „Und als wir gingen, hatten wir eine Freistunde. Sie sehen also, wir haben keinen Unterricht oder was ähnlich Wichtiges versäumt."

„Glaube bloß nicht, daß ich deine Geschichte nicht überprüfen werde", grollte Snyder. „Die fünfte Stunde hat bereits begonnen. Du versäumst definitiv den Unterricht." Er zog die Augen zu engen Schlitzen zusammen. „Und was den Unterricht oder ‚ähnlich Wichtiges' angeht . . . Ich werde dafür sorgen, daß du die ganze nächste Woche nachsitzt, selbst wenn sich deine Geschichte überraschenderweise als wahr erweisen sollte."

Dafür hatte Buffy nun wirklich keine Zeit! „Hören Sie . . . Sir . . . Xander Harris liegt im Krankenhaus, und Willow Rosenberg ist verschwunden. Ihre Mutter glaubt, daß sie viel-

leicht entführt wurde oder so. Deshalb waren Cordelia und ich solange weg. Cordelia ist im Moment bei Xander im Krankenhaus."

„Warum sollte sich Cordelia Chase mit einem von euch abgeben, vor allem mit diesem Harris?" Er sprach das letzte Wort aus, als handelte es sich dabei um eine lebensbedrohliche und hochgradig ansteckende Krankheit. „Da mußt du dir schon etwas Besseres einfallen lassen, Miss Summers."

Buffy seufzte. Obwohl es ihr schwerfiel, Cordelia als ihre Freundin zu bezeichnen, entsprach es vermutlich der Wahrheit. Sie ignorierte Snyders höhnische Bemerkung, aber es verletzte sie trotzdem, daß er es nicht einmal für möglich hielt. Sicher, Cordy versuchte, ihren Ruf als das beliebteste Mädchen der Schule aufrechtzuerhalten, indem sie niemandem verriet, daß sie mit Buffy und ihren Freunden herumhing. Was unter normalen Umständen eine Beleidigung gewesen wäre, aber Buffy wußte, daß Cordelia gar nicht begriff, wie verletzend ihr Verhalten war. Doch wenn ein kinderhassender Spießer wie Snyder auf ihr herumhackte, dann riß selbst Buffy der Geduldsfaden.

„Wissen Sie was?" sagte sie finster. „Ich kann Sie sowieso nicht davon abhalten, das zu tun, was Sie tun wollen."

Es schien keinen Zweck zu haben, weiter auf Giles zu warten. Und es hatte auch keinen Sinn, dem Wächter Willows sonderbare kleine Sammlung hierzulassen, solange Snyder alles, was er finden konnte, in den nächsten Abfalleimer werfen würde. Sie sah Snyder trotzig an.

„Deshalb werde ich jetzt auf die Toilette gehen, und danach habe ich in der sechsten Stunde Bio." Sie machte auf dem Absatz kehrt und ignorierte Snyders Drohung, sie beim nächsten Mal, wenn sie sich eine derartige Frechheit erlaubte, von der Schule zu werfen. Beim nächsten Mal. Das waren die entscheidenden Worte. Nachsitzen war okay, da dies nicht notwendigerweise bedeutete, daß ihre Mutter informiert wurde.

144

Natürlich würde das nächste Mal nicht lange auf sich warten lassen. Vor allem, da sie – kaum daß sie die Toilette betreten hatte – das Fenster aufstieß und hinausschlüpfte. Dann rannte sie über den Rasen zu Cordelias Wagen.

Unter einem Scheibenwischer klemmte ein Strafzettel. Buffy schnitt eine Grimasse, ignorierte den Wisch und startete den Motor.

Wundersamerweise war der Strafzettel noch immer da, als Buffy mit knirschendem Getriebe vor der Stadtbücherei von Sunnydale hielt. Sie parkte im Halteverbot. Vielleicht würde der Strafzettel verhindern, daß sie einen weiteren bekam. Andererseits konnte ihr im Moment nichts Schlimmeres passieren, als abgeschleppt zu werden. Abgeschleppt zu werden wäre echt übel.

Aber auch in der Bücherei fand sie keine Willow. Xander hatte einmal mit seinem üblichen liebenswerten Sarkasmus bemerkt, daß Willow den Großteil ihrer Zeit in der Stadtbücherei verbracht hatte, bevor die Schulbibliothek zu ihrem bevorzugten Aufenthaltsort geworden war. Dort war es ruhig und überall standen Bücher und Computer. Eine Einrichtung, die ganz nach Willows Geschmack war. Doch das hatte sich offenbar inzwischen geändert.

Buffy fuhr kreuz und quer durch die Stadt und verbrauchte eine Menge Benzin, während der Nachmittag verstrich. Sie schaute in den kleinen Spezialbuchhandlungen vorbei, suchte den Friseur auf, wo sich Willow die Haare hatte färben lassen, und warf einen Blick in den abgefahrenen Videoladen, in den Xander sie geschleppt hatte, als er auf seinem Hongkong-Action-Film-Trip war.

Schließlich rief sie entnervt in der Schulbibliothek an, um mit Giles zu reden. Doch der Anschluß war besetzt. Auch bei ihrem nächsten Versuch, ein paar Minuten später, hörte sie nur das Besetztzeichen. Und beim übernächsten Versuch auch.

Als sie wenig später an einer Tankstelle hielt, um eine Ver-

schnaufpause einzulegen und das Cordymobil aufzutanken, war es fast sechs Uhr. Sie warf ein paar Münzen in den Fernsprecher. Doch der Anschluß in der Bibliothek war noch immer besetzt. Hatte Giles etwa den Hörer neben die Gabel gelegt? Sie wählte noch mal. Allerdings waren ihre Erwartungen auf ein Minimum geschrumpft. Sie glaubte fast an einen Hörschaden, als das Freizeichen erklang. Aber niemand nahm ab.

Die Abenddämmerung war nicht mehr weit, und sie stellte ihre Versuche ein, Giles zu erreichen, und rief statt dessen Willows Mutter an, um sie zu fragen, ob sie etwas von ihrer Tochter gehört hatte. Aber außer Schluchzen erfuhr sie nichts Nennenswertes von Mrs. Rosenberg.

Als Buffy auflegte, mußte sie mehrmals tief durchatmen. Mit der sinkenden Sonne sank auch ihr Mut. Diese Sache würde ein schlimmes Ende nehmen.

„Komm schon, Willow, wo steckst du?" sagte sie laut und schlug mit der flachen Hand auf Cordys Autodach.

Die einzige Antwort bestand aus dem seltsamen Blick, den ihr ein korpulenter Mann zuwarf, der seinen Wagen auftankte.

Das fahle Licht der einbrechenden Dämmerung fiel in das Krankenzimmer. Xander war, nachdem ihn seine beste Freundin förmlich zu Brei geschlagen hatte, noch immer bewußtlos. Jedenfalls war dies das erste, was er hörte, als er langsam zu sich kam. Er glaubte, das Klingeln eines Telefons zu hören, aber als er versuchte sich zu bewegen, fühlte sich sein Kopf an, als wäre er mit Watte und irgendeiner umherschwappenden Flüssigkeit gefüllt.

„Nicht so laut", krächzte er.

„O Gott, Aphrodesia, ich muß Schluß machen", sagte die Stimme neben seinem Bett. „Ich glaube, er wacht auf."

Der Telefonhörer wurde auf die Gabel geknallt. Es klang verdammt laut. Sehr, sehr laut, und Xander gefiel das ganz

und gar nicht. Er zuckte zusammen. Vorsichtig öffnete er ein Auge. Wenigstens war es nicht zu hell in dem Zimmer. So, wie sein Kopf schmerzte, hätte zu viel Licht ihn vermutlich auf der Stelle umgebracht.

„Xander?" flüsterte dieselbe Stimme aufgeregt. „Bist du . . . okay?"

Ein Gesicht tauchte in seinem Blickfeld auf. Er kannte dieses Gesicht. „Daphne?"

Mit einem Fauchen, das fast ein Schrei war, senkte sich das Gesicht, bis es ganz dicht an seinem war und er das Mädchen erkennen konnte. Es war Cordelia.

„Wer ist diese Daphne?" wollte Cordelia wütend wissen.

Xander blinzelte. „Hä?"

„Daphne!" fauchte sie. „Du hast mich gerade Daphne genannt. Ich sitze hier schon seit Stunden und warte darauf, daß du aufwachst. Mein Make-up ist völlig ruiniert, weil ich dachte, daß dir etwas Schreckliches passiert ist und ich weinen mußte, und das erste, was du sagst, wenn du aufwachst, ist *Daphne*!"

Xander stieß die Luft aus und runzelte die Stirn, doch das machte seine Kopfschmerzen nur noch schlimmer. „Äh, Daphne von Scooby Doo?" schlug er vor, obwohl er keine Ahnung hatte, ob das stimmte. Er konnte sich kaum mehr an etwas erinnern.

„Hmm", machte Cordelia.

Mit einem weiteren Seufzer sank Xander in das Kissen zurück und starrte die Decke an. Er war in einem Krankenhaus, soviel war ihm mittlerweile klar. Aber er wußte nicht, wie er hierhergekommen war. Als es ihm einfiel, traf es ihn wie ein Schlag in die Magengegend. Er setzte sich mühsam auf und starrte Cordelia an.

„Wo ist Willow?" fragte er drängend. „Oder Buffy?"

Cordelia verdrehte die Augen. Sie öffnete den Mund, um sich zu beschweren, wurde aber durch das Eintreten eines

ziemlich erschöpft wirkenden Giles unterbrochen. In der rechten Hand hielt er zwei dünne, vergilbt aussehende Kladden, die wie Tagebücher aussahen.

„Ja, das würde mich auch interessieren", sagte er und rieb sich die Augen, wobei er seine Brille weit nach oben schob. Xander fand, daß er gehetzt aussah, aber andererseits hatte Giles schon immer leicht abwesend gewirkt.

„Ich scheine genau im richtigen Moment zu kommen", stellte Giles fest. „Xander, was ist passiert? Willow ist verschwunden, und es gibt eine Reihe von Hinweisen und Zwischenfällen, die uns zu einigen schrecklichen Schlußfolgerungen zwingen. Ich hoffe, daß du unsere Befürchtungen zerstreuen kannst."

Xander blinzelte. „Von mir aus. Aber wenn eine Ihrer schrecklichen Schlußfolgerungen lautet, daß Willow mich gebissen hat . . . ja, es ist genauso, wie es aussieht." Er schauderte. Allein die Worte auszusprechen, machte ihn ganz krank. Willow stand ihm näher als eine Schwester, und die Vorstellung, daß sie jetzt eine von *ihnen* sein sollte, war mehr, als er ertragen konnte.

„Um genau zu sein", sagte Giles, „wir haben Grund zu der Annahme, daß Willow technisch betrachtet kein Vampir ist. Zumindest noch nicht. Sie wurde am Montag von ihrer Mutter am hellichten Tag gesehen, und obwohl sie noch immer vermißt wird, können wir sie vielleicht vor weiterem Schaden bewahren, wenn wir sie finden."

„Gehen wir", sagte Xander und richtete sich unter Schmerzen auf.

„Xander, was hast du vor?" rief Cordelia.

Er zuckte zusammen, als das Pochen in seinem malträtierten Kopf zunahm – aber er ignorierte es. Ebenso wie das Druckgefühl in der Brust, das ihm verriet, daß er sich wahrscheinlich ein paar Rippen gebrochen hatte, und die Schwindelanfälle, die ihn beinahe glauben ließen, daß er sich nicht

148

auf dem trockenen Land, sondern auf einem Fischerboot bei Sturm befand. Nein, das alles hielt Xander Harris nicht davon ab, aufzustehen. Er hielt sich mit einer Hand an der Wand fest. Als er einen Luftzug an seinem Hintern spürte, senkte er den Kopf. Der entwürdigende Anblick, der sich ihm bot, ließ ihn gequält grinsen.

„Und natürlich trägt Xander Harris ein Krankenhausnachthemd, nicht wahr? Die Sorte, die in etwa so viel verhüllt wie ein Ahornblatt? Ja, natürlich!" Er fuhr herum, lehnte sich an die Schranktür und suchte hektisch nach dem Knauf.

„Ah, nichts. Hier ist nichts zu sehen", sagte er. „Oder, nun ja, nichts, das man sehen sollte . . . eben dieses Nichts, das jeder in diesem speziellen Moment unbedingt sehen muß."

„Wenn er anfängt, von sich in der dritten Person zu sprechen, ist es gewöhnlich ein Zeichen dafür, daß er verlegen ist", erklärte Cordelia. Sie schien sehr stolz auf sich zu sein. „Die dritte Person ist ein . . . äh . . . nun ja, ein Grammatikdings, das aus *er, sie* und *es* besteht."

Giles betrachtete seine Schuhe, als wären sie ungeheuer faszinierend, und er war noch immer damit beschäftigt, als sich Xander mit unsicheren Schritten vom Schrank abwandte und die großartigste Erfindung in der Geschichte der Menschheit trug. Und zwar eine Hose. Hosen waren sehr, sehr gut.

Xander nahm die Zimmertür ins Visier. Wow. Da kam eine Welle angerollt. Er schwankte und stolperte weiter.

„Xander, was machst du da?" fragte Giles.

„Was ich mache? Ich trage eine Hose. Männer machen so was. Sie tragen Hosen." Xander streckte eine Hand aus, um die Drehbewegungen des Zimmers zu stoppen, streckte dann die andere aus und wurde von Giles gepackt und zurück zum Bett geführt. Schnell setzte er sich und schnitt eine Grimasse, als plötzlicher Schmerz durch seinen Schädel zuckte.

Giles neigte den Kopf. „Xander, leg dich wieder hin. Du bist nicht in der Verfassung, um aufzustehen."

„Wir müssen Willow finden", sagte Xander halsstarrig. „Und Buffy. Bevor sie . . . bevor sie sich noch gegenseitig etwas antun. Wir müssen etwas unternehmen."

„Xander", sagte Giles sanft. „Wir müssen das tun, was wir tun können."

Plötzlich schauderte Xander. „Als sie . . . sie mich gebissen hat, hat sie gelacht", erinnerte sich Xander und kämpfte gegen das brennende Gefühl in seinen Augen an. Willow war seine beste Freundin, und jetzt war ihr diese schreckliche Sache zugestoßen – und in gewisser Hinsicht auch ihm. „Willow hat wirklich gelacht, als sie mein Blut getrunken hat."

„Hast du . . . hast du auch ihr Blut getrunken?" wollte Giles wissen.

Xander runzelte die Stirn. „Wofür halten Sie mich? Für einen Perverso? Nein, natürlich nicht."

„Okay, offenbar ist mir etwas entgangen", sagte Cordelia. „Willow war gestern tagsüber draußen, richtig? Das haben wir geklärt. Und was vermuten wir? Daß sie irgendwie von einem Vampir *besessen* ist? Ist so was denn überhaupt möglich?"

Giles zuckte mit den Schultern. „Offenbar", erwiderte er.

„Eines steht jedenfalls fest", fügte Xander hinzu. „Die Person, die mich gestern angegriffen hat – sie hatte vielleicht Willows Gesicht, aber sie war nicht Willow. Sie hatte nicht mal ihre Stimme. Und sie nannte sich auch anders. Es war irgendein komischer japanischer Name oder so."

Giles sagte leise: „Vielleicht war es ein chinesischer Name?"

„Vielleicht", meinte Xander. Er war plötzlich hellwach. „Ergibt das für Sie irgendeinen Sinn?"

Giles seufzte. „Allmählich ja."

„Hören Sie, ich sehe mir sogar in den Sonntagscomics die letzten Bilder zuerst an, weil ich die Spannung nicht ertragen kann. Also spucken Sie's schon aus", sagte Cordelia und wedelte mit den Händen, wie sie es immer tat, wenn sie frustriert war.

Giles trat ans Fenster und blickte zum dunkler werdenden Himmel hinauf. „Ich vermute, der Name, den du gehört hast, war Chirayoju", begann er. „Erinnert ihr euch an unseren Besuch im Museum? Willow hat sich dort ihren Finger an einem alten Schwert geschnitten, das einem japanischen Kriegergott namens Sanno, König des Berges, gehörte."

„Riiiichtiiig", sagte Xander gedehnt.

„Und was genau hat dieser Typ mit Willows Veränderung zu tun?" fragte Cordy.

Giles drehte sich zu ihnen um und sah so besorgt aus, wie Xander ihn selten zuvor gesehen hatte. Oder noch besorgter, sofern das überhaupt möglich war. Immerhin hatten sie bereits eine Menge besorgniserregender Dinge miteinander erlebt.

„Der Text zu diesem Schwert schilderte einen legendären Kampf zwischen Sanno und einem chinesischen Vampir namens Chirayoju, der mit dem Tod der beiden Kontrahenten endete. Ich habe vorhin mit einem emeritierten Wächter gesprochen, der mich darauf hingewiesen hat." Er hielt die beiden dünnen Kladden hoch, mit denen er hereingekommen war.

„Mit einem erimit. . . Wie hieß das?" fragte Cordelia.

„Emeritiert bedeutet außer Diensten, in Rente oder wie auch immer", erklärte Xander.

„Sie haben also mit einem Rentner gesprochen", sagte Cordelia und nickte verstehend.

Giles seufzte. Dann fuhr er fort: „Ich habe hier das Tagebuch der Claire Silver, Wächterin. In der ersten Hälfte des neunzehnten Jahrhunderts war Miss Silver an der Katalogisierung aller Wächter-Tagebücher aus allen Zeitaltern beteiligt. Sie war eine große Gelehrte."

„Tja, super, wir können es später lesen", sagte Xander. „Kommen Sie, wir müssen los."

Giles hob eine Hand. „Wir müssen uns wappnen, Xander. Wir können nicht einfach hinaus in die Nacht laufen. So gerne wir es auch möchten", fügte er gedämpft hinzu.

„Aber so haben wir es bisher immer gemacht, und es ist immer gutgegangen", protestierte Xander.

Giles schlug das Buch auf. „Ich lese es euch vor."

„Ja, schläfern Sie mich ruhig ein", maulte Xander. Er spürte, wie ihm wieder schwindelig wurde, und sank zurück in das Kissen seines Krankenhausbettes.

„Wenn es mit ‚Es war einmal' anfängt, verzieh ich mich von hier", knurrte er.

„Pst." Cordelia setzte sich aufrecht hin und wartete gespannt. „Ich höre."

„Sehr gut." Giles öffnete eins der Bücher.

Tagebuch der Wächterin Claire Silver

6. Januar 1817

Der Arzt ist gerade gegangen und hat all meine Hoffnungen auf Justines Genesung mit sich genommen. Das arme Mädchen liegt besinnungslos auf ihrem Kissen. Ihre Wunden sind ein grauenvoller Anblick. Es scheint nichts zu geben, was ich für sie tun kann. Ich muß mich der Wahrheit stellen, aber ich kann es nicht: sie stirbt.

Während ich jetzt von meiner Schreibfeder aufsehe und ihre bleiche Gestalt betrachte, weiß ich, daß irgendwo auf diesem riesigen Planeten bereits ein anderer Wächter alarmiert wurde und seine junge Dame auf ihr Debüt (ich bitte darum, mir diesen makaberen Ausdruck nachzusehen) in der grausigen Welt vorbereitet, die ihr geheimes Reich werden wird: die Welt der Vampirjägerin. Wenn meine junge Miss am Ende diesem schrecklichen und verderblichen Leben entflieht, wird eine andere sehr bald ihr Dasein für immer verändert vorfinden – das Leben dieser neuen Jägerin wird ruiniert sein, falls man mir diese Bemerkung gestattet.

Von meiner geliebten Justine, ihren vielen Kämpfen – ihren Siegen und der Niederlage – wird außer diesen Worten, die

ich jetzt schreibe, nur ihr Grabmal auf dem Friedhof übrigbleiben.

Ich kann es nicht ertragen. Ich kann den Gedanken nicht ertragen, daß die Mächte der Finsternis uns am Ende doch geschlagen haben, nach allem, was Justine erlitten und durchgemacht hat.

Und ich – um einen Moment an mich selbst zu denken – werde das, was Justine und ich so oft gemeinsam verspottet haben: eine vornehme englische Lady, gekleidet und herausgeputzt wie eine nutzlose Porzellanfigur. Ich werde meine Tage mit Tee und Tanz und Klatsch verschwenden. Ich werde vorgeben, nichts von Waffen und Kämpfen zu verstehen, nicht zu wissen, wie man Vampire enthauptet oder ihnen einen Pflock durch das Herz treibt. Alles, was ich gelernt habe, um Justine als Wächterin zu dienen, werde ich vergessen müssen. Ich werde so nutzlos sein wie eine pensionierte Gouvernante.

Was war das? Jemand hat ein Steinchen gegen das Fenster geworfen. Kommt etwa jemand, um seinen Respekt zu erweisen? Jemand, der weiß, daß Justine, die Jägerin, nach einem gemeinen Überfall im Sterben liegt?

In unserer Gesellschaft ist es Justine nicht möglich, Besucher zu empfangen – die Umstände ihres Lebens und die gesellschaftlichen Zwänge, denen junge Damen unterliegen, sprechen dagegen. Wie soll sie einem jungen Mann auch erklären, daß sie hinaus in die Nacht ziehen muß, um Dämonen zu erschlagen? Oder daß die Lady, die letzten Dienstag als ihre Tante auftrat, einen Zauberer in eine andere Dimension verbannte, wo er den Feuertod starb?

Und dennoch, welchen Sinn haben all unsere Anstrengungen gehabt und welchen Nutzen unsere Opfer?

Wird sich dieser Besucher als jemand entpuppen, dem ich diese Gedanken anvertrauen kann?

Das Dienstmädchen klopft an die Tür und wartet auf meine Erlaubnis, einzutreten. Ich werde meine Feder jetzt beiseite legen und sie hereinbitten . . .

Ich weiß nicht, ob ich vor Triumph oder vor Furcht weine, aber meine Hände zittern so sehr, daß ich kaum die Feder übers Papier führen kann. Unser Besucher war kein anderer als Lord Byron, der berühmte Poet und Frauenheld. Er war tadellos – wenn auch ein wenig exzentrisch – gekleidet. Mein Erstaunen war sehr groß, denn er ist seit fünf Jahren nicht mehr in England gewesen. Ich war außerdem sehr ver-ängstigt, denn ich muß gestehen, daß – wie ich früher schon dargelegt habe – Justine und ich in der Vergangenheit den Ver-dacht hegten, daß Byron selbst ein Vampir ist. So viel spricht dafür – sein bleicher Teint, seine seltsame Macht über Men-schen und seine extremen Leidenschaften.

Jedenfalls hat Justine Byron noch nie zuvor getroffen, und ich bin ihm nur ein einziges Mal begegnet. Letztes Jahr beim Mittsommerfest. Doch plötzlich steht er wieder vor mir, in die-ser Nacht, die vielleicht Justines letzte ist, um mir bestimmte Bücher und Fragmente uralter orientalischer Schriftrollen zu übergeben! Mit einem sonderbaren Lächeln erzählte er mir von seiner hohen Wertschätzung für „unser Werk" und machte mehrere versteckte Andeutungen über Justines „besondere Fähigkeiten". Deshalb komme ich zu der Schlußfolgerung, daß er alles weiß, obwohl ich es nicht beschwören kann.

Aber still jetzt! Justine erwacht und verlangt nach Wasser. Mein Mädchen, meine Jägerin!

Ich würde mein Leben dafür geben, wenn ich ihres retten könnte.

7. Januar 1817

Justine hat die letzte Nacht überlebt, und obwohl ich müde bin, werde ich ihr von den wundervollen neuen Entdeckungen berichten! Es scheint, daß die Legende, über die wir uns so oft den Kopf zerbrochen haben, tatsächlich wahr ist. Es handelt sich dabei um die Legende der Vergessenen Jägerin. Im

Gegensatz zur tragischen Normalität – ein Wächter überlebt seine Jägerin –, soll diese Jägerin ganz am Anfang ihrer Laufbahn ihren Wächter verloren haben. Wir wissen nicht, wer die Jägerin war oder was dem Wächter zustieß, aber wir haben uns oft darüber den Kopf zerbrochen.

Fast alle Schriftstücke aus Byrons Kiste wurden ins Englische übertragen, aber sie sind ein einziges Durcheinander. Es gibt eine Reihe von Fragmenten mit Passagen, die sich auf verschiedene, teils ins Englische, teils ins Italienische übersetzte Schriftrollen beziehen. Andere sind wiederum auf Lateinisch verfaßt. Zum Glück beherrsche ich diese beiden Sprachen leidlich. Es hat mich allerdings einige Mühe gekostet, und ich konnte vieles nicht entziffern. Manches ist auf Deutsch verfaßt, und für die Übersetzung dieser Schriftstücke werde ich die Hilfe einer dritten Partei benötigen. Dies scheint sich zu einer Lebensaufgabe zu entwickeln.

Diese Worte beinhalten eine absonderliche Ironie. Denn das größte Wunder ist, daß Justine mir mit matter Stimme versprochen hat, solange auf dieser Erde zu verweilen, bis wir das Rätsel gelöst haben. Wenn die Suche in diesen Schriftstücken nach dem Schlüssel zu der Legende meine Jägerin auch nur einen Moment länger bei mir hält, dann werde ich bis an mein eigenes Grab Lord Byrons Namen preisen.

1. Februar 1817

Wir haben nicht bedacht, daß Justine trotz ihres geschwächten Zustands immerhin noch lebt und somit die einzige Jägerin ihrer Generation bleibt. Obwohl sie sich nicht vom Bett erheben kann, trägt sie allein den Mantel der Auserwählten, die gegen die Mächte der Finsternis aufmarschiert.

Dies bedrückt sie sehr, denn sie hat das Gefühl, ihre Pflicht nicht zu erfüllen, und heute hat sie mir einmal zugerufen:

„Oh, Claire, könnte ich doch nur einfach sterben! Es ist besser zu sterben, als die Welt ungeschützt zu lassen!"

Ich versuche ihr Mut zu machen und versichere ihr, daß sie genesen wird, aber der Arzt hat mich mehrmals beiseite genommen und mir erklärt, daß jene, die uns bald verlassen, sich oft für kurze Zeit erholen, um Abschied zu nehmen. Er hat nach wie vor wenig Hoffnung, daß sie wieder gesund wird. Es fällt mir schwer, dies zu glauben, denn ihr Zustand scheint sich sehr verbessert zu haben.

Heute nacht werde ich auf die Jagd gehen. Jemand muß es tun, und Justine ist nicht dazu in der Lage. Um ehrlich zu sein, habe ich mich nur dazu bereit erklärt, damit sie sich nicht sorgt. Ich bin nichts weiter als eine Wächterin, aber in diesem Moment wünsche ich mir, mehr zu sein.

13. Februar 1817

Ich spüre, daß wir uns einen Wettlauf gegen die Zeit liefern. Wie der Arzt vorhersagte, hat sich Justines Zustand wieder verschlechtert. Ihr Gesicht ist aschgrau und ihre Brust hebt und senkt sich, als würde sie unter ständiger Atemnot leiden. Und dennoch, vor einer Stunde öffnete sie die Augen, lächelte trotz ihrer erbarmungswürdig rissigen Lippen wie ein aufgeregtes kleines Mädchen und fragte: „Was hast du inzwischen herausgefunden? Sind wir dem Rätsel auf der Spur?"

Entweder versucht sie, tapfer zu sein, oder sie ist genauso fasziniert von der Suche nach der Legende der Vergessenen Jägerin wie ich. In einer umfangreichen Sammlung chinesischer Mythen namens Kaiser Taizus Buch haben wir folgendes entdeckt:

Es stimmt, daß am Anfang Dämonen diese Welt
beherrschten. Sie verloren sie in einer großen
Schlacht gegen den Kaiser, und sie kämpfen noch heute,
um sie zurückzugewinnen.

Dies ist genau das, was uns Wächtern und Jägern beigebracht wurde! Allerdings glauben wir natürlich nicht, daß ein chinesischer Kaiser den Mächten der Finsternis die Herrschaft über die Welt entriß. Aber von Bedeutung ist, daß laut unserem namenlosen Übersetzer diese Worte im Jahre 971 n. Chr. geschrieben wurden!

28. Februar 1817

Mein Mädchen ist tot. In dem Moment, als ich das Licht in ihren Augen verlöschen sah, klammerte ich mich an den Bettpfosten und rief laut: „Wahrlich, ich wußte nicht, daß es so schwer sein wird!" Denn obwohl ich mich für diesen Moment gewappnet habe, war – und bin – ich in keiner Weise darauf vorbereitet.

Sie kommen, um mir beim Waschen und Ankleiden ihrer sterblichen Überreste zu helfen. Morgen werden wir sie zum Friedhof bringen. Ich kann das alles nicht ertragen. Was soll ich in Zukunft bloß mit meinen Tagen und Nächten anfangen?

Die Antwort befindet sich in den Schriftrollen und Pergamenten. Denn Justines letzte Worte an mich waren: „Versprich mir, daß du das Rätsel löst."

Und ich werde ihr diese letzte Bitte erfüllen.

Oh, Justine!

6. Januar 1818

Bald ist ein Jahr vergangen, seit Justine im Kampf besiegt wurde. Ich freue mich, sagen zu können, daß ihre Nachfolgerin ihre Mörder aufspürte und zur Strecke brachte. Ich habe Justine auf dem Friedhof von unserem Sieg berichtet.

Zumindest bin ich nicht ganz so nutzlos, wie ich befürchtet hatte. Die anderen Wächter bringen mir große Achtung ent-

gegen, denn ich war Justines Wächterin, und sie wurde von allen bewundert. Und während ich mich weiter bemühe, das Rätsel um die Legende der Vergessenen Jägerin zu lösen, haben mir andere Informationen zukommen lassen, auf die sie gestoßen sind.

Soeben erhielt ich ein Päckchen von einem Kollegen, der an der neuen Universität in Genf unterrichtet. Es enthielt ein Buch über eine japanische Legende, die sich auf einen Gott oder eine Göttin namens Sanno bezieht. Sanno wurde auch der Bergkönig genannt. Er – oder sie – war der Schutzgott des Berges Hiei in Japan. In der Legende geht es um einen chinesischen Vampir, der geschworen hat, den japanischen Kaiser zu verschlingen. Sanno rettete den Kaiser, indem er das Herz des Vampirs mit einem magischen Schwert durchbohrte.

Mein Kollege schreibt: „Könnte dieser Sanno Ihre Vergessene Jägerin sein?" Ich weiß es nicht. Wenn Sanno eine Frau war, könnte diese Vermutung zutreffen!

18. März 1819

Wie wundervoll! Ich habe soeben eine Ausgabe meines Buches Orientalische Zaubersprüche, gesammelt von Claire Silver, Wächterin, erhalten.

Es handelt sich dabei um einen Privatdruck, von dem fünf Ausgaben jetzt unter meinen Wächterkollegen zirkulieren. Es ist für mich ein tröstlicher Gedanke, daß ich meinen Freunden nützlich sein kann, denn obwohl mehr als zwei Jahre vergangen sind, seit mich Justine verließ, spüre ich ihren Verlust noch immer so tief, als wäre es erst gestern gewesen. Ich besuche jeden Tag ihr Grab und erzähle ihr von meinen Fortschritten.

Ich habe inzwischen herausgefunden, daß Sanno männlich war und damit nicht die Vergessene Jägerin sein kann. Trotzdem bin ich im Zuge meiner Nachforschungen auf viele faszinierende und nützliche orientalische Zaubersprüche gestoßen,

die ich in meiner Sammlung zusammenfaßte! Ich werde das
Buch heute nachmittag Justine zeigen.

Giles blickte von dem Buch auf. „Verdammt", sagte er.

Cordelia blinzelte. „Was?"

„Ich habe das Gefühl, daß wir genau dieses Buch brauchen.
Ihre Sammlung der Zaubersprüche." Er blätterte in dem anderen Buch, das er bei sich hatte, und schüttelte den Kopf. „Das
bringt uns nicht weiter. Offenbar hat sie geheiratet und Kinder
bekommen. In diesem Band geht es um ihre Reisen durch die
Schweiz."

„Wie faszinierend", sagte Cordelia ironisch.

Als wollte er ihre Bemerkung bekräftigen, schnarchte Xander laut in seinem Krankenhausbett. Cordelia verdrehte die
Augen.

„Normalerweise schnarcht er nicht", entschuldigte sie ihn,
um dann zu erröten und zu stottern: „Das . . . äh . . . behauptet wenigstens seine Schwester."

Giles hatte noch nie zuvor gehört, daß Xander eine Schwester hatte, aber ob Cordelia nun eine Expertin für Xanders
nächtliche Aktivitäten war oder nicht, spielte im Moment
auch keine Rolle. Ungeduldig sah er zum Telefon hinüber.

„Wenn sich Buffy doch nur melden würde", sagte er.

Cordelia wedelte wieder mit den Händen. „Am besten
gehen Sie zurück in die Bibliothek und holen das Buch. Ich
warte hier für den Fall, daß sie anruft."

„Hmm. In Ordnung." Er erhob sich und blieb einen
Moment stehen, um Xander zu betrachten. „Die Jugend ist
erstaunlich zäh", murmelte er. Dann bemerkte er Cordelias
besorgten Blick und erklärte: „Die Farbe kehrt bereits in seine
Wangen zurück."

„Es ist Blut", sagte sie unverblümt und wies auf einen Blut-
beutel, von dem ein Infusionsschlauch in Xanders Arm führte.
„Die Krankenschwester hat ihn eben an den Tropf gehängt.

Sie sagte, es wäre der letzte Beutel. Aber das haben Sie wahrscheinlich alles nicht mitbekommen, weil Sie gerade die Stelle vorlasen, in der es um Lord Brian ging."

„Byron", korrigierte Giles automatisch und seufzte dann. „Ja, von mir aus Lord Brian. Sehr richtig."

„Holen Sie endlich das Buch", drängte sie.

Und Giles eilte aus dem Zimmer.

Cordelia war mit den Nerven fast am Ende. All dieses Gerede über die sterbende Jägerin machte sie fertig. Es mußte auch Giles fertigmachen. Und natürlich Buffy.

Sie fror plötzlich und rieb sich die Arme. Xander wäre vermutlich gestorben, wenn Buffy nicht darauf bestanden hätte, nach ihm zu sehen. Dieser Gedanke bedrückte sie am meisten.

Als das Telefon rund fünf Minuten später klingelte, nahm Cordelia den Hörer ab.

„Oh, hi, Harmony", sagte sie. „Nein, ich sitze hier noch immer fest. Es ist einfach nicht zu fassen. Seine Mutter mußte irgend jemanden irgendwo abholen oder so. Nun ja, er hatte einen ziemlich schlimmen . . . Sturz. Ein *Schlußverkauf*? Ich verpasse einen *Schlußverkauf*? Telefonierst du mit deinem Handy? . . . Ja, gut. Dann geh sofort in die Damenmodenabteilung. Los! Wenn diese Lederjacke heruntergesetzt wurde, *mußt* du sie für mich kaufen . . . Ja, natürlich bekommst du das Geld zurück . . ."

160

13

Das Telefon im Krankenhaus war noch immer besetzt. Xander mußte eine Menge besorgter Verwandte haben. Aber vielleicht hatte jemand auch nur den Hörer daneben gelegt. Buffy seufzte und stieg wieder in Cordelias Auto.

Das goldene Licht der untergehenden Sonne spiegelte sich auf der Windschutzscheibe, als Buffy vor dem Gebäude hielt, in dem Angel wohnte. Sie griff nach ihrem Jagdbeutel, sprang aus dem Wagen, lief die Treppe hinunter und hämmerte an die Tür. Dies war das letzte mögliche Versteck für Willow, das ihr eingefallen war. Angel würde sie bestimmt hereinlassen, wenn sie ihn darum bat – vorausgesetzt, er wußte nicht, was inzwischen alles geschehen war.

Aber vielleicht wußte er es doch. Angel war ein erstaunlicher Mensch . . . oder Vampir . . . oder Mensch . . .

Aber als sich die massive Tür knarrend öffnete und sie das verschlafene Gesicht des toten Mannes sah, den sie liebte, wußte sie, daß sie auch hier kein Glück hatte. Was auch immer Willow gerade widerfuhr – Buffy ahnte, daß ihre Chance, Willow zu helfen, zusammen mit den letzten Sonnenstrahlen verblaßte. Ihr blieben noch vielleicht zwanzig Minuten. Ebensogut hätten es zwanzig Sekunden sein können. Oder zwei.

„Tut mir leid, daß ich dich geweckt habe", murmelte sie, als sie sich an Angel vorbei in sein halbdunkles Kellerapartment drängte und ihren Beutel auf den Boden stellte. Sie hatte sich schon lange an die bunt zusammengewürfelte Einrichtung gewöhnt, aber jedesmal, wenn sie ihn besuchte, entdeckte sie etwas Neues. Nun, etwas Altes, aber neu für sie. Diesmal jedoch nicht. Diesmal kam ihr alles nur zu vertraut vor.

„Buffy, was ist los?" fragte er.

„Willow", flüsterte sie. Dann erzählte sie ihm, was passiert war.

Als er zu ihr kam und sie ihren Kopf an seine Brust lehnte, spürte sie, wie ihr die Tränen in die Augen traten. Sie drängte sich enger an ihn, an die Brust, in der sie nie ein Herz würde schlagen hören. Sie hatten so viel zusammen durchgemacht, so viel zusammen gelitten, und sie liebte ihn trotzdem. Was konnte sie auch sonst tun? So war die Liebe nun einmal.

„Was ist mit diesem Schrein, den du in ihrem Haus entdeckt hast?" fragte Angel.

„Ich weiß es nicht", gestand sie. „Ich war so in Eile, daß ich Giles gar nicht informieren konnte. Und in den letzten Stunden habe ich vergebens versucht ihn zu finden und mit ihm zu sprechen. Er scheint ebenso vom Erdboden verschwunden zu sein wie Willow. Ich schätze, ich wäre besser im Krankenhaus geblieben. Ich bin wirklich keine große Hilfe für Willow." Sie seufzte. „Am besten fahre ich sofort zurück."

„Kann ich die Sachen sehen, die du gefunden hast?" wollte er wissen.

Buffy griff nach ihrem Beutel, zog den Reißverschluß auf und zeigte ihm zuerst die Nachricht.

„Origami", erklärte Angel. „Eine asiatische Kunstform."

Sie nickte. „Ich wußte, daß das Wort so ähnlich lautet. Aber mir fiel nur Oregano ein." Dann zeigte sie ihm die Scheibe, die sie immer noch an der Kette um ihren Hals trug.

Er schüttelte den Kopf. „Keine Ahnung, was das ist."

Als sie ihm die verdorrte kleine Pflanze zeigte, machte Angel „Hmm".

Buffy sah ihn durchdringend an. War ihm bewußt, daß er genau wie Giles klang? Offenbar nicht.

„Sieht wie ein Bonsai-Baum aus", sagte er schließlich. „Aber er ist schon eine Weile tot."

„Woher weißt du das alles?" fragte Buffy.

„Ich bin viel herumgekommen", erwiderte Angel.

„Ich komme nie raus aus der Stadt", seufzte Buffy.

Angel küßte sie innig und voller zärtlichem Mitgefühl. „Es tut mir leid, daß all das passiert ist", flüsterte er, „Ich wünschte, ich könnte dir helfen, aber ich habe von derartigen Dingen noch nie zuvor gehört. Wenn Willow ein Vampir ist – wir wissen es nicht, aber wenn sie einer ist –, dann dürfte sie tagsüber nicht draußen herumlaufen." Er lächelte ein wenig. „Vampire gehen nicht zur Schule, Buffy."

Buffy starrte ihn an. „Was hast du gesagt?" fragte sie.

„Ich sagte . . ."

„Vampire gehen nicht zur Schule!" rief Buffy. „Angel, das ist es!"

Er sah sie verständnislos an.

„Die Sachen auf Willows Schreibtisch sind nicht gerade die Souvenirs, die sie sammeln würde", erklärte Buffy hastig. „Was oder wer sie jetzt auch ist . . . dieses Wesen hat die Sachen dort zurückgelassen. Es war Zeitverschwendung, all die Orte aufzusuchen, an denen sich *Willow* verstecken würde . . ." Diese Erkenntnis warf Buffy für einen Moment aus der Bahn. Dann zeigte ihr Gesicht einen entschlossenen Ausdruck. „Origami. Dieser abgestorbene Bonsai-Baum wurde aus dem Boden gerissen." Sie schlug sich an die Stirn. „Der Chia-Pet-Garten! Daran hat er mich erinnert."

Eilig erzählte sie Angel von dem japanischen Freundschafts-garten. „Der Garten in Sunnydale existiert noch immer", sagte sie. „Möglicherweise besteht zwischen ihm und dem in Kobe irgendeine unheimliche Verbindung. Vielleicht gibt es eine Art Strudel oder so. Und Willow als Vampir wird in ihn hineingezogen."

„Nun, es gibt nicht viele andere Orte in Sunnydale, wo man einen Bonsai-Baum bekommen kann", überlegte Angel und nickte.

„In L. A. findet man sie in jedem Einkaufszentrum", sagte Buffy fast wehmütig. Plötzlich vermißte sie ihr altes, normales

Leben mehr als je zuvor. Sie hatte all diese unheimlichen Dinge satt. Jedesmal, wenn sie sich an ihre Rolle als die Jägerin gewöhnt hatte, schien irgend etwas zu passieren und alles zu verändern.

Angel sah zum Fenster hinüber.

„Es bleibt noch rund achtzehn Minuten hell", sagte Buffy, als sie seinen Blick bemerkte, und schnappte nach Luft. „Wenn man die Jägerin ist, können achtzehn Minuten ein ganzes Leben sein."

Angel nickte wieder. „Geh. Ich komm nach, sobald die Sonne untergegangen ist."

Sie küßte ihn auf die Lippen und wandte hastig ihr Gesicht ab, damit er ihre Furcht und ihre Besorgnis nicht sah. „Bis gleich."

„Ich beeile mich", versprach er, aber Buffy lief bereits die Treppe hinauf.

Ein schmaler Streifen Sonne war noch immer am Horizont sichtbar, als sie in Cordelias Wagen stieg. Der Himmel erglühte an einem Ende in einem grellen Rosa und am anderen in einem tiefen, fast gespenstischen Blau.

Buffy ließ den Motor an und betete, daß sie nicht von der Polizei gestoppt wurde. Die Scheibe an ihrer Metallkette klirrte leise, als wäre sie eine Zeitbombe, die bereits tickte.

Giles kam keuchend und schnaufend mit einem ledergebundenen Buch in den Armen zurück, als Xander gerade die Badezimmertür schloß und sich zurück zum Bett schleppte. Der Wächter blieb verdutzt stehen.

„Xander, warum liegst du nicht im Bett?" fragte er. Doch noch bevor Xander antworten konnte, sah er zu Cordelia hinüber und erkundigte sich: „Hat Buffy angerufen?"

„Ups", machte Cordelia und wirkte irgendwie schuldbewußt. „Ich meine, nein."

Xander sah seine Freundin neugierig an und fragte sich,

was dieses „Ups" wohl zu bedeuten hatte, doch dann konzentrierte er sich wieder auf Giles.

„Cor sagte, Sie wollten ein anderes Buch holen", erklärte er und deutete mit dem Kopf auf den Gegenstand in Giles' Armen.

„Bitte? Oh, ja. Ja." Giles lächelte tatsächlich. „Es ist nur so, daß ich mich wahnsinnig freue, daß du wieder auf den Beinen bist. Aber du solltest trotzdem besser im Bett bleiben."

„Ja, sicher."

„Er wollte nicht die Bettpfanne benutzen", warf Cordelia hilfsbereit ein.

„Vielen Dank, Schwester Chase", knurrte Xander und verdrehte die Augen. Dann sah er Giles auffordernd an. „Also", sagte er.

„Also", sagte Giles.

„Das Buch!" deutete Xander an.

Giles nickte. „Richtig, das Buch." Sein Lächeln wurde breiter. „Wie manche zu sagen pflegen: Bingo!"

Xander rieb sich die Hände. „Dann also Bingo. Und jetzt bitte leso.

„Ja." Und Giles las.

Im alten Japan gab es zwei Hinrichtungsmethoden, und zwar Strangulieren oder Opferung, was so viel hieß wie Verbrennen. Das Vergießen von Blut behagte der empfindsamen japanischen Seele nicht. Allerdings wurde mit der Verbreitung des Buddhismus Harakiri die bevorzugte Methode, wobei sich das Opfer freiwillig eine Schwertklinge in den Unterleib bohrt und seine Eingeweide zerfetzt, was mit beträchtlichem Blutverlust einhergeht (und, wie man hinzufügen muß, auch wenn dies taktlos erscheinen mag, mit nahezu unvorstellbaren Schmerzen). Wenn möglich, wurde der Kopf des Verurteilten ohne viel Aufwand mit einem anderen Schwert abgetrennt, um ihm weitere Qualen zu ersparen. Allerdings glaubten die Japaner, daß die Seele ihren Sitz im Unterleib hat. Deshalb

galt es als große Schande, geköpft zu werden, bevor die Seele aus dem Körper befreit werden konnte.

„Und das wollen wir ja nicht", scherzte Xander.

„Sei still", fauchte Cordelia. „Giles, lesen Sie bitte weiter", fügte sie liebenswürdig hinzu.

Nach der rituellen Magie des alten Japan ist es möglich, einen Geist in einem unbelebten Objekt einzusperren. Der Geist gilt dann als „gebannt" und das Objekt als „lebendig". Deshalb wird eine Glocke, in die ein Geist gebannt wurde, Suzu ga imasu *genannt und nicht* Suzu ga arimasu. Imasu *ist das Verb für Dinge, die lebendig sind, während* arimasu *leblose Gegenstände bezeichnet.*

In vielen Versionen der Legende von Sanno, dem Bergkönig, lesen wir, daß sein Schwert lebt, was uns zu der Annahme führt, daß ein Geist hinein verbannt wurde. Blut wird häufig erwähnt – insbesondere das Blut seines größten Feindes. Die Geschichte von Sannos siegreichem Kampf gegen den bösen Vampir Chirayoju enthält den Satz: Und Chirayojus Blut wurde vergossen und er bezwungen.

„Er ist also aus dem Schwert entkommen, als sich Willow geschnitten hat?" schloß Xander daraus und starrte Giles durchdringend an.

Giles hielt seinem Blick stand. „So scheint es."

Xander fuhr sich mit den Fingern durchs Haar. „Hören Sie, Giles, was auch immer passiert, ich werde nicht zulassen, daß irgend jemand Willow einen Pflock durchs Herz treibt. Niemals!"

„Nun, was mich beschäftigt, ist die Einzigartigkeit dieses Falles", begann Giles, und Xander fragte sich, wie lange es wohl diesmal dauern würde, bis Giles endlich zum Wesentlichen kam. Er jedenfalls hatte bereits einen Entschluß gefaßt:

Bevor er zuließ, daß Willow ein Leid geschah, würde er sie eher für den Rest ihres Lebens einsperren.

„Also, was genau beschäftigt Sie?" fragte Xander mißtrauisch und zutiefst besorgt.

Giles entging seine Ungeduld völlig – oder er zog es vor, sie aus britischer Höflichkeit zu ignorieren. „Wenn es einmal gelungen ist, den Dämon zu bannen, ist es vielleicht auch ein zweites Mal möglich."

„Gute Idee, wir sperren den Vampirgeist ein. Alles klar", sagte Xander. „Und das machen wir . . . wie genau?"

Giles lächelte grimmig. In Momenten wie diesem sehnte er sich nach dem Land, in dem es zum Frühstück Tee, Pfannkuchen und gebackene Bohnen gab. „Ich nehme an, wir finden das heraus, nachdem Cordelia und ich in das Museum eingebrochen sind und dieses Schwert unter die Lupe genommen haben."

Obwohl ihm davon schwindelig wurde, setzte sich Xander aufrecht hin. „Cordy, ich hätte nie gedacht, daß ich eines Tages diese Worte zu dir sagen würde, aber ich möchte dich bitten, mir beim Anziehen zu helfen."

„Und ich hätte nie gedacht, daß ich dir *das* antworten würde", gab Cordelia zurück, „aber die Antwort lautet nein." Sie reichte Giles die Hand. „Gehen wir."

„He, wartet!" protestierte Xander.

Giles schüttelte den Kopf. „Ich bedaure es zutiefst, Xander, aber du mußt hierbleiben und dich erholen." Er wies auf das Telefon. „Außerdem ruft Buffy vielleicht an."

„Oh, Okay", sagte Xander zu Giles' Überraschung. „Sie haben recht. Geht ruhig." Er faltete die Hände und lehnte sich demonstrativ im Bett zurück. „Ich werde hier gehorsam sitzen bleiben und vor mich hin heilen. Genau das werde ich tun."

„Nun, sehr gut", sagte Giles unsicher.

Sobald der Bibliothekar und Cordelia die Tür hinter sich

zugezogen hatten, warf Xander seine papierdünne Krankenhausdecke zurück und stieg unbeholfen aus dem Bett. Das Zimmer drehte sich diesmal kürzer um ihn als beim letzten Versuch, und er sah darin ein Zeichen, daß er kräftig genug war, um sein Robin-Cape anzulegen.

Er schlurfte wieder zu dem kleinen Wandschrank, in dem seine Sachen hingen – seine zugegebenermaßen abscheulichen blutgetränkten Klamotten – und entschied sich für seine Jeans und ein Chirurgenhemd, das er im Bad entdeckt hatte. War es gebraucht? War es mit irgendwelchen todbringenden Viren verseucht, die man noch nicht entdeckt hatte und gegen die es auch kein Mittel gab? Wo war die dazu passende Chirurgenhose? Sie mußte doch hier irgendwo . . .

Ein paar Minuten später sah er aus wie Dr. Greene aus *Emergency Room*, nachdem er überfallen und zusammengeschlagen worden war. Er verließ das Krankenhaus und folgte zwei jungen hübschen Frauen in Schwesterntracht. Als sie sich dem Parkplatz näherten, stöhnte er demonstrativ, so daß sie sich zu ihm umdrehten.

„Was ist mit Ihnen los?“ fragte ihn die hübschere der beiden – sie hatte flammrotes Haar – und starrte ihn an. Erst jetzt fiel ihm ein, wie zerschunden er aussehen mußte.

Er schnitt eine Grimasse. „Ich hab vergessen, daß mein Kollege, Doktor . . . Doktor Summers, meinen Porsche genommen hat, weil seiner in der Werkstatt ist. Eigentlich hätte ich ja auch 'ne Doppelschicht, aber uns sind“, er lächelte, „die Notfälle ausgegangen, und ich will früher Feierabend machen, weil ich noch immer an den Folgen dieses Skiunfalls leide.“ Er merkte selbst, wie abenteuerlich seine Geschichte klang.

Aber der Rotschopf wirkte beeindruckt. „Oh, Sie sind Arzt?“

„Ja, Anästhesist. Gerade habe ich mit dem Museum telefoniert. Die warten da auf mich, weil ich einen Diavortrag halten soll. Über Anästhesie. Damals und heute.“

Die beiden jungen Frauen wechselten einen Den-schleppen-wir-ab-Blick. Und der Rotschopf sagte: „Wir können Sie mitnehmen, Doktor."

„Sehr gerne sogar", fügte ihre kleine blonde Freundin hinzu.

„Vielen Dank, meine Damen", beteuerte Xander und folgte ihnen zu einem Wagen, auf dessen Stoßstange ein Aufkleber LIEBE EINE SCHWESTER verkündete. Aber bedauerlicherweise war Xander viel zu krank und zu erschöpft, um daran auch nur zu denken.

„Oh Gott, was für eine Klapperkiste", jammerte Cordelia auf dem Beifahrersitz, während sie in Claire Silvers Zauberbuch blätterte. „Giles, wann besorgen Sie sich endlich ein richtiges Auto?"

„Cordelia, mir ist durchaus bewußt, daß eine junge Südkalifornierin, die besessen ist von der Vorstellung . . ."

„Warten Sie", unterbrach Cordelia und wedelte mit der Hand. „Hier liegt ein loses Blatt zwischen den Seiten." Sie überflog es. „Oh, mein Gott, Giles, hören Sie sich das an."

17. Juni 1820

Ich habe soeben etwas absolut Faszinierendes erfahren. Das buddhistische Kloster auf dem Berg Hiei hat mir eine Schriftrolle zukommen lassen, die eine Reihe von Ereignissen aus der Chronologie des Schwertes des Sanno schildert. Damit steht fest, daß dieses Schwert tatsächlich existiert und sich derzeit in der Obhut des Klosters befindet!

Kaiser Kammu hütete bislang dieses heilige und gefährliche Objekt und bewahrte es im Pavillon seiner Vorfahrin auf, der Sonnengöttin Amaterasu-no-kami. Aber nachdem es zu landesweiten Unruhen kam (als Folge eines ungerechten Steuersystems und anderer sozialer Probleme), befahl Kaiser

Kammu, die Hauptstadt der Nation von Nara nach Kyoto zu verlegen.

Während dieses gewaltigen Unternehmens kam es zu einem Erdbeben, und Kaiser Kammu sorgte sich, daß diese heftige Erschütterung der Erde mit dem Schwert zu tun haben könnte. Deshalb sendete er das Schwert des Sanno, begleitet von pompösen Zeremonien, zu dem Kloster, mit der Auflage, es für alle Zeiten zu beschützen. An den Klostervorsteher schrieb er einen bemerkenswerten und geheimnisvollen Brief.

„Ich beauftrage Euch, alles in Eurer Macht Stehende zu tun, um den Frieden zwischen Eurem Schutzherrn, Lord Sanno, und dem abscheulichen Dämon Chirayoju zu bewahren, die in diese Waffe verbannt wurden. Ihr allein sollt das Geheimnis hüten, und gemäß unserer Vereinbarung werde ich es keinem anderen enthüllen. Lord Sannos Rache wäre wahrhaft schrecklich, und keine Sühne wäre groß genug, den Verrat wiedergutzumachen, den er in den Taten seines überaus verzweifelten Kaisers gewiß sieht."

Daraus schließe ich, daß der Kaiser Sanno in sein eigenes Schwert verbannte.

„Verstehe ich das richtig, da ist noch jemand in dem Schwert?" fragte Cordelia. „Oder ist das der Typ, der von Willow Besitz ergriffen hat, oder wie?"

„Ich weiß es auch nicht", gestand Giles. „Aber wir sind schon da, also . . ." Er trat auf die Bremse. „Gütiger Himmel, ist das nicht Xander?" platzte er heraus und deutete auf ein Auto, das direkt vor ihnen am Straßenrand hielt.

Als hätte er auf dieses Stichwort gewartet, stieg Xander aus dem Wagen und winkte ihnen zu.

14

Während Tsukuyomi, der Mondgott, die winterliche Landschaft in sein fahles Licht tauchte, marschierte Lord Chirayojus höllische Armee schnell und lautlos auf Kaiser Kammus Palast zu.

Die Wachen entdeckten sie, stürzten in den prächtigen Festsaal des Kaisers und meldeten die Invasion.

Als die Männer in das rauschende Fest stolperten, brach die Musik ab und alle Augen richteten sich auf sie. Sie blieben ausgestreckt auf dem Boden liegen, bis ihnen der Kaiser zu sprechen gestattete oder – wie es sein Recht war, nachdem sie auf diese Weise hereingeplatzt waren – ihnen befahl, sich selbst zu entleiben. Schließlich wartete man auf die Einladung des Kaisers, statt einfach an ihn heranzutreten.

Aber auch dem Kaiser war klar, daß etwas Besonderes vorgefallen sein mußte, wenn die Männer alle kaiserlichen Regeln mißachteten. Und so forderte er sie auf zu berichten.

Sanno lauschte entzückt, als einer der Boten die ruhigen und sachlichen Fragen des Kaisers beantwortete. Die Worte sprudelten geradezu aus dem Mund des verängstigten Soldaten: „Es sind Legionen von Dämonen, oh Gewaltiger, Vampire und ein wütender Mob von Bauern. Ihr Führer ist ein schreckliches Wesen, das auf der leichtesten Brise schwebt. Sein Gesicht leuchtet grün und glitschig, und er stammt nicht aus Japan."

Der Hof fuhr entsetzt zurück. Feine Damen wandten sich an ihre Kriegergatten und flehten das Schicksal an, sie nicht zu Witwen zu machen. Andere ballten die Fäuste und fürchteten, den Befehl zu bekommen, gegen derartige Kreaturen zu kämpfen.

Als Kaiser Kammu die Befragung der Boten beendet hatte,

171

wandte sich Sanno an ihn und sagte: „Das ist der böse chinesische Vampirzauberer Chirayoju. Er hat geschworen, dein Blut zu trinken, aber sei versichert, mächtigster Herrscher, daß ich dich beschützen werde."

Mit einer Hand am Knauf seines Schwertes neigte Kammu zutiefst dankbar sein Haupt. „Ich stehe ewig in deiner Schuld, Sanno", erwiderte er. „Meine Waffen, Soldaten und Pferde stehen zu deiner Verfügung."

„Ich habe ein eigenes Heer, das am Fuße der Berge lagert", antwortete Sanno hochmütig, „aber ich werde dein großzügiges Angebot annehmen, denn kein Heer sollte je Verstärkung ablehnen." Dann klatschte er in die Hände, und ein eisiger Winterwind fegte durch den Festsaal. Die versammelten Höflinge zitterten in der Kälte, und die ältesten und jüngsten unter ihnen liefen fast blau an, doch Sanno schien nicht zu bemerken, wie sehr sie froren. Er stieß einen schrecklichen Schlachtruf aus, der vom Wind aufgenommen wurde, und dann schrie er ohrenbetäubend laut: „Kommt zu mir! Es ist soweit!"

Der Wind trug seine Worte mit sich. Er durchbrach eine Tür aus Reispapier und hinterließ ein klaffendes Loch. Einen Augenblick später durchbrach er sogar die Mauern des Palastes.

Der Kaiser bemerkte den Schaden und schwieg für einen Moment. Dann wagte er es, sich an den Berggott zu wenden: „Es wäre gut, wenn du dich ihm vor den Toren meiner Burg stellen würdest. Im Inneren der Mauern sind meine Untertanen schutzlos."

Sanno funkelte den Kaiser wütend an. „Bin ich nicht hier, um dich zu beschützen, oh lebender Gott auf dieser Erde? Willst du etwa, daß ich mein Heer unnötigen Gefahren aussetze, so daß es womöglich besiegt wird? Meine Truppen werden diesen Palast besetzen, und deine Höflinge müssen für sich selbst sorgen." Dann verbeugte sich Sanno tief, als wollte

er ihn verhöhnen, und fügte hinzu: „Dein Leben muß um jeden Preis geschützt werden, Großer Kammu."

„Dann werde ich die Gefahr teilen", erklärte Kammu, erhob sich und stieg von dem Podest, auf dem er mit seiner Kaiserin thronte. „Ich werde jetzt meine Rüstung anlegen."

Sanno nickte zufrieden. Denn es gefiel ihm, daß der Kaiser mit in die Schlacht zog. In Wahrheit war der Haß des Bergkönigs auf Chirayoju so groß, daß es ihn nicht kümmerte, ob Kammus Leben gerettet oder geopfert wurde. Ihn kümmerte auch nicht die Schande, die Kammus Tod für ihn bedeutet hätte. Er wollte nur den Dämonenvampir tot sehen. Und der Anblick von Kammu, wie er an der Spitze seines eigenen Heeres ritt, würde Sannos Krieger nur noch tapferer kämpfen lassen.

Als der Kaiser den Festsaal verließ, wobei alle bis auf Sanno den Kopf neigten, suchte er nicht die Rüstkammer auf, sondern den Pavillon, in dem Amaterasu wohnte, die Sonnengöttin und Ahnherrin des Kaisers. Sie stand auf einem Podest, trug ein wunderschönes, fließendes Gewand aus scharlachrotem Stoff und hielt ihren Spiegel – ein Teil ihrer königlichen Insignien – in der Hand.

Kammu sank auf die Knie. „Göttliche", wandte er sich an sie. „Ich fürchte, daß Lord Sanno nicht gekommen ist, um unsere Familie zu beschützen, sondern kein anderes Ziel verfolgt, als den chinesischen Dämon zu besiegen, der auf uns zumarschiert. Ich fürchte, der Bergkönig wird in der Hitze der Schlacht jedes Opfer bringen, um diesen Chirayoju zu töten."

Der Raum erstrahlte in gleißendem Licht, als Amaterasu von ihrem Podest trat und die Treppe der Plattform heruntersteig, bis sie nur noch eine Stufe von ihrem Nachfahren trennte. Sie war so schön, daß es Kammu schwerfiel, sie auch nur anzusehen, und so hielt er den Blick gesenkt und starrte den Boden an.

„Du bist ein weiser Mann, Kammu", erklärte die Göttin.

„Denn Lord Sanno wird tatsächlich in seinem Haß auf Lord Chirayoju auf nichts und niemanden Rücksicht nehmen. Wenn eine unserer Familien zwischen ihm und dem Dämon stünde, so würde er ohne auch nur eine Sekunde zu zögern durch sie hindurchfahren wie seine Winde Reispapier zerfetzen."

Besorgt lauschte Kammu und wurde bei Amaterasus Worten immer besorgter.

„Mein Bruder Tsukuyomi hat mir erzählt", fuhr die Sonnengöttin fort, „daß Lord Sannos Herz für immer verwandelt wurde. Sein Zorn wird selbst nach seinem Sieg in diesem Krieg und Lord Chirayojus Tod bleiben. Er wird niemals Ruhe geben, denn Gemmyo, die Tochter des Fujiwara-Clans, wurde ihm genommen. Er wird den Palast und das ganze Land Japan zerstören."

Kammu gefror das Blut in den Adern. Er nahm all seinen Kriegermut zusammen und sagte: „Göttliche Ahnherrin, ich flehe dich an, verrate mir, wie ich Lord Chirayoju und Lord Sanno aufhalten kann."

„Es gibt einen Weg, aber die Rituale, die ich dir in meinem Spiegel enthülle, müssen genau befolgt werden. In dem Chaos, das über diesen Palast hereinbrechen wird, ist dies äußerst schwierig."

„Es wird mir gelingen", versicherte Kammu.

„Hat er einen Gegenstand bei sich, der für ihn von persönlicher Bedeutung ist?" fragte sie.

Kammu nickte eifrig. „Er trägt ein mächtiges Schwert."

„Ein Schwert. Das ist die beste Antwort, die du mir geben konntest." Sie senkte den Kopf, und eine goldene Träne aus Sonnenstrahlen rann über ihre Wange. „Allerdings ist es möglich, daß du versagst, Kaiser Kammu. In diesem Fall wirst du einen gräßlichen, demütigenden Tod sterben. Du wirst niemals den Himmel sehen. Und die Welt, wie du sie kennst, wird enden."

Kammu seufzte, und sein Herz war schwer vor Furcht. „Aber wenn ich es nicht versuche, wird gewiß alles verloren sein."

Amaterasu nickte bedächtig. Weitere Tränen tropften zu Boden und setzten alles in Brand. Die Göttliche Ahnherrin liebte den Kaiser und seine Familie von Herzen.

Um Mitternacht griff Chirayojus Heer aus Bauern, Teufeln und Vampiren die Burg mit wilder Entschlossenheit an.

Kaiser Kammus Männer, allesamt grimmige Krieger, hatten noch nie zuvor gegen derart furchterregende Gegner gekämpft, aber sie wehrten sich tapfer mit Schwertern und Lanzen, während die auf den Zinnen plazierten Bogenschützen ihre Brandpfeile abschossen.

Auch Sannos Heer warf sich tollkühn in die Schlacht, als fürchtete keiner seiner Krieger den Tod.

Feuer umloderte die Burg, als die schrecklichen Eroberer näherrückten, und die Lage sah wahrhaft bedrohlich aus, als Reihe um Reihe von Sannos und Kammus vereinigten Kriegern unter dem Ansturm fiel.

Dennoch gab es Hoffnung. Auf Sannos Anweisung waren vor den Burgtoren dicht über dem Boden Seile gespannt worden. Über diese stolperten die blutdürstigen Kappa und verschütteten dabei das magische Wasser in den schüsselförmigen Einbuchtungen ihrer Köpfe. Die menschlichen Bauern in Chirayojus Armee, die vorausgeschickt worden waren, um die Pfeile und Lanzen der kaiserlichen Soldaten auf sich zu ziehen, wurden wie Stroh niedergemäht. Viele der Vampire verwandelten sich in Staub, als Pflöcke ihre Herzen durchbohrten. Und die Oni wandten sich in ihrer gewalttätigen Raserei ebensooft gegeneinander wie gegen ihre eigentlichen Feinde.

Dennoch schien ihr Anführer Chirayoju unbesiegbar. Mit seinem grünen, schimmeligen Gesicht und seinen Klauenhän-

den war er ein schreckenerregender Anblick, als er sich in die Luft erhob und ganze Salven von Feuerbällen auf den Burghof schleuderte.

Sanno zahlte es ihm mit gleicher Münze heim, und die beiden deckten einander mit Feuer und brennenden Wirbelwinden ein. Sanno stampfte in seiner Wut auf den Boden. Die Erde erbebte so heftig, daß Bäume entwurzelt wurden und Wasserfälle kurzfristig ihre Richtung änderten. Die Burg selbst stürzte ein. Balken krachten zu Boden. Kammus Lieblingstochter wurde von ihnen zermalmt – so wie viele andere.

Kammu erkannte, daß der mächtige Dämon und der gleichermaßen mächtige Berggott bald die gesamte Hauptstadt in Schutt und Asche legen würden, und in seiner Verzweiflung betete er zu seinen göttlichen Ahnherren und allen Himmlischen Scharen. Plötzlich leuchtete der Himmel über der Bergkette auf, als Amaterasu früher als erwartet ihr Gesicht zeigte.

„Chirayoju!" rief Sanno seinem Feind zu. Er wies auf die Bergkette. „Die Sonne wird in Kürze aufgehen und dir den Tod bringen. Laß uns dies beenden. Ergib dich, und ich werde nur dich töten. Deine abscheulichen Gefolgsleute mögen ihr erbärmliches Dasein fortführen."

Sannos Herausforderung bestätigte die größten Befürchtungen des Kaisers, was die wahren Absichten des Berggotts betraf. Und die Vorstellung, daß die Oni, die Kappa und die Vampire weiter existieren würden, um seine Untertanen zu ermorden, war ihm unerträglich.

„Niemals!" donnerte Chirayoju, während er die Burg weiter in Brand setzte. Über zwei Drittel des prächtigen Palastes war bereits den Flammen zum Opfer gefallen, und Kammus zweitälteste Tochter starb in ihren Gemächern den Feuertod.

Kaiser Kammu richtete sich auf seinem Schlachtroß auf und hob die Hände. „Lord Chirayoju!" rief er, „wie Lord Sanno sagte, wird der Himmel hell. Bald wirst du zusammen mit deinen Vampiren in Flammen aufgehen, genau wie mein Palast

und mein Kind. Ich schlage vor, daß ihr beide zu einem Zweikampf antretet. Und ich schwöre, daß ich dir mein Blut schenken werde, wenn du als Sieger hervorgehst."

„Was machst du da?" beschimpfte Sanno Kammu.

Der Kaiser senkte seine Stimme und sagte: „Meine Göttliche Ahnherrin hat mir enthüllt, wie man ihn töten kann. Ich werde dich mit diesem Wissen bewaffnen." Um seine Worte zu bekräftigen, sprach er einige der rituellen Beschwörungsund Zauberformeln, die ihm Amaterasu in ihrem Spiegel gezeigt hatte. Aber der Kaiser enthüllte ihm nicht, daß er auch wußte, wie man den Berggott besiegte.

Zufrieden, daß er jetzt die Oberhand hatte, schwenkte Sanno seine Banner und brüllte Chirayoju zu: „Dämonenlord, obwohl du eine üble Pest bist, verfügst du auch über große Macht. Ich habe dem Kaiser Kammu geschworen, sein Haus zu beschützen. Doch durch unsere Schlacht zerstören du und ich seinen Palast und töten seine Kinder. Ich schwöre, daß ich mich von dir töten lassen werde, wenn du mich besiegst."

Chirayoju wirkte interessiert. Während das Ungeheuer hoch über seinen Gefolgsleuten in der Luft schwebte, blickte es zum Horizont. Die Berggipfel schimmerten bereits im ersten fahlen Purpurschein des dämmernden Tages. Vielleicht erkannte er, daß er sich bald zurückziehen mußte, wenn er Sanno nicht schnell besiegte, und dann würde sein Rücken schutzlos jedem Schlag des Kaisers und Sannos ausgeliefert sein.

Schließlich sagte er: „Ich nehme deine Herausforderung an. Ich werde allein kommen."

Sie trafen sich auf dem Burghof. Der große Bergkönig stand am einen Ende und der schreckliche Vampirzauberer am anderen. Noch war der Himmel dunkel, aber das göttliche Licht der Sonne würde bald die Schleier der Nacht vertreiben.

Der Kaiser hatte Sannos Schwert verzaubert, obwohl es als

Schwert eines Gottes bereits verzaubert war. Doch nun war es noch mächtiger. Wenn Sanno damit Chirayojus Herz durchbohrte, würde er gewiß sterben.

Chirayoju stellte sich dem Berggott ohne Furcht. Dies war nur eine niedere Gottheit; er aber war fähig, den Himmel selbst zu verschlingen!

Höhnisch machte Chirayoju eine tiefe Verbeugung und dachte: Bald wird dieser Narr sterben. Und dann werde ich nicht nur das Blut dieses tölpelhaften Kaisers trinken, sondern ihn mit Haut und Haaren verspeisen.

Er nahm Kampfhaltung ein und hielt sein eigenes Schwert bereit.

Über ihnen, an den Zinnen, hingen blütenweiße Tücher, wie der Kaiser es angeordnet hatte. Um seinen Kopf trug Kammu ein Band mit Schriftzeichen aus den Zauberformeln, die ihn die Göttin gelehrt hatte, das Wort für Lebenskraft, Ki. Er stand auf geweihten Bambusmatten, und goß Sake – Reiswein – auf das geflochtene Stroh.

Unter ihm stürmten die beiden übernatürlichen Wesen aufeinander los und kreuzten die Klingen über ihren Köpfen. Die Schwerter klirrten, Funken stoben in die Luft wie die Klagelieder der alten Drachen.

Auf der Matte vor dem Kaiser lag sein eigenes Schwert. Wenn es ihm nicht gelang, beide aufzuhalten, würde er sein eigenes Leben den Göttern opfern, damit sie seine arme Nation beschützten. Wie die Göttin es vorhergesagt hatte, bedeutete das einen gräßlichen Tod, denn er plante, sich als Strafe für sein Versagen selbst den Bauch aufzuschlitzen. Das aus dieser tödlichen Wunde strömende Blut würde das einzige Blut sein, an dem sich Chirayoju ergötzen konnte.

Aber er betete, daß ihm dieses Schicksal erspart blieb. Er betete, daß er statt dessen Sannos Sieg erlebte – auch wenn er ihn danach verraten mußte. Denn er konnte nicht zulassen, daß Sanno weiter auf der Erde wandelte. Der Bergkönig war

zu einem bösen Wesen geworden und ähnelte dem Dämon, gegen den er kämpfte. Kammus Göttliche Ahnherrin hatte ihm dies versichert. Und so hatte sie ihm die heiligen Zauberformeln offenbart, mit denen er nicht nur Chirayoju, sondern auch Lord Sanno in das Schwert bannen konnte.

„Chirayoju!" brüllte Sanno. „Ich biete dir einen ehrenhaften Tod an. Begehe mit deiner Klinge Selbstmord, und ich werde ein Totengedicht für dich schreiben."

Chirayoju grinste nur höhnisch und stieg hoch in die Luft. „Wenn deine Poesie wie dein Schwert klingt, müßte ich mich im Grabe herumdrehen, sobald ich deine mißtönenden Verse höre."

Und während sie sich auf dem Burghof weiter gegenseitig herausforderten, bestreute Kaiser Kammu seine Matte mit Salz und begoß sie mit Sake. Im Geiste ging er die Formeln durch, die er sprechen mußte, wenn er beide in den Stahl bannen wollte.

Während ihre Schwerter aufeinandertrafen, nahm der Wind zu. Die Erde bebte, schwankte und zitterte. Kammus Burg brannte lichterloh. Aber er würde diesen Palast nicht verlassen, bis er seine Aufgabe erfüllt hatte, selbst wenn dies bedeutete, mit ihm zu verbrennen. Leise sprach er ein Gedicht, das er selbst verfaßt hatte.

„Weinet nun, Erde, Luft und Feuer,
Tränen für Kammus tote Kinder,
Wasser, der Erde vierte Seele."

Kaiser Kammu würde nicht versagen.
Er würde sie bannen – oder sterben.

15

Xander wollte sich auf keinen Fall von irgend jemandem nach Hause schicken lassen. Punkt.

Als das geklärt war, fragte er flüsternd: „Hat einer von euch schon mal daran gedacht, daß der Umgang mit der Jägerin gleichbedeutend mit einem Kurs in Kleinkriminalität ist?"

Cordelia ging auf den Haupteingang des Museums zu und sah sich nervös zu ihnen um. Giles und Xander bedeuteten ihr weiterzumachen. Schließlich hämmerte sie an die Tür und schrie so laut es die Umstände erlaubten um Hilfe. Sie wollten den Nachtwächter herauslocken, ohne das Wachpersonal der umliegenden Gebäude zu alarmieren.

„Hilfe!" schrie Cordelia. „Oh, bitte helfen Sie mir!"

„Für jemanden, der schon mehrfach in Lebensgefahr war, ist ihre Vorstellung schlichtweg grauenhaft", flüsterte Giles.

Die Tür wurde entriegelt und die Pforte schwang auf. Der Nachtwächter kam heraus – eine rundliche Erscheinung in einer schlechtsitzenden, dunkelblauen Uniform und mit einem langen Schlagstock in der Hand.

„Miss, was ist los?" fragte er ehrlich besorgt.

„Oh, mein Gott, helfen Sie mir, sie sind hinter mir her!" sagte Cordelia verzweifelt und warf sich theatralisch an seine Brust. „Zwei Männer haben mich verfolgt. Ich glaube, sie wollten . . . ich weiß nicht, was sie wollten, aber Sie müssen mir helfen! Bitte!"

„Wir sind tot", flüsterte Xander. „Das wird nie funktionieren. Ich habe schon bessere Schauspieler in Daily Soaps gesehen, die nach der ersten Folge abgesetzt wurden."

Giles drehte den Kopf und musterte ihn.

„Nein, nein!" beteuerte Xander. „Ich habe die mir nie wirk-

lich angeschaut, ich bin nur beim Zappen darüber gestolpert, als ich nach den . . . äh . . . Basketballspielen suchte", erklärte er hastig.

„Was auch immer wir von Cordelias Fähigkeiten als Mimin halten mögen – ihre Darbietung hat jedenfalls den gewünschten Effekt", erwiderte Giles leise.

Xander beobachtete staunend, wie der Nachtwächter Cordelias Schulter tätschelte. Für seinen Geschmack drückte sie ein wenig zu sehr auf die Tränendrüse, insbesondere, da sie darauf bestanden hatte, nicht richtig zu weinen, weil Tränen ihr frisch restauriertes Make-up ruinieren würden. Dennoch schien der Nachtwächter darauf hereinzufallen.

„Wo stecken diese Strolche jetzt, Kleines?" erkundigte sich der Mann.

„Dort . . . dort drüben", stammelte Cordelia und wies in die andere Richtung, wo eine Reihe von Bäumen das Museumstor von der Grünfläche abgrenzte.

Xander verdrehte die Augen. Er war davon überzeugt, daß der Kerl gleich fragen würde, was sie in dieser abgelegenen, dunklen Ecke eigentlich zu suchen hatte. Aber der Nachtwächter dachte nicht daran.

„In Ordnung, Missy", beruhigte er Cordy. „Machen Sie sich keine Sorgen. Sie gehen jetzt rein und rufen die Polizei. Ich werde mich draußen umschauen. Sie schließen hinter sich ab und warten an der Tür, bis ich zurückkomme. Lassen Sie keinen anderen als den alten Eddie rein, verstanden?"

Cordelia wimmerte zustimmend und ließ sich von Eddie ins Museum schieben, wo sie sofort die Tür zuschlug und verriegelte. Xander verfolgte ungläubig, wie der Nachtwächter über den Rasen trabte, als hörte er in seinem Kopf die Titelmelodie von *Mission: Impossible*.

Einen Moment später bogen Xander und Giles um die Ecke und klopften leise an die Tür. Cordelia öffnete. Sie huschten hinein, und dann schlossen sie wieder ab und legten alle Riegel vor.

„Das verschafft uns drei Minuten", sagte Cordelia fröhlich. „Was jetzt?"

„Hmm?" machte Giles und sah sie mit einem unschuldigen Verzeihung-war-dieses-Ding-zu-drehen-etwa-meine-Idee?-Gesicht an.

„O nein", drohte Xander ihm mit dem Finger. „Ich dulde keine *Hmms*, verstanden, Giles? Keine *Hmms* mehr. Was machen wir, wenn er zurückkommt?"

„Nun ja", meinte Giles nachdenklich. „Ich denke, Cordelia sollte so tun, als hätte sie zuviel Angst, um die Tür zu öffnen. Cordelia, am besten sagst du ihm, daß er aus Sicherheitsgründen draußen warten muß, bis die Polizei eintrifft."

„*Das* ist Ihr Plan?" staunte Cordy. „Ich soll mich wie ein Trottel aufführen?"

„Wenn du es so formulieren möchtest, ja." Giles schob angriffslustig sein Kinn vor.

„Das ist ein schlechter Plan", entgegnete Xander, und Cordelia nickte zustimmend. „Nicht, daß du dich nicht wie ein Trottel aufführen könntest, Cor. Du hast es bekanntlich schon mehrmals geschafft."

Giles blinzelte. „Nun, wenn ihr einen besseren Plan habt, dann informiert mich bitte", sagte er scharf, wandte sich ab und machte sich auf den Weg zu den Ausstellungsräumen.

„Hören Sie", erklärte Xander, während er Giles folgte, „mein Plan würde zumindest dafür sorgen, daß wir nicht in den Knast wandern, was – für den Fall, daß Sie es nicht wissen – kein moderner Ausdruck für ‚tropisches Paradies' ist." Er schwieg und holte tief Luft. „Haben Sie das verstanden, Giles? Knast, schlecht!"

„Xander."

„Komme schon!"

Kurze Zeit später starrten sie das Schwert des Sanno an.

„Faszinierend."

„Was meinen Sie, Mr. Spock?"

Giles seufzte und warf Xander einen Seitenblick zu. Er war natürlich nicht völlig humorlos, aber der Junge wählte immer den unpassendsten Moment für seine eigenartigen Scherze.

„Sieh dir das an." Giles deutete auf das große Schwert an der Wand. „Das ist das Schwert, an dem Willow sich geschnitten hat. Das Schwert des Sanno. Im Stichblatt sind einige orientalische Schriftzeichen eingraviert." Mit einem Kugelschreiber wies er auf den metallenen Handschutz zwischen der Klinge und dem Knauf des Schwertes. „Ich möchte zu gern wissen, was sie bedeuten." Dann sah er genauer hin.

Der Knauf selbst war mit Seidenbändern umwickelt, die auf beiden Seiten mehrere kleine Scheiben an ihrem Platz zu halten schienen.

„Sieh mal einer an", murmelte er vor sich hin. Geistesabwesend lauschte er, aber keine schrillen Schreie aus Cordelias Kehle verrieten, daß Eddie, der große Nachtwächter, zurückgekehrt war. In der Stille betete er inbrünstig, daß sie nicht nur vergessen hatte, sich an ihre Abmachung zu halten.

„Was gibt es denn zu sehen?" wollte Xander wissen.

„Diese Seidenbänder, die die runden Scheiben an ihrem Platz halten, ohne sie zu verdecken."

„Ja." Xander nickte. „Die sind mir schon bei anderen Schwertern hier aufgefallen."

„Richtig", gab Giles zu. „Aber diese Schwerter sind *katana*, die aus einer späteren Ära stammen. Für eine derart alte Klinge sind die Bänder völlig untypisch. Dieser Stil wurde erst sehr viel später entwickelt. Außerdem weisen die Scheiben Gravuren auf, die denen am Stichblatt sehr ähnlich sind."

Xander schwieg. Giles drehte den Kopf und sah ihn an.

„Sagten Sie nicht, Sie wüßten nichts über die japanische Geschichte oder Kultur oder was auch immer?" fragte Xander.

„Nun, von meinem Schulwissen ist mir nur sehr wenig im Gedächtnis haften geblieben, aber ich habe die Ausstellung besucht. Genau wie du." Xander zuckte bloß die Schultern.

„Ich habe gerade Claire Silvers Tagebücher zu Ende gelesen. Um präzise zu sein, auf dem Weg hierher haben wir etwas überaus Faszinierendes erfahren. Wie es scheint, wurde dieser Sanno, der Berggott, ebenfalls in das Schwert verbannt."

„Echt?" Xander starrte die Waffe entsetzt an. „Er steckt da drinnen?"

„Ich bin mir nicht sicher." Giles musterte ihn. „Aber ich denke schon."

„Vielleicht wurden diese kleinen Scheiben angebracht, nachdem er in das Schwert verbannt wurde. Vielleicht hat man es erst später getan, was erklärt, warum all dieses zusätzliche Zeug aus einer späteren Ära stammt."

„Vielleicht", sagte Giles. „Aber wenn die Zauberformeln so mächtig waren, dann hätte Chirayoju schwerlich entkommen können, nur weil sich Willow an der Klinge geschnitten hat. Andererseits könnte ihr Blut ein Katalysator gewesen sein, und Buffy sagte, daß sie zu jenem Zeitpunkt ziemlich verletzlich war. Trotzdem verstehe ich nicht . . ."

„He, sehen Sie sich das mal an", unterbrach Xander ihn und drängte sich an Giles vorbei, um auf den Knauf zu deuten. „Ich glaube, hier fehlt eine Scheibe."

Giles starrte die Stelle an, auf die Xander deutete. „Vielen Dank, Xander, ich glaube, daß du damit meine Frage beantwortet hast."

„Habe ich?"

„Jetzt muß ich herausfinden, wie wir diesen Geist aus Willow vertreiben und wieder in das Schwert verbannen können. Wir müssen sie irgendwie hierherlocken", sagte er tief in Gedanken versunken.

„Oder wir nehmen das Schwert einfach mit."

„Nein, warte!" rief Giles.

Aber es war zu spät. Xander hatte bereits nach dem Schwert an der Wand gegriffen, es am Knauf gepackt und abgenommen.

184

„Wir sind . . .“, begann Xander, aber dann verstummte er und sein Lächeln verschwand von seinem Gesicht. Seine Augen wurden schmal, seine Nasenflügeln blähten sich, und er warf sich in die Brust. Für einen Moment glaubte Giles, daß Xander sich wieder einen Scherz mit ihm erlaubte. Aber als der Junge nun sprach, wußte der Wächter, daß es kein Scherz war.

„Frei“, triumphierte Xander. Aber es war nicht seine Stimme. Ganz und gar nicht. Sie war tief, volltönend und von einer derartigen Macht und einem Stolz erfüllt, daß Giles unwillkürlich den Blick senken wollte. Er kämpfte gegen diesen Impuls an und starrte statt dessen Xander direkt ins Gesicht.

Xanders Gesicht. Aber Xander Harris war verschwunden.

„Ähm . . .“ Giles räusperte sich nervös. „Sanno, nehme ich an?“

Augen, die einst Xander gehört hatten, richteten sich auf das Gesicht des Wächters, und er spürte, wie sich sein Rückgrat in Butter verwandelte. Hätte er sich in diesem Moment nicht an Xanders besonders schrägen Humor erinnert, wäre er wahrscheinlich vor diesen Augen zurückgewichen.

„Ich bin Sanno, der König der Berge“, sagte der Geist, der in Xanders Leib gefahren war. „Wo ist Chirayoju?“

„Nun, ich bin mir nicht ganz sicher, aber du solltest wissen, daß . . .“

„Unwichtig. Ich kann ihn riechen. Ich werde ihn ein für alle Mal vernichten“, donnerte Sanno, wandte sich ab und marschierte in den hinteren Teil des Museums zu einer Terrassentür.

„Wenigstens nimmt er nicht den Haupteingang, wo Cordelia derzeit Eddie den Nachtwächter mit ihrer Jungfrau-in-Not-Nummer hinhält“, dachte Giles.

„Cordelia, eine kleine Änderung unserer Pläne! Wir müssen von hier verschwinden!“ rief Giles drängend. „Schnell!“

Er hörte ihre eiligen Schritte auf dem Korridor, und als er sich umdrehte, sah er sie im Türrahmen auftauchen. „Es ist auch höchste Zei...", begann Cordelia. Dann verstummte sie, eilte an Giles' Seite und beobachtete Xander, der das Schwert, das Giles kaum mit beiden Händen hätte halten können, in der rechten Hand schwang und auf die Terrassentür zustapfte.

„Der ewige Krieg wird in dieser Nacht enden!" erklärte Sanno und brach krachend durch die Terrassentür. Ohrenbetäubender Lärm ließ sie zusammenfahren, als die Alarmanlage ausgelöst wurde.

Giles dachte an Willow. „Ja", flüsterte er vor sich hin. „Das ist genau das, was ich befürchtet habe. Los", sagte er dann, „wir müssen uns beeilen." Und er beschleunigte seine Schritte. Cordelia hatte Mühe, mit ihm mitzuhalten. „Wir wissen nicht, wo Willow ist, und wenn wir Xander aus den Augen verlieren, werden wir es vielleicht nie erfahren. Dann wird es zu spät sein, irgend etwas zu unternehmen."

„Okay, klar, aber Sie tragen auch keine Stöckelschuhe!" fauchte Cordelia, während sie die in der Ferne verschwindende Gestalt nicht aus den Augen ließ.

Der Alarm hinter ihnen verstummte. Eddie der Nachtwächter mußte wohl zu der Überzeugung gekommen sein, daß man ihn ausgetrickst hatte.

Die Gestalt schimmerte eigentümlich. Sie wirkte größer und breiter als Xander, aber wenn Cordelia die Augen zusammenkniff, sah sie nur Xander. Es war Xander, den sie verfolgten, und gleichzeitig war er es nicht.

Sie holte Giles ein und hielt sich an ihm fest. Bei jedem Schritt sanken ihre viel zu hohen Absätze zentimetertief in dem weichen Rasen ein, aber sie wollte ihre Schuhe auf keinen Fall ausziehen.

„Cordelia, bitte, zieh endlich diese unmöglichen Schuhe aus!" rief Giles.

„Es tut mir leid, aber dazu müßte ich mindestens eine

Sekunde lang stehenbleiben." Sie blickte wieder zu Xander hinüber und wäre fast in Tränen ausgebrochen. „Haben Sie eigentlich eine Ahnung, wieviel mich diese Schuhe gekostet haben?"

Giles schüttelte ungeduldig den Kopf.

„Eine Menge!" Sie stolperte weiter. „Was ist eigentlich mit Xander passiert?"

„Tja, ich glaube, Sanno ist aus dem Schwert heraus und in Xander hineingefahren", erklärte Giles besorgt.

„Und warum spricht er dann Englisch?" fragte sie verwirrt.

„Ich nehme an, Sanno hat Zugang zu Xanders Wissen", erwiderte Giles.

„Oh, sicher, das hätte ich mir auch denken können", sagte sie sarkastisch, als sie endlich aus ihren Schuhen schlüpfte, „aber ich hab es nicht gedacht. Ich meine, ich weiß, daß er besessen ist, aber wie ist das möglich?"

„Cordelia, ich werde versuchen, es dir später zu erklären. Wir müssen uns beeilen!"

„Das ist alles, was ich für euch Männer bin", sagte sie traurig. „Die Tussi, der man alles später erklärt ..."

„Cordelia, komm!" befahl Giles und zog sie mit sich.

„Die Tussi, die man wie einen dummen Dackel behandelt!" Sie lief hinter ihm her, ihre kostbaren Schuhe in den Händen.

Der stärker werdende Wind trieb Giles und Cordelia vor sich her. Etwa sechs Meter vor ihnen drehte sich Xander um und lächelte sie an.

„Ich dachte mir, es ist besser, euch ein wenig anzutreiben", informierte sie die donnernde Stimme. „Schließlich sollt ihr Zeugen der Vampirvernichtung werden. Chirayoju weiß noch nicht, daß ich mich befreit habe, aber wenn er es erkennt ..."

„Sie sich selbst befreit?" rief Cordelia. „Verzeihung, aber mein Freu... der Junge, den ich ... Xander Harris hat Sie befreit, Mr. Santo."

„Mein Name ist *Sanno*!" donnerte die Stimme. Die Gestalt

187

hob ihre Arme, und der Wind blies so stark, daß er Giles fast vom Boden hob. „Ich bin der Bergkönig." Er senkte die Arme wieder und stapfte weiter. „Ich bin der Beschützer des Landes der aufgehenden Sonne!"

Obwohl der brausende Sturm sie zum Schwanken brachte, war Cordelia nicht bereit, aufzugeben. Giles fand ihre Starr-köpfigkeit außergewöhnlich erfrischend, ganz im Gegensatz zu ihrem sonst so oberflächlichen Gebaren.

„Nun ja, äh, Sie befinden sich nicht im Land der aufgehen-den Sonne, sondern im Land Sunnydale", erklärte Cordelia. „Und hier gelten andere Regeln. Wir haben unsere eigene Vampirjägerin." Sie bedeutete ihm mit einem Wink, er solle verschwinden. „Sie können also ruhig nach Hause gehen."

„Schweig!" donnerte Sanno. „Schweig endlich, sterbliches Mädchen!" Mit einem heftigen Windstoß schleuderte er Cor-delia zu Boden und nagelte sie dort fest.

Sie schrie und wand sich, den Tränen nahe.

Giles sank auf ein Knie und neigte den Kopf. „Oh, Sanno, großer und magischer Kriegsherr. Vergib dem Weib", sagte er demütig. „Sie ist sehr jung und unwissend. Sie handelt aus Angst um den Jungen, dessen Körper du bewohnst, denn sie weiß, was geschehen wird." Er zischte Cordelia zu: „Ent-schuldige dich!"

„Es tut mir leid", wimmerte sie kläglich.

„Nun gut", sagte Sanno.

Sofort ließ der Wind nach. Blinzelnd wischte sich Cordelia die Ponyfransen aus den Augen, wartete einen Moment und stand dann unbeholfen auf. Sie sah völlig erschöpft aus.

„Danke", sagte sie.

Sanno wandte sich ab und stapfte davon.

Cordelia rannte zu Giles. „‚Was geschehen wird'? Ich weiß nicht, was geschehen wird. Sie etwa?"

Giles wies auf die Gestalt. „Oh, mein armes Mädchen." Er seufzte. „Ich fürchte, er wird mit Chirayoju kämpfen."

Cordelia starrte erst Xander und dann Giles an. Sie sagte: „Was? Aber das ist doch Willow!"

Giles seufzte ein weiteres Mal. „Exakt."

„Willow und Xander werden es mit den Fäusten austragen?" fragte Cordelia. Sie wollte wohl sichergehen, daß sie alles richtig verstanden hatte.

„Wenn du so willst . . . ja. Aber ich rechne damit, daß sie weniger ihre Fäuste als vielmehr Magie einsetzen." Er ergriff sanft ihr Handgelenk. „Komm. Wir dürfen ihn nicht aus den Augen verlieren."

„Magie?" wiederholte sie, während sie hinter ihm her stolperte. „Und woher wissen wir, wer von ihnen gewonnen hat?"

Welch ein Glück kann die Dummheit sein, dachte Giles. Er wollte nicht antworten, aber sie schüttelte ihn heftig.

„Giles!"

„Oh, nun ja." Er blieb stehen und sah sie traurig an. „Ich nehme an, wenn einer von ihnen . . . verliert." Er schluckte. Er haßte es, diese Worte aussprechen zu müssen. „Das heißt, einer von ihnen wird sterben."

16

Der verwüstete Freundschaftsgarten von Sunnydale war nicht der unheimlichste Anblick in Buffys Leben, aber er kam dem sehr nahe. Er war riesig, was sie überraschte und gleichzeitig beunruhigte. Warum war sie früher noch nie hiergewesen? Sie lebte nun schon ein ganzes Jahr in Sunnydale und war davon überzeugt gewesen, die sieben Weltwunder der Stadt zu kennen – aber das hier schlug alles um Längen.

Der Garten lag in einer Mulde. Buffy stand am Rand der Vertiefung und blickte auf die abgestorbenen Bäume und verrotteten Bogenbrücken hinunter. In dem grauen Dämmerlicht konnte sie keine Einzelheiten erkennen.

Der gelbe Strahl ihrer Taschenlampe tanzte über Steinlaternen und kleine rote Tempeldinger. *Pagoden!* Richtig, fiel es ihr ein, obwohl sie nicht den leisesten Schimmer hatte, woher sie das wußte, wo sie sich nicht einmal an den Begriff Origami erinnert hatte. In der Ferne befand sich ein großes, dunkles Gebäude aus Holz mit einem sanft geschwungenen Ziegeldach. Als es errichtet worden war, hatte es eine Menge großer Hoffnungen verkörpert. Und Geld.

Buffy blickte auf. Die Sonne war nur noch ein Pinselstrich am Horizont. Die Jägerin hörte keinen Laut, nicht einmal das Zirpen von Grillen. Das allein genügte schon, um sie frösteln zu lassen. Aber was sie dann aus dem Gebäude kommen sah, verwandelte ihre Knie in Pudding.

Willow trug ein prächtiges chinesisches Gewand und darüber eine Art metallenen Brustharnisch. Sie hielt einen Speer in der Hand – *oder war es ein Langschwert?* – blickte auf, ohne Buffy zu bemerken, und kehrte dann ins Gebäude zurück. In einem der offenen Fenster flackerte Licht.

Buffy schluckte und stieg eine lange Reihe von Stufen hin-

unter, die zu dem Gebäude führten. Sie war hellwach; ihr Blick wanderte nach rechts und links, während sie versuchte, völlig gelassen und furchtlos zu erscheinen.

Zu ihrer Rechten klaffte ein großes, tiefes Loch, das früher vielleicht ein Teich oder ein See gewesen war. Über das Loch führte eine Holzbrücke, deren Mittelteil irgendwelche Vandalen zerstört hatten.

Buffy marschierte durch den stillen Garten. Plötzlich blieb sie stehen. Weinte da nicht jemand? Sie beschleunigte ihre Schritte. Das Weinen drang aus dem Inneren des Gebäudes. Das konnte nur Willow sein. Zumindest hoffte Buffy das.

Vor dem Gebäude befand sich eine kleine Holzveranda. Vorsichtig und sich der Tatsache bewußt, daß das Holz jeden Moment unter ihrem Gewicht nachgeben konnte, trat Buffy auf die Veranda und spähte ins Haus.

Auf dem Holzboden in der Mitte des leeren Raumes hockte Willow und weinte so heftig, daß ihr die Tränen in Strömen über die Wangen rannen. Vor ihr stand ein prunkvoller roter Kerzenhalter mit großen jadegrünen Kerzen. Sie saß auf einem scharlachroten Kissen und starrte den Speer an, den sie vorhin in der Hand gehalten hatte. Neben ihr auf dem Boden lag ein Schwert. Buffy wollte lieber nicht wissen, wie Willow zu all diesen Dingen gekommen war.

Sie hatte auch nicht viel Zeit, um darüber nachzudenken. Denn Willow richtete in diesem Moment die scharfe Spitze des Speeres direkt auf ihr eigenes Herz.

„Willow, nicht!" schrie Buffy und stürzte auf sie zu. Der Boden unter ihren Füßen gab ein seltsames singendes Geräusch von sich, und Buffy stolperte.

Willow hob ruckartig den Kopf. Sie wirbelte den Speer herum und richtete ihn auf Buffy. „Oh. Du bist es nur", entfuhr es ihr, als sie die Jägerin erkannte. Aber sie starrte ihre beste Freundin mit brutaler Feindseligkeit an und hielt den Speer weiter auf Buffy gerichtet.

„Oh? Ich bin es nur?" wiederholte Buffy verdutzt.

„Ich dachte, es wäre jemand anderes." Ihre Tränen waren fort. Sie war eine andere Person. O ja, eine völlig andere Person.

„Wen hast du denn erwartet?" fragte Buffy und schob so unauffällig wie möglich ihre Hand in ihren Jagdbeutel. „Den Pizzaboten? Den Fernsehtechniker?"

Willow schürzte die Lippen. Dann verzog sie den Mund zu einem grausamen, wissenden Lächeln und klopfte auf ein Kissen an ihrer Seite. „Ich erinnere mich, daß mich dein kindlicher Humor früher amüsiert hat. Setz dich doch, während ich auf den Sonnenuntergang warte."

Buffy rührte sich nicht von der Stelle. Jetzt, wo sie Willow gefunden hatte und das letzte Licht des Tages verglomm, wußte sie nicht, was sie tun sollte.

Willow klopfte weiter auf das Kissen. Ihr unheimliches Lächeln wurde breiter. Sie wies auf den Boden.

„Das ist ein ‚Nachtigallboden'. Eine uralte Tradition, die ich in Japan kennengelernt habe", erklärte sie. „Die Kaiser ließen sie einbauen, damit sich niemand an sie heranschleichen konnte. Du hast ja gemerkt, wie er funktioniert. Er singt. Aber natürlich wußte ich, daß du kommst." Sie kicherte. „Ich konnte dein Blut riechen. Ich kann es kaum noch erwarten, es zu kosten."

„Willow", versuchte Buffy es erneut. „Mit dir ist etwas sehr Schlimmes passiert. Laß mich dich zu Giles bringen, damit wir dir helfen können."

„Mir braucht niemand zu helfen." Willow hob ihr Kinn. Ihre Augen sprühten vor Zorn. Doch dann war da plötzlich noch etwas anderes. Es war Angst, die den Zorn für einen Augenblick vertrieb. „Es ist ohnehin zu spät", flüsterte Willow und ihr Kinn bebte. Sie streckte beide Arme nach Buffy aus. „Halte ihn auf", flehte sie. „Buffy, halte *mich* auf." Dann kippte sie nach vorn, als wäre auf sie geschossen worden.

Die Sonne war untergegangen. Die Nacht hatte begonnen.

Buffy handelte. Sie stürzte sich auf Willow, ignorierte den unheimlich singenden Boden und entriß ihr den Speer. In einer Bewegung zerbrach sie ihn über dem Knie und warf die beiden Bruchstücke in die hinterste Ecke des Zimmers.

„Und was hast du damit erreicht?" fragte Willow mit einer dunkleren, tieferen Stimme. „Das war nicht die Waffe, die du fürchten solltest."

„Okay", entgegnete Buffy langsam mit einem Blick zu dem Schwert, das nicht weit von ihr entfernt auf dem Boden lag. Sie mußte Zeit gewinnen. Angel mußte jede Sekunde eintreffen.

„*Ich* bin diese Waffe", erklärte Willow. Langsam richtete sie sich wieder auf. Der Boden klirrte und klingelte. Sie konnte fast sehen, wie Willows Gesichtszüge von etwas Fremdem überlagert wurden. Ein leuchtend grünes Gesicht mit blutroten Lippen. Mandelförmige schwarze Augen bohrten sich in ihre. Das Gesicht schien von einer Art phosphoreszierendem Schimmel bedeckt zu sein. Es war ein grausiger Anblick.

Der Boden sang, obwohl Buffy wie erstarrt dastand.

„Das bin ich", sagte Willow hämisch grinsend. Dann klatschte sie in die Hände.

Wie Pfeile schossen Vampire durch jedes Fenster in den Raum und stürzten sich auf Buffy. Augenblicklich nahm die Jägerin Kampfhaltung ein. Sie trat dem ersten Vampir ins Gesicht und suchte fluchend in ihrem Beutel nach einem Pflock, als ein weiterer Vampir sie von hinten angriff. Sie warf sich nach vorn, wirbelte herum und schleuderte den Untoten zu Boden. Dann packte sie einen Pflock und verwandelte beide Vampire in Aschenregen.

Der Gesang des Bodens wurde zu einem wutentbrannten Kreischen. Die Vampire rückten näher. Es war eine regelrechte kleine Armee. Buffy schlug und trat um sich, und erst jetzt wurde ihr klar, daß die Vampire, die ihr in jener Nacht vor

dem *Bronze* aufgelauert hatten, von Willow geschickt worden waren.

Aber es war nicht wirklich Willow, rief sich Buffy ins Gedächtnis. Es war der Vampir, der von Willow Besitz genommen hatte.

Buffys Unaufmerksamkeit hatte Folgen: Ein rothaariges Vampirmädchen sprang sie mit einem wilden Knurren an, während ein anderer Blutsauger ihre Beine packte. Für einen Moment hatten sie sie in ihrer Gewalt.

Erst jetzt reagierte Buffy. Sie riß die Fäuste hoch und befreite sich aus dem Griff des Rotschopfes. Mit dem Handrücken versetzte sie ihr einen Schlag gegen den Kopf und rammte den Pflock tief in ihre Brust.

Kaum war der Rotschopf explodiert, nahm Buffy den anderen Blutsauger, der immer noch ihre Knie umklammert hielt, ins Visier.

Aber die Zahl der Untoten schien unaufhörlich zu wachsen, und Buffys Kräfte ließen allmählich nach.

Willow verfolgte lächelnd den Kampf. Buffy fuhr zu ihr herum und hob flehend eine Hand, wie Willow es zuvor getan hatte. Keuchend sagte sie: „Will, du kannst sie aufhalten."

Willow sagte langsam, als wäre ihr gerade erst der Gedanke gekommen: „Ja."

Voller Hoffnung fuhr Buffy fort: „Ja, ja! Du mußt ihnen nur befehlen aufzuhören. Sie gehorchen dir. Sie haben Angst vor dir."

Willow senkte den Kopf. In Buffy keimte die wage Hoffnung auf, daß ihre gute alte Freundin gegen das Monster kämpfte, das von ihr Besitz ergriffen hatte.

Dann warf Willow den Kopf zurück und breitete lachend die Arme aus. Die Züge des anderen Wesens überlagerten wie eine groteske grüne Plastikmaske ihr Gesicht.

„Sie sollten mich auch fürchten", triumphierte Willow, nur daß es nicht Willows Stimme war. Es war die Stimme eines

Dämons, und sie strapazierte Buffys Nerven wie Fingernägel, die über eine Tafel kratzen. „So wie du, Jägerin."

Willow schnippte mit den Fingern und trat langsam auf Buffy zu. Die anderen Vampire ließen sie los und wichen zurück. Sie bildeten einen Kreis, als wären sie Zuschauer beim Wrestling.

„Du bist müde", sagte Willow in einem seltsamen Singsang, der von dem Boden melodisch begleitet wurde. „Sehr müde."

Buffy kämpfte gegen die plötzliche Schläfrigkeit an. Sie spürte, wie die Kraft aus ihren Muskeln wich, und ihre Beine zitterten. Ihre Knie gaben nach.

„Dein Herzschlag wird langsamer. Dein Blut gerinnt."

Buffy sackte zusammen. Sie konnte kaum noch die Augen offen halten.

Dann erhob sich Willow mit ausgebreiteten Armen in die Luft, bis ihr Kopf die Decke berührte. Kugelblitze lösten sich von ihren Fingerspitzen und schlugen krachend in den Boden rund um Buffy ein, so daß die Dielen Feuer fingen.

Der singende Boden kreischte jetzt.

Die anderen Vampire wichen zurück, als sich das Feuer rasend schnell durch das trockene Holz fraß. Sie schienen darauf zu warten, daß einer von ihnen aus einem Fenster sprang, damit die anderen erfahren konnten, was besser war: Willows Zorn auf sich zu ziehen oder zu verbrennen.

„Ich bin der Vampirzauberer Chirayoju", donnerte Willow unter der Decke. „Nach langer Zeit habe ich endlich meinen Kerker verlassen. Und sobald du keine Gefahr mehr für mich bist, Jägerin, werde ich über diesen Ort herrschen."

„Sunnydale?" murmelte Buffy. Schweißperlen rannen von ihrer Stirn, und plötzlich erkannte sie, daß die vom Feuer ausgehende Gefahr sie lange genug von Willows hypnotischer Stimme abgelenkt hatte, um sich von ihrem Einfluß zu befreien. Ihr Herzschlag verlangsamte sich nicht weiter, sondern beschleunigte sich abrupt. Und ganz bestimmt gerann ihr Blut nicht.

„Wirklich, mit all diesen Spezialeffekten könntest du was Besseres erreichen", spottete sie mit kräftiger Stimme. „Mit der Eroberung Sunnydales wirst du die anderen Vampirzauberer im Vampirzaubererland kaum beeindrucken, glaub's mir. Sie werden deinen Mitgliedsausweis zerreißen und dich mit Schimpf und Schande aus dem Club werfen."

„Schweig!" kreischte Chirayoju. Er fiel von der Decke und schoß direkt auf Buffy zu.

„Sie fliegt durch das Feuer", erkannte Buffy.

„Willow!" schrie sie. „Nicht!"

Doch der Körper ihrer Freundin flog weiter auf sie zu. Buffy holte tief Luft und suchte nach einer Lücke in den Flammen. Etwa einen Meter links von ihr züngelten die Flammen nur auf Kniehöhe. Mit einem Satz sprang Buffy über die Flammen. Sie spürte die Hitze durch die Sohlen ihrer Stiefel.

Chirayoju landete anderthalb Meter vor ihr und deckte sie mit einer Serie von Schlägen ein. Buffy wich ihnen geschickt aus und verteilte ihrerseits ein paar Kinnhaken, bis das Monster schmerzerfüllt aufschrie – diesmal jedoch mit Willows Stimme. Buffy zögerte.

„Eine echte Herausforderung, nicht wahr?" provozierte Chirayoju sie. „Du mußt mich besiegen, ohne deine Freundin zu töten." Er grinste höhnisch, während sich seine und Willows Gesichtszüge vermischten. „Aber dazu bist du zu schwach."

„Zu schwach?" Buffy rammte Willow den Ellbogen ins Gesicht. Das Ding in ihr wich stolpernd zurück.

„Sie ist dir zu wichtig", höhnte Chirayoju. „Mir ist nichts und niemand wichtig."

„Habt ihr das gehört, Leute? Ihr bedeutet ihm nichts!" rief Buffy. Sie sah sich kurz im Zimmer um. Die anderen Vampire waren verschwunden. Kein Wunder. Schließlich stand das gesamte Gebäude in Flammen. Jede Sekunde konnte es einstürzen.

196

Mit einem Knurren warf sich Buffy auf Chirayoju und trieb ihn weiter zurück. Doch ihr war gleichzeitig klar, daß das Feuer Willows Leben bedrohte.

Was sollte sie tun? Chirayoju stellte eine weitaus größere Bedrohung dar, als dieser unbedeutende Kampf in einem toten Garten vermuten ließ. Buffy mußte ihn aufhalten. Aber wie sollte sie das tun, ohne ihre beste Freundin zu opfern?

Über ihrem Kopf lösten sich zwei Holzbalken von der Decke und krachten dicht neben ihr auf den Boden. Der Boden stöhnte wie ein sterbendes Tier, als die ersten Dielenbretter der Hitze nicht mehr standhalten konnten und aufklafften. Buffy wich zurück. Ein weiterer Balken stürzte herab, und Dachziegeln fielen wie Bomben durch die Löcher in der Decke.

Mit wilder Entschlossenheit stürmte die Jägerin auf Chirayoju zu, packte den Dämonenvampir an der Hüfte und sprang mit ihm durch eins der Fenster.

Sie landeten im Unkraut. Buffy schleuderte ihn mit aller Kraft von sich und nahm wieder ihre Kampfhaltung ein. In diesem Moment fiel ihr auf, daß sie ihren Jagdbeutel im brennenden Gebäude vergessen hatte.

Und Chirayoju schien es ebenfalls bemerkt zu haben. Er grinste schadenfroh. „Dies ist dein Ende", versicherte er ihr, während er langsam näherkam, als wollte er den Moment des Triumphes auskosten. „Du gehörst mir!"

„Tut mir leid, aber ich hab schon eine Verabredung zum Valentinstag." Buffys Gedanken überschlugen sich, während sie sich nach einem Stück Holz oder einem Ast umsah, irgend etwas, das sie als Waffe benutzen konnte. Schließlich griff sie in ihrer Verzweiflung unter ihre Bluse und riß die Metallkette ab, die sie um den Hals trug. Sie hielt Chirayoju das Kreuz entgegen, ohne zu wissen, ob das irgendeine Wirkung auf diesen chinesischen Vampirzauberer hatte.

Chirayoju fauchte und blieb abrupt stehen. Buffy hätte vor Erleichterung fast laut gejubelt. Es war das Kreuz, das Angel

ihr in der Nacht geschenkt hatte, als sie sich zum ersten Mal begegnet waren. Sie würde ihm noch einmal dafür danken müssen. Sie würde . . ."

„Wo hast du das her?" fragte der Vampirzauberer.

„Spielt das eine Rolle?" konterte sie. Sie bekam allmählich wieder Luft und fühlte sich viel besser.

„Es gehört mir! Gib es zurück!" brüllte er und ballte in ohnmächtiger Wut die Fäuste.

„Das soll dir gehören?" Buffy starrte die Kette an. Und ihr Blick fiel auf die Scheibe, die Willow vom Schwert des Sanno genommen hatte. Sie grinste. „Oh!" sagte sie. „Ich verstehe. Warum kommst du nicht einfach und holst es dir."

Einen Herzschlag lang war Buffy wie gelähmt, als Chirayoju sich mit haßerfülltem Geschrei auf sie stürzte. Was sollte sie tun? Wenn sie diesen blutsaugenden Dämonengeist besiegen wollte, setzte sie dabei Willows Leben aufs Spiel. Denn es war nur zu offensichtlich, daß Willow auch da war. Es war ihr Fleisch und Blut, gegen das sie kämpfte, denn irgendwo in diesem Körper steckte Willow!

Im Moment schien Chirayoju ganz auf die kleine Scheibe konzentriert zu sein. Sollte sie sie ihm einfach geben? Vielleicht . . .

Chirayoju stürzte sich auf sie. Die Jägerin warf sich nach links, glitt an ihm vorbei, packte ihn von hinten und schleuderte ihn durch die Luft. Klauen kratzten haltsuchend über Buffys Bluse und gruben tiefe, blutige Rillen in das Fleisch ihres Oberarms.

Der heiße Schmerz, der von den Kratzern an ihrem Oberarm ausging, schärfte ihre Gedanken: Überleben war alles. Es gehörte im übrigen auch zum Job der Jägerin. Aber wenn sie nicht bereit war, Willow zu töten, würde sie sterben.

Buffy holte tief Luft. Dann entschuldigte sie sich im stillen bei Giles. Bei ihrer Mom. Bei Dad, wo auch immer er in diese Woche stecken mochte. Denn sie wußte, daß sie bei dieser

wichtigsten Aufgabe versagen würde. Buffy Summers wußte, daß sie sterben würde. Sie konnte es nicht. Sie konnte Willow nicht töten.

Doch dann erinnerte sie sich mit derselben Deutlichkeit an etwas, das ihr Leben retten konnte: Willows Handgelenk. Nachdem Chirayoju von ihr Besitz ergriffen hatte, war Willows stark verstauchte Hand sofort geheilt. Fast wie durch ein Wunder.

Die Jägerin lächelte. Der Gedanke gefiel ihr. Willows Verletzungen waren nicht Chirayojus. Und das bedeutete doch wohl in logischer Konsequenz, daß Chirayojus Verletzungen nicht Willows waren, oder?

„In Ordnung", stieß Buffy hervor. „Komm schon. Ich will meine Freundin zurück. Wenn das bedeutet, daß ich dir Schmerzen zufügen muß, bis du die Lust an dem Spiel verlierst – gut, ich garantiere dir, daß ich die ganze Nacht durchhalte."

„Ganze Nationen haben sich vor mir auf die Knie geworfen", fauchte Chirayoju. „Die Alten winselten vor Furcht, wenn mein Name auch nur geflüstert wurde. Dir wird es genauso ergehen." Das Ungeheuer umkreiste sie und suchte nach einer Angriffsstelle.

Buffy blieb wachsam. Sie versuchten sich gegenseitig mit Blicken zu bezwingen. Der Anblick von Willows Gesicht bedrückte sie, die schlaffe Leere ihrer Züge, die Hohlheit ihrer Augen. Statt dessen konzentrierte sie sich auf das durchscheinende, grotesk grünleuchtende Gesicht, das Willows Antlitz wie eine hauchdünne Halloween-Maske überlagerte. Aber es war nicht Halloween.

Die Geistermaske verzerrte sich zu einem häßlichen Grinsen. Buffy drehte sich der Magen um, als sie sah, wie sich Willows Mund und Wangen darunter bewegten, wie sich die Lippen zu einem angedeuteten Lächeln verzogen, als würde die Maske ihr Gesicht berühren und ihre Züge kontrollieren.

„Närrisches Mädchen", höhnte Chirayoju. „Du erkennst

immer noch nicht die wahre Dimension dieser Auseinandersetzung, nicht wahr? Ich habe dich bis jetzt lediglich geprüft. Diese zerbrechliche Hülle, die ich derzeit bewohne, hat mir gut gedient, aber sie ist schwach und klein. Du jedoch bist die Jägerin! Dein Körper wird für meine Herrlichkeit ein weitaus besserer Wirt sein."

„Danke für das Kompliment", entgegnete Buffy. „Aber ich lehne das Angebot ab." Sie riß den Fuß hoch. Unter normalen Umständen hätte der Tritt ihn mit voller Wucht getroffen, doch eine kräftige Windböe schleuderte sie durch die Luft, als wäre sie ein Wattebällchen. Als sie aufprallte, schwoll ihre linke Wange innerhalb weniger Sekunden an und pochte vor Schmerz.

Chirayoju war anders als alle Vampire, gegen die sie bis jetzt gekämpft hatte. Vielleicht lag es daran, daß sie sich aus Rücksicht auf Willow zurückhielt, aber das glaubte sie nicht. Von dieser Kreatur ging etwas abgrundtief Böses aus, das es ihr erschwerte, sich zu konzentrieren. Und dieses Böse verfügte über Intelligenz. Die meisten Vampire waren nichts weiter als räuberische Bestien, denen es allein um Blut, Tod und Terror ging. Aber dieses Geschöpf hier war etwas völlig anderes. Den durchschnittlichen Blutsauger interessierte es nicht, wer sein Opfer war, was es dachte oder welches Leben es führte.

Buffy spürte in Chirayoju eine furchterregende Intelligenz. Diese uralte, wilde Geschöpf wußte genau, wie es seine Opfer unter Druck setzte und erschütterte. Der Dämonengeist war gerissen. Er war mehr als ein gewöhnlicher Vampir. Zwar nährte auch er sich von Blut, das war richtig. Aber Buffy erkannte, daß er sich darüber hinaus noch von Furcht und Verzweiflung nährte. Und sie war nicht bereit, ihm das zu geben.

„Ergib dich, Jägerin", zischte Chirayoju.

Buffy spürte den scharfen Schmerz eines gezerrten Schulter-

muskels. Mit blutverschmierten Lippen blies sie sich eine Haarsträhne aus dem Gesicht. Sie war in einer erbärmlichen Verfassung, und sie wußte es. Als sich der Vampir ein weiteres mal auf sie stürzte, senkte sie den Kopf.

Mit der letzten ihr verbliebenen Kraft stemmte sie eine Betonplatte, die vor ihr lag, hoch und schmetterte das Überbleibsel des Pagodendaches krachend gegen Chirayojus Kopf. Blut spritzte, Willows Schädel gab nach – ebenso wie Buffys überdehnter Schultermuskel, der nun endgültig riß – und Chirayoju brach zusammen.

Buffy blieb das Herz stehen. Sie konnte nicht mehr atmen. Tränen traten in ihre Augen. „Oh, mein Gott, Willow!" flüsterte sie verzweifelt. „Es tut mir leid." Sie sank auf die Knie und beugte sich über ihre Freundin, die regungslos auf der Erde lag.

Sie war nicht mehr fähig, schnell zu reagieren, als eine Hand nach ihren Haaren packte und ihr Gesicht in den Dreck und die abgestorbenen Pflanzen drückte. Schwerer, süßer Fäulnisgeruch stieg ihr in die Nase.

„Jetzt, Jägerin", hörte sie Chirayoju flüstern, „wird dein Körper mir gehören. Dieser Wirt hat mir gut gedient, aber du bist viel stärker. Du bist nicht wie die anderen sterblichen Mädchen."

Buffy holte aus und rammte ihren Ellenbogen in Willows Bauch. „Das höre ich schon mein ganzes Leben", knurrte sie. Keuchend starrte sie in das grausige Doppelgesicht ihrer besten Freundin.

In Chirayojus Augen blitzte rasende Wut. „Du forderst meinen Zorn heraus, Mädchen."

„Sicher", nickte Buffy und sprang auf. „Ich bin eben eine Nervensäge. Du solltest dich mal mit meiner Mom unterhalten."

Der Vampir ließ Willows Körper wieder in die Luft steigen.

Komm schon, wollte Buffy sagen. Gönn' mir 'ne kurze Atempause, okay?

Aber Chirayoju stürzte sich auf sie. Buffy stellte sich breitbeinig hin und versuchte ihrem erschöpften Körper einzureden, daß sie für die nächste Runde bereit war. Mehr konnte sie nicht tun.

In diesem Moment schoß ein Schatten an ihr vorbei und prallte mit voller Wucht gegen Chirayoju. Klauen zuckten durch die Luft und schmetterten Willows Körper rücklings zu Boden.

Buffy blinzelte.

Angel stand über Chirayoju, das Gesicht zu einer bestialischen Fratze verzerrt. Sein Hemd hing am Rücken in Fetzen herunter und entblößte lange, klaffende karmesinrote Wunden.

„Du wirst sie nicht noch einmal anrühren", sagte Angel mit jener dumpfen, grollenden Stimme, die Buffy so gut kannte – und die sie mit unendlicher Erleichterung erfüllte. „Mag sein, daß sie davor zurückschreckt, diesen Körper zu töten, den du bewohnst, aber wenn es sein muß, werde ich es tun."

Buffys Erleichterung verpuffte. Der Magen der Jägerin zog sich zusammen und ein Dolch aus Eis bohrte sich in ihre Brust. Sie streckte eine Hand aus. „Angel ...", keuchte sie. „Nicht."

17

Giles war übel. Und Cordelia machte es ihm nicht unbedingt leichter. „Giles, was sollen wir tun?" fragte sie verzweifelt.

Giles verzichtete darauf, sie daran zu erinnern, daß sie ihm dieselbe Frage in den letzten vier Minuten ungefähr zwölfmal gestellt hatte. Er erwähnte auch nicht, daß seine Gedanken ebenso aufgewühlt waren wie sein Magen, während er fieberhaft nach einer Antwort auf ihre Frage suchte. Aber er wußte, daß er sich Cordelia gegenüber abweisend verhalten hatte, und er bereute es.

„Cordelia, ich muß mich bei dir entschuldigen." Er seufzte. „Ich bin dir gegenüber zu schroff gewesen, und ich fürchte, es liegt daran, daß ich mich im Moment ziemlich nutzlos fühle", gestand er verlegen. „Sieh mal, ich weiß beim besten Willen nicht, wie wir diese Geister aus Willow und Xander vertreiben können. Ich hatte gehofft, daß wir mit Xander Schritt halten, damit ich herausfinden kann, wie wir diesen Wahnsinn am besten beenden."

Cordelia blickte zu Xanders stetig kleiner werdenden Gestalt hinüber. „Und wir verlieren ihn. Er entkommt uns."

„Er entkommt uns", bestätigte Giles.

„Nun, was ist mit Ihren Büchern?" fragte Cordelia hoffnungsvoll. „Es muß doch irgend etwas darin stehen, was uns weiterbringt, oder? Sie haben Aufzeichnungen über jedes gräßliche Geschöpf, das je auf Erden wandelte."

„Nun, vielleicht nicht über jedes gräßliche Geschöpf", murmelte Giles und sah sie dann an. „Die Nachforschungen könnten die ganze Nacht dauern, aber das Problem muß sofort gelöst werden. Ganz davon zu schweigen, daß wir nicht wissen, welches Ziel Xander – ich meine Sanno – hat. Wir wissen nicht einmal, wo der Kampf ausgetragen wird." Er

spähte bedrückt zum Horizont, wo Xander kaum noch zu erkennen war.

Cordelia legte den Kopf schief und sah Giles stirnrunzelnd an.

„Habe ich etwas Falsches gesagt?" wollte er wissen.

„Ich weiß nicht." Cordelia zögerte. „Aber ist es nicht klar, wo sie den Kampf austragen? Ich meine, Sie haben es uns doch selbst im Museum gezeigt! Diesen japanischen Garten."

Giles überlegte. Dann blickte er wieder in die Ferne, wo Xanders besessene Gestalt mit der Nacht verschmolz. Es machte Sinn. Wenn er sich nicht täuschte, bewegte sich Xander genau in die Richtung, in der der Garten lag. Und plötzlich hatte Giles eine Idee.

„Ich kann sehen, wie der Giles-Verstand arbeitet", erklärte Cordelia hoffnungsvoll. „Was normalerweise eine furchterregende Sache ist, aber informieren Sie mich bitte, wenn Ihnen etwas eingefallen ist."

Giles fuhr herum und ging ohne ein Wort zu sagen den Weg zurück, den sie gekommen waren.

„He, warten Sie. Wo wollen Sie hin?" rief Cordelia.

„Die Bibliothek", antwortete Giles. „Komm, Cordelia. Ich brauche deine Hilfe."

„Aber was ist mit Xander?" fragte sie mit einem Blick über die Schulter.

„Wir können ihn nicht einholen."

Sie versuchte es mit einem anderen Argument. „Aber Nachforschungen waren noch nie meine starke Seite."

„Nun, dann wird es höchste Zeit, daß wir das ändern, nicht wahr?"

„Wir sollten Ihr Auto nehmen."

„Einverstanden." Er ging weiter.

In der Bibliothek war Cordelia viel zu nervös, um herumzusitzen und in diesen Büchern zu blättern. Sie rutschte unruhig

auf ihrem Stuhl hin und her und sagte zu Giles: „Ich weiß nicht mal, wie man Exorzismus buchstabiert."

„Sieh mal!" rief er aufgeregt, als das Faxgerät endlich das erwartete Papier ausspuckte. Ungeduldig riß er das Blatt ab.

„„Monsieur Giles, mit großem Bedauern habe ich von Ihren Schwierigkeiten in Sunnydale gehört. Ich besitze Fragmente des Anhangs 2 a von Silvers Zauberformeln, der viel später erschienen ist als Ihre Ausgabe. Allerdings nur die Seiten zweiunddreißig bis vierunddreißig. Sie beschreibt überaus spannend, wie das Schwert nach dem Erdbeben in Kobe zu einem anderen Ort geschafft wurde. Man befürchtete, daß die beiden in der Waffe eingeschlossenen Geister entkommen würden. Es wurden neue Zaubersprüche in Form von Scheiben hinzugefügt, und man brachte das Schwert in das Museum von Tokio. Das ist alles, was ich im Moment weiß. Sie können es noch bei Heinrich Meyer-Dinkmann in Frankfurt versuchen, und natürlich werden Sie bereits Kobo von der Universität in Tokio befragt haben. Mit herzlichen Grüßen, Henri Tourneur.'"

„Sehr gut", stellte Giles fest, „das ist die Bestätigung, daß es sich bei den Scheiben um Bannformeln handelt."

„In Ordnung", stimmte Cordelia zu.

„Du suchst weiter." Er deutete auf den fast einen Meter hohen Bücherstapel auf dem Tisch. „Ich versuche, diesen Meyer-Dinkmann zu erreichen. Ach, es wird E-x-o-r-z-i-s-m-u-s buchstabiert. Ich schlage vor, du schreibst es auf."

„Giles." Sie schüttelte den Kopf. „Ich meinte nicht wirklich, daß ich nicht weiß wie man Exorzismus schreibt. Ich meinte damit, daß ich mit dieser Aufgabe nicht klarkomme. Ich kann nicht einmal die Worte erkennen. Ich sehe immer nur Xander vor mir, wie er da in den Büschen lag. Und im Krankenhaus. Und jetzt." Sie schluckte. „Ich kann mich nicht konzentrieren."

Giles legte sein Buch zur Seite und drängte sich an ihr vor-

bei. „Aber wir müssen", sagte er sanft. „Ich bin auch abgelenkt. Aber nur so können wir ihm helfen. Das ist das einzige, was wir tun können."

„Dann ist er in großen Schwierigkeiten", murmelte sie. Doch Giles telefonierte bereits.

„Guten Tag, hier spricht Giles", grüßte er auf Deutsch.

„Das wäre der richtige Job für mich, wenn ich Deutsch könnte", brummte Cordelia. „Ich telefoniere wahnsinnig gerne. Aber nein, ich muß ja nach Exorzismus suchen."

„Ja, ja, vielen Dank", sagte Giles und legte den Hörer auf die Gabel. „Sehr gut."

Sie blickte hoffnungsvoll auf. „Ja?"

„Meyer-Dinkmann wußte es nicht mit absoluter Sicherheit, aber er hat mehr vom Anhang 2a gelesen als Tourneur. Es scheint, daß er tatsächlich eine Beschwörungsformel enthält, mit der man Geister in Schwerter verbannen kann." Er sah benommen aus. „Weißt du, Cordelia, es ist erstaunlich, was Miss Silver mit den primitiven Mitteln von damals alles herausgefunden hat. Stell dir vor, was diese Frau hätte erreichen können, wenn ihr ein Fax, ein Telefon und die ungeheuren Möglichkeiten des Internets zur Verfügung gestanden hätten!"

„Ja", flötete Cordelia. „Und wo finden wir nun diese Beschwörungsformel?"

„Meyer-Dinkmann sagte, wir können sie im Net finden", erklärte Giles begeistert. „Er sagte, er hätte die Datei gerne für uns, äh, heruntergeladen, aber sein Computer ist derzeit außer Betrieb, da er aufgerüstet wird. Aber wenn ich alles richtig verstanden habe, können wir die gewünschte Datei finden, indem wir einfach den entsprechenden Suchbegriff eingeben."

„Okay!" sagte Cordelia glücklich, da sie jetzt nicht mehr den Bücherstapel durchforschen mußte. „An die Arbeit."

Er hob unbehaglich die Schultern. „Ich habe allerdings

nicht die leiseste Ahnung, wie das in der Praxis funktioniert. Dazu brauchen wir Willow."

„Wir brauchen Willow", stimmte Cordelia düster zu.

Buffy und Angel überrumpelten Chirayoju. Gemeinsam gelang es ihnen, das Wesen in Willows Körper über die in den Himmel zeigenden Äste eines abgestorbenen Kirschbaums zu schleudern. Keuchend sah Buffy zu, wie das Monster im Dreck landete.

„Wir können das nicht lange durchhalten", erklärte Angel. „Wir müssen dem ein Ende machen." Er betrachtete ihr gerötetes, erschöpftes Gesicht. „Buffy, wir müssen Willow töten."

Die Jägerin schüttelte heftig den Kopf. „Nein. Auf keinen Fall. Hör zu, warum verschwindest du nicht? Er hat mich nicht mit diesem magischen Feuer verbrannt, weil er meinen Körper will. Er kann mich nicht töten, ich kann ihn nicht töten. Patt. Wir könnten Giles' Hilfe gebrauchen."

Angel starrte sie an. „Möglich, daß er dich nicht töten will. Das bedeutet aber nicht, daß er es nicht tun wird. Ich gehe nirgendwohin."

Chirayoju richtete sich auf und wischte mit theatralischem Abscheu den Dreck von seinem Gewand. „Ich finde diesen Kampfstil äußerst plebejisch", sagte er. Sein rechter Arm hing in einem merkwürdigen Winkel herunter, als wäre er gebrochen, und er humpelte, als er sich in Bewegung setzte.

Angel behielt Chirayoju im Auge, während sich der Vampir auf einen weiteren Angriff vorbereitete. Er wußte, daß Buffy es nicht ertragen konnte, Willow leiden zu sehen, selbst wenn dieser Körper im Moment nur äußerlich Willow war. Aber Angel würde alles tun, was nötig war – er würde Willow töten, obwohl sie auch seine Freundin war –, wenn er dadurch Buffys Leben rettete.

„Buffy, du weißt, was zu tun ist." Meine Geliebte, fügte er

207

im stillen hinzu. Sie tat ihm schrecklich leid, und er wünschte, er könnte für fünf Minuten die Last von ihren Schultern nehmen, die es bedeutete, die Auserwählte zu sein. Aber das konnte er nicht.

Sie sah sehr verängstigt und sehr jung aus, als sie trotzig ihr Kinn nach vorne schob. Ihre Augen waren riesig, aber ihr Ausdruck war hart und entschlossen. „Ich werde es nicht tun."

„Dann tue ich es", sagte Angel fest.

„Nein!" schrie Buffy.

Chirayoju stieg in die Luft, ballte die Fäuste und schleuderte Feuerbälle auf sie herunter. Buffy und Angel wichen zur Seite aus. Das trockene Buschwerk und die abgestorbenen Bäume flammten wie Feuerwerk auf.

„Okay, vielleicht will er doch nicht meinen Körper", murmelte Buffy. Sie runzelte die Stirn, als ihr plötzlich ein Gedanke kam. „Wieso bist du eigentlich erst so spät aufgetaucht?"

Eine weitere Salve Feuerbälle schoß auf sie zu. Angel sprang Buffy an und rollte mit ihr aus der Schußbahn. Als sie unter ihm lag, sagte er: „Willst du etwa behaupten, du hast nicht bemerkt, daß Chirayojus Spielkameraden verschwunden sind?"

„Sicher. Eine überzeugende Erklärung", keuchte sie, als er von ihr rollte und sie aufsprang, um wieder die Kampfhaltung der Jägerin einzunehmen. „Gib's zu. Du hast dir nur Zigaretten geholt."

„Ich hab das Rauchen aufgegeben", versicherte er. „Zigaretten verkürzen bloß das Leben." Dann schrie er: „Paß auf!"

Chirayoju stürzte vom Himmel und raste direkt auf Buffy zu. „Wenn du dich mir nicht ergibst, werde ich dich vernichten! Entscheide dich, Jägerin!"

Buffy sprang in die Luft, versetzte dem Dämon zwei schnelle Tritte, schlug dann einen Salto rückwärts, landete auf den Händen und warf sich im letzten Moment zur Seite, so daß Willows Körper hart auf den Boden donnerte.

„Beantwortet das deine Frage?" sagte sie.

Angel packte den Vampir an den Schultern und versetzte ihm einen Kinnhaken, der ihn zusammenzucken ließ. Ein leises Stöhnen ließ ihn innehalten.

„Bitte", hörte er Willows Stimme. „Bitte."

„Aufhören!" brüllte Buffy.

„Es ist ein Trick, Buffy!" rief Angel ihr zu. „Er spielt mit deinen Gefühlen. Hör nicht hin."

„Ich erlaube ihr nur, den Schmerz zu fühlen", erklärte Chirayoju, während er sich aus Angels Griff befreite, zurückwich und seine Aufmerksamkeit auf Buffy richtete. Er ignorierte Angel völlig. „Und es tut weh, Jägerin. Der Schmerz ist größer, als du dir vorstellen kannst."

Tränen traten in Buffys Augen, während sie keuchend nach Luft schnappte. Sie sagte unsicher: „Tu ihr noch einmal weh, und ich werde . . . ich werde . . ."

Chirayoju lachte. „Es gibt nichts, was du tun kannst, nicht wahr? Nur eins." Er lächelte. „Ich will deinen Körper, Jägerin."

Sie schnitt ein höhnisches Gesicht. „Tut mir leid, der gehört mir."

Plötzlich fuhr Chirayoju herum und richtete seinen Blick auf Angel. „Du bist mein Sklave, Vampir", sprach er mit hypnotischer Stimme. „Du wirst meinen Befehlen gehorchen."

Buffy verfolgte entsetzt, wie Angels Gesicht schlaff und leer wurde. Seine dunklen, durchdringenden Augen richteten sich wie gebannt auf den Dämon. „Du wirst jetzt gehen. Du wirst gehen, bis die Sonne aufgeht. Und dann wirst du sterben."

„Nein!" brüllte Buffy.

Chirayoju lächelte Buffy triumphierend an. „Er wird sterben – genau wie das Mädchen, dessen Körper du gerade tötest."

„Angel!" schrie sie.

209

„Mach dir keine Sorgen, Buffy, du bist nicht wie die anderen Mädchen, und ich bin nicht wie die anderen Vampire!"

In diesem Moment stürzte Angel sich auf Chirayoju und packte ihn am Hals. Er bleckte die Zähne, knurrte wild und wollte seine Fänge in Willows Hals schlagen.

„Ich werde ihn sie töten lassen", sagte Chirayoju.

„Aufhören", sagte Buffy erschöpft. „Okay. Du hast gewonnen. Angel, laß ihn los." Grimmig lächelnd streckte sie eine Hand aus. „Mr. Chiroprax, meine Glückwünsche. Du hast soeben den ersten Preis im Machen-wir-einen-Deal-Wettbewerb gewonnen."

„Nein, Buffy", sagte Angel.

„Ja, Buffy", erwiderte Buffy unglücklich. Und zu dem Dämon sagte sie: „Ich möchte mich noch von ihm verabschieden."

„Keine Tricks", warnte er argwöhnisch, während Angel ihn anfunkelte.

„Keine Tricks", versicherte sie. „Aber ich verlange eine Gegenleistung, oder es gibt keinen Deal."

„Du wagst es . . .", begann er.

„Halt's Maul!" fauchte Buffy. „Du willst meine Hilfe? Dann sei still und hör zu. Du wirst weder ihn noch Willow angreifen, nachdem du mich übernommen hast. Das ist meine Bedingung."

Er schwieg. „Ist das deine einzige Bedingung?" fragte er schließlich.

„Ich würde gern eine Liste machen, aber ich schätze, das würde wohl zu weit gehen", entgegnete sie. Ihr Herz hämmerte. Sie hatte Angst, aber sie würde ihm nicht zeigen, daß sie sich fürchtete. Außerdem gab es schlimmere Dinge, als von einem alten chinesischen Dämon besessen zu werden. Zum Beispiel Mathe.

„Einverstanden", sagte Chirayoju. „Ich werde Willow oder dem Vampir, den du deinen Gemahl nennst, nichts zuleide tun."

„Nun, Gemahl ist nicht ganz das richtige Wort", sagte sie errötend, während sie Angel einen Blick zuwarf. „Das klingt so . . . altmodisch."

„Buffy, tu es nicht", flehte Angel.

Sie wich ein paar Schritte zurück, als ihr „Gemahl" den Dämon widerwillig losließ. So unauffällig wie möglich berührte sie die Kette an ihrem Hals und riß sie mit einem Ruck ab, als Angel zu ihr trat und sie schützend, verzweifelt, in die Arme schloß.

„Buffy, du weißt nicht, wie es ist, vom Bösen besessen zu sein", flüsterte er. „Ich weiß es. Ich kann nicht zulassen, daß du dieses Schicksal auf dich nimmst."

„Du hast keine Wahl, Angel", sagte sie. „Bitte, hilf mir."

Sie senkte den Blick zu ihrer Faust. „Er ist ganz versessen auf dieses kleine Ding hier. Willow hat es versehentlich von dem Schwert gelöst, kurz bevor sie sich geschnitten hat. Ich glaube, es hat Chirayoju geholfen, sich zu befreien. Als er es an meinem Hals hängen sah, wurde er ganz kribbelig." Sie drückte ihm die Kette in die Hand.

Augenblicklich verzerrte Schmerz sein Gesicht.

Sie riß die Augen auf und blickte nach unten auf seine geschlossene Hand, von der ein dünner Rauchfaden aufstieg.

„Oh, das Kreuz", sagte sie, als ihr einfiel, daß an der Kette auch das Silberkreuz hing, das er ihr bei ihrer ersten Begegnung geschenkt hatte. „Es tut mir leid."

„Schon okay." Er rang sich ein schiefes Lächeln ab.

„Bring' es zu Giles. Er wird wissen, was zu tun ist." Sie blickte furchtsam zu ihm auf und fragte sich, ob sie jemals wieder in seinen Armen liegen würde. Vermutlich stellte er sich dieselbe Frage, denn er sah sehr, sehr besorgt aus und drückte sie fest an sich. „Küß mich", flüsterte sie. „Vielleicht bringt es Glück."

Ihre Lippen trafen sich. Sie wollte ihre Arme um ihn schlingen, aber sie begnügte sich mit seinem Kuß, spürte seinen Mund auf ihrem. Dann löste sie sich von Angel.

„Okay, Mr. Chiroprax", sagte sie fröhlich. Nichts an ihrer Stimme ließ ahnen, wie sehr sie sich fürchtete. „Ich bin bereit." Sie drehte sich zu dem monströsen Bösen um, das heranschwebte und ihre Hand ergriff. Der Griff brannte, so wie das Kreuz Angels Hand verbrannt hatte.

„Denk an dein Versprechen", sagte sie. „Und kein Herumrennen auf den Schulkorridoren!"

„Dies ist das Ende deiner matten und sinnlosen Scherze", sagte Chirayoju.

„Nächster Halt: Endstation Komödienstraße", gab sie unsicher zurück.

„Buffy", sagte Angel, „hör auf. Mach nicht weiter."

Chirayoju hob einen ihrer Finger an sein Gesicht und ritzte sich damit die eigene Wange auf. „Mein Blut", erklärte er und drückte ihre Hand gegen die Wunde.

„Willows", sagte Buffy. „Es ist Will..." Sie atmete tief durch, als sich irgend etwas in ihre Brust bohrte und ihr Bewußtsein raubte.

Dann war sie von Schreien umgeben – gequälten und hoffnungslosen Schreien. Die Schreie hielten an, wurden lauter und lauter, bis sie glaubte, es nicht länger ertragen zu können.

„Buffy!" Es war Willows Stimme.

Dann ging sie in Flammen auf. Es war ein regelrechtes Flammenmeer, das jeden Zentimeter ihres Seins verbrannte. Sie wand sich, während die Flammen sie umtosten und sich durch ihre Lunge und ihre Stimmbänder fraßen. Sie blickte sich um – aber dort erstreckte sich nur endlose Schwärze in alle Richtungen. Sie versuchte, sich zu bewegen, aber sie war wie erstarrt. Sie befand sich im absoluten *Nirgendwo*.

Von irgendwoher, aus unendlich weiter Ferne, drang eine Stimme, die sie einst sehr gut gekannt hatte.

„Ich habe gewonnen", hörte sie sich höhnisch sagen und lachte.

212

18

„Bleib stehen!" donnerte Angel, und Buffy blieb stehen. Der Vampir versperrte ihr den Weg und suchte ihren Blick. Aber sie war nicht da. Alles, was Buffy ausgemacht hatte, war aus ihren Augen verschwunden, der Funke ihrer Seele fehlte. Dennoch war sie noch immer da, wie Angel aus eigener leidvoller Erfahrung wußte. Aber so tief begraben wie die schlimmsten aller Geheimnisse.

„Ich habe der Jägerin geschworen, daß ich dich nicht angreife", sagte Chirayoju.

„Laß sie frei", verlangte Angel. Ihm war bewußt, daß er Willow schützen mußte, die bewußtlos zu seinen Füßen lag. Obwohl Chirayojus magische Kräfte die Wunden, die ihr während des Kampfes zugefügt worden waren, fast vollständig geheilt hatten, besaß sie nicht mehr das geringste bißchen Energie.

Chirayoju lächelte, und so, wie dieses Grinsen Buffys Gesicht verzerrte, erinnerte es überhaupt nicht mehr an Buffy. Zum Glück, dachte Angel. Das würde es ihm leichter machen, wenn er sie töten mußte. Als könnte irgend etwas diese Tat erleichtern!

Das Lächeln wurde breiter, und plötzlich überlagerte ein schimmeliges, grünes Gesicht Buffys Züge wie eine Maske.

Dies also war Chirayojus wahres Gesicht. Angel bleckte die Zähne, und auch sein Gesicht veränderte sich, verwandelte sich in die bestialische Fratze des Vampirs, der in ihm hauste. Chirayoju hatte einen Fehler gemacht. Hätte er weiter Buffys Gesicht, Buffys Stimme, Buffys perfekten Mund zum Sprechen benutzt, hätte Angel ihn nicht angreifen können. Aber jetzt sah er das Gesicht des Dämons.

„Ich habe geschworen, dich nicht anzugreifen, aber ich

213

habe nicht gesagt, daß ich mich nicht verteidigen werde", erklärte Chirayoju. „Tritt zur Seite, Angelus . . . ja, ich kenne deinen Namen. Ich habe ihn im Gedächtnis der Jägerin gefunden. Tritt zur Seite, oder du wirst endgültig sterben."

Ohne Buffy hatte sein Leben keinen Sinn, und so blieb Angel stehen. Chirayoju ging angriffslustig weiter. Das grüne Geistergesicht zersplitterte, und Buffys Augen wurden groß. Für einen Moment hoffte Angel, daß Buffy den Vampir aus ihrem Körper vertrieben hatte, aber nein, die Stimme, die aus ihrem Mund drang, war noch immer nicht ihre eigene.

„Ich spüre . . . etwas", sagte Chirayoju. „Aber das kann nicht sein. Nicht hier."

Dann spürte Angel es auch. Eine mächtige neue Präsenz. Er fuhr herum, bereit sich zu verteidigen.

„Xander?" rief er und starrte den Neuankömmling an. Xander hielt ein riesiges altes Schwert in den Händen, und er marschierte mit einem breiten Grinsen durch den toten Garten.

„Was machst du hier?" fragte Angel. „Es ist zu gefährlich für dich."

Xander hob kampfbereit das Schwert. Es war eine sehr schwere Waffe, und dennoch schwang er es, als wäre es aus Plastik. Angel betrachtete Xanders Gesicht genauer. Dieses seltsame Lächeln . . . und plötzlich verstand er: Dies war genausowenig Xander wie die andere Kreatur im Garten Buffy war. Er wußte nicht, wer oder was es war, aber es war nicht der Sterbliche, der lachte und scherzte und ihn *Dead Boy* nannte.

„Noch einer?" flüsterte er.

„Chirayoju!" donnerte Xander. „Wieder schändest du den heiligen Boden des Landes der aufgehenden Sonne! Aber auch diesmal wird mein Schwert dich niederstrecken. Dies schwört Sanno, der König des Berges!"

Der plötzliche Wind ließ Angel schwanken. Aber er stemmte

sich dagegen und überlegte fieberhaft, was er als nächstes tun sollte. Diese beiden Kreaturen waren offenbar Todfeinde.

„Närrischer kleiner Gott", fauchte Chirayoju. „Das hier ist nicht Japan. Der Boden, auf dem du stehst, mag von japanischen Händen bestellt worden sein, aber deine Nation – dein Berg – liegt in weiter Ferne. Du hast mich einmal aufgehalten, aber unser blutiger Kampf währt nun schon seit Jahrtausenden, und ich habe dich längst durchschaut, Sanno. Du kannst mich hier, auf diesem toten Flecken Erde, nicht bezwingen. Nicht, solange ich das Fleisch eines Mädchens bewohne, das mehr als nur ein Mensch war!"

Chirayoju hob die rechte Hand – Buffys rechte Hand – und lachte. „Zeit zum Sterben, alter Geist. Die Zeit ist gekommen, dich für immer von dieser Erde zu vertreiben!"

Während Angel verfolgte, wie sie sich in Positur warfen, einander umkreisten und sich in der östlichen Kampftradition gegenseitig abschätzten, griff er nach der Scheibe, die Buffy ihm heimlich zugesteckt hatte. Aber wem sollte er helfen? Xander? Buffy? Wie er sich auch entschied, es würde die falsche Entscheidung sein.

Chirayojus Gesicht veränderte sich erneut. Für einen flüchtigen Moment blitzte der Funke von Buffys Seele in ihren Augen auf.

„Xander!" schrie Buffys Stimme. „Nicht!"

Schon war der Funke wieder erloschen. Aber Angel hatte ihn gesehen. Und er wußte, daß ihr Bewußtsein, ihre Seele, gegen Chirayoju kämpfte. Für einen Moment, als der Vampirgeist abgelenkt gewesen war, hatte sie ihren Körper zurückgewonnen. Sie kämpfte.

Und wenn die Jägerin kämpfte, dann siegte die Jägerin auch. Deshalb war sie die Auserwählte. Plötzlich keimte Hoffnung in Angel auf. Vielleicht war es doch möglich, sie daran zu hindern, sich gegenseitig umzubringen.

„Das ist es, Buffy, mach weiter!" schrie er, während er sich

215

gegen den Sturm stemmte und auf Chirayoju zustapfte. „Vertreibe ihn. Erobere deinen Körper zurück! Du kannst es schaffen!"

Von Chirayojus Handflächen lösten sich Feuerbälle und rasten auf Xander zu. Aber der Bergkönig riß sein Schwert hoch und wehrte die Flammen damit ab. Das Metall schien die Hitze regelrecht zu absorbieren.

Sanno marschierte los und richtete die Schwertspitze auf Chirayoju. Angel sprang zwischen sie, und seine Blicke huschten zwischen den beiden uralten Geistern hin und her.

„Hört auf", sagte er. „Dieser Kampf nützt keinem von euch."

Er drehte sich, blickte in Buffys Augen und suchte nach ihrer Präsenz. Aber er fand nichts.

„Aus dem Weg mit dir", donnerte Chirayoju und hob wieder die Hände.

Angel wollte schon protestieren, als ein Feuerstoß seinen Rücken versengte. Dann deckte ihn auch Chirayoju mit Feuer ein, und Angel warf sich zu Boden und rollte sich im Dreck und den abgestorbenen Pflanzen hin und her, um die Flammen zu ersticken. Er stöhnte vor Schmerz, als er zu Xanders Gesicht aufblickte. Der Geist, der von ihm Besitz ergriffen hatte, genoß sichtlich seine Machtdemonstration und Angels Qualen. Vielleicht war dies wirklich ein Kampf zwischen Gut und Böse, aber er glaubte nicht, daß Sanno viel besser war als Chirayoju. Nicht nach diesen Jahrtausenden voller Haß. Sanno wollte seinen Feind töten, und es spielte keine Rolle, wer dabei außerdem ums Leben kam. Der Bergkönig war arrogant und grausam, genau wie der Vampir. Wie alle Vampire.

Der Sturm heulte weiter und wirbelte Erdreich und entwurzelte Pflanzen hoch. Angel kniff die Augen zusammen und richtete sich auf. Der Schmerz ließ ihn zusammenzucken. Aber er konnte die Schmerzen leicht ignorieren, wenn er sich

vorstellte, was passieren würde, wenn er nicht bald etwas unternahm.

Dann, über das Brausen der Sturmböen hinweg, hörte er, wie jemand seinen Namen rief.

„Angel!" schrie Willow, während sie verzweifelt versuchte zu verstehen, was um sie herum vor sich ging. Ihr ganzer Körper tat weh, aber die Schmerzen ließen langsam nach.

Dann war Angel bei ihr, mit flatterndem Umhang. Er hob sie mühelos hoch und rannte los.

Willow mußte nicht einmal fragen, was geschehen war. Ein Teil von ihr erinnerte sich. Der Rest von ihr wußte es einfach.

„Bist du in Ordnung?" fragte Angel, als er sie einige Meter weiter wieder absetzte.

„Ich lebe", antwortete Willow. „Leben ist gut."

„Weißt du, wie du hierhergekommen bist?" fragte Angel rasch.

Willow nickte unglücklich.

„Nun, etwas Ähnliches ist auch mit Xander passiert. Der größte Feind dieses alten chinesischen Vampirs, der Kerl, der ihn schon einmal besiegte, hat die Kontrolle über Xander übernommen. Buffy kämpft um die Kontrolle über ihren Körper, aber..." Angel verstummte.

Es ist alles meine Schuld, dachte Willow. Ich hätte dieses Schwert niemals berühren dürfen!

Aber im Moment mußte sie sich nur auf eins konzentrieren – auf Buffys und Xanders Rettung.

„Sie werden sich gegenseitig umbringen", sagte sie so leise, daß Angel sie wegen des heulenden Windes nicht hören konnte.

„Erinnerst du dich an irgend etwas, was in seinem Kopf vorging?" schrie Angel laut, um das Brüllen des Sturmes zu übertönen. „Weißt du vielleicht, wie man ihn aufhalten kann?"

„Nein", gestand Willow. Sie schüttelte den Kopf bei dem bizarren Anblick, den Buffy und Xander boten. Sie schlichen

217

umeinander herum. „Kannst du nicht etwas tun?" fragte sie Angel. „Ich meine, ich weiß, daß er da drinnen ist, in dir! Angelus ist dort drinnen, und – nun ja – er ist ein verdammt übler Typ, und du kannst sie aufhalten, wenn du nur willst! Du mußt sie daran hindern, sich gegenseitig umzubringen. Niemand sonst kann es, Angel. Du mußt es tun!"

Willow sah ihn flehend an. Als Angel die Augen abwandte, weil er ihren Blick nicht ertragen konnte, schluchzte Willow laut.

„Ich bin nicht mehr Angelus", sagte er. „Und wenn ich es wäre, würde ich sie beide töten, und das wäre nicht unbedingt das, was du dir erhoffst, nicht wahr?"

Als sie verängstigt den Kopf schüttelte, brummte er: „Das dachte ich mir."

„Es tut mir leid", sagte Willow kläglich.

„Nicht so leid wie mir."

„Also lassen wir sie einfach weiter kämpfen?" fragte Willow mit aufgerissenen Augen.

„Was können wir sonst tun?" sagte Angel. Er drehte ihr den Rücken zu und starrte die beiden Gestalten an, die im Mondlicht miteinander rangen. „Ich könnte vielleicht den Ausgang dieser Schlacht beeinflussen, möglicherweise sogar einen von ihnen in seine Schranken weisen ... aber nicht beide, Willow, verstehst du das? Der Bergkönig wird erst aufhören, wenn Buffy tot ist, und selbst wenn ich ihn aufhalten könnte, wäre da immer noch Chirayoju."

„Aber was ist, wenn es ... wenn es vorbei ist?" beharrte Willow. „Ich meine, wenn der Bergkönig Buffy tötet, wird er vielleicht einfach verschwinden, aber wenn Chirayoju gewinnt ..."

Angel sah sie an, und Willow wußte, daß sie noch nie eine derartige Trauer in den Augen einer anderen Person gesehen hatte. „Wenn Chirayoju gewinnt", raunte Angel grimmig, „dann werde ich wahrscheinlich den einzigen Menschen auf der Welt umbringen müssen, den ich liebe."

Beide fuhren herum, als Chirayoju mit einer Stimme kreischte, die einst Buffy gehört hatte. Der Vampirzauberer stürzte sich auf Sanno, der sein Schwert über seinem Kopf kreisen ließ und es auf Chirayoju niedersausen ließ.

Doch der Dämon sprang zur Seite.

Dann stürzten sich die beiden unsterblichen Feinde wieder aufeinander. Ihr Kampf währte nun schon seit Tausenden von Jahren. Jeder kannte die Stärken und Schwächen des anderen.

Doch wenn der Kampf bis zum Tode geführt wird, dachte Willow, dann kann es nur einen Sieger geben.

Während Angel und Willow zuschauten, verwandelten sich Buffy und Xander in ein einziges schemenhaftes Durcheinander aus Faustschlägen, Tritten und Flammenstößen. Willow roch verbranntes Fleisch und versengte Haare.

Sanno ließ sein Schwert herabsausen. Die häßliche Klinge pfiff durch die Luft und verfehlte Buffys Kopf nur um Zentimeter.

Angels Augen wurden schmal und durchdringend, als er Willow etwas in die Hand drückte. „Bring' das zu Giles", flüsterte der Vampir.

Willow senkte den Blick, sah die Scheibe und das Kruzifix, und blickte dann wieder zu Angel auf. „Was hast du vor?"

Angel lächelte. „Ich werde versuchen, beiden das Leben zu retten." Dann setzte er sich in Bewegung. Er rannte zu Chirayoju – zu Buffy – und stürzte sich auf sie.

Jetzt begriff Willow, wie seine Worte gemeint gewesen waren. Er versuchte, Buffy und Xanders Leben zu retten, selbst wenn dies seinen eigenen endgültigen Tod bedeuten würde.

Aber Willow rief ihn nicht zurück. Sie wußte, daß Angel recht hatte. Sie konnte nichts weiter tun, als Giles aufzusuchen und festzustellen, ob er eine Lösung für ihr Problem hatte. Sie stemmte sich gegen den brausenden Wind und rannte los.

Sie rannte, als würde ihr Leben davon abhängen. Als würde ihr aller Leben davon abhängen.

Xander war gelähmt. Er konnte nichts sehen, und er konnte nichts hören. Er konnte sich weder bewegen noch fühlen oder sprechen. Sanno hatte ihm all diese Fähigkeiten genommen. Er konnte nur im stillen gegen das Wesen ankämpfen, das von seinem Körper Besitz ergriffen hatte. Irgendwie wußte er, wenn er aufhörte zu kämpfen, würde er Sanno seinen Körper überlassen, und dieser Schmerz würde nicht mehr allein auf seinen Kopf beschränkt sein. Nein. Er würde, von Sunnydale ausgehend, über die gesamte Welt rollen. Dann würde der König des Berges die Macht ergreifen, und jeder, der sich ihm nicht unterwarf, würde den gleichen Schmerz zu spüren kriegen, den er gerade empfand.

Nur diese unheimliche Intuition hielt Xander davon ab, sich ganz zu ergeben. Denn wenn er nicht kontrollieren konnte, was sein Körper machte, wollte er auch nicht Zeuge seiner Taten werden. Sein Körper bewegte sich, seine Arme schwangen eine tödliche Klinge. Sanno benutzte ihn für seine Rache, aber diese Rache sollte Buffy das Leben kosten.

Xander hoffte auf einen Sieg Chirayojus. Denn dann würde er nicht mit dem Wissen weiterleben müssen, daß er seine beste Freundin getötet hatte.

Als sich Angel auf Buffy stürzte, keimte für einen flüchtigen Moment Hoffnung in Xander auf. Irgendwie würden sie alle lebend aus dieser Sache herauskommen. Oder zumindest Buffy. Angel würde nicht zulassen, daß ihr irgend etwas zustieß.

Chirayoju prallte mit Angel zusammen, und die beiden stürzten zu Boden.

„Du Narr!" kreischte Chirayoju. „Was machst du?"

„Du hast geschworen, mir nichts zu tun", erinnerte ihn Angel, während er Chirayojus erhobene Fäuste packte.

„Was ist sein Schwur schon wert?" sagte Sanno höhnisch, während er auf sie zutrat.

Plötzlich verschwanden Chirayojus Gesichtszüge. Angel sah das Licht in Buffys Augen. Er hörte Buffys Stimme.

„Angel, du mußt mich jetzt stoppen", flüsterte sie. „Töte mich."

„Buffy, bleib bei mir", drängte er. „Kämpfe gegen ihn an." Er ergriff ihre Arme und drehte sie ihr auf den Rücken. Ihre Brust drückte gegen seine, und ihr Atem war heiß an seinem Hals. Er gab ihr einen kurzen Kuß, um sie daran zu erinnern, wer er war... und wer sie war.

Sannos Augen leuchteten auf. „Das Mädchen hat ihn bezwungen?" fragte er.

„Ja, ich denke schon", erwiderte Angel.

„Dann ist dies der Augenblick des Triumphes", erklärte Sanno. „Halte Chirayoju für mich fest, Junge. Ich werde ihm den Kopf abschneiden."

Genau in diesem Moment erlosch das Licht in Buffys Augen und sie war wieder Chirayoju. Der Dämon schüttelte Angel wie einen lästigen Moskito ab, knurrte den Bergkönig an und trieb ihn mit einem Feuerstoß zurück. Dann, als wäre es ihm erst jetzt eingefallen, nutzte er die kurze Atempause, um Angels Kehle zu umklammern.

„Du hättest es wirklich getan, nicht wahr?" fragte er, während er Angels Kopf nach hinten drückte, um ihm in den Hals zu beißen. „Dafür werde ich dich so sicher töten, wie ich geschworen habe, es nicht zu tun."

Während sich Angel verzweifelt wehrte, überlagerte wieder das Gesicht des Monsters Buffys Züge. Seine Zähne wurden länger und verwandelten sich in spitze Fänge. „Sanno hat recht", zischte er. „Meine Versprechen sind nichts wert. Ehre ist etwas für jene, die sie sich leisten können." Er lächelte voller Mordlust und senkte seine Zähne auf Angels Hals.

19

Willow rannte. Sie hatten Qualen erwartet. Schmerzende Lunge, Blutergüsse über Blutergüsse, kraftlose, gummiartige Beine. Denn sie wußte, daß die Blutergüsse da waren, trotz Chirayojus heilender Magie. Aber im Moment war der Schmerz kaum spürbar. Er wurde von ihrer Furcht und dem Adrenalin verdrängt. Im Gegenteil, sie fühlte sich sogar großartig – lebendig. Ihre langen Haaren flatterten hinter ihr im Wind, als Willow über Rasenflächen und Bürgersteige sprintete, über niedrige Zäune sprang und an stillen, dunklen Häusern vorbeihetzte.

Morgen früh würde sie völlig erledigt sein. Aber im Moment empfand Willow nur eins: das belebende Gefühl der Freiheit.

Ja, sie war frei. *Er* war aus ihrem Körper verschwunden. Es war fast wie diese schreckliche Grippe, die sie in der achten Klasse gehabt hatte, als sie eine Woche lang nicht zur Schule gehen konnte. Doch die Erleichterung, die sie nach dem Abflauen der Grippe empfunden hatte, war nicht im entferntesten mit dem überschäumenden Glücksgefühl vergleichbar, das sie jetzt erfüllte.

Willow rannte. Sie rannte so schnell sie konnte. Sie hatte Sunnydale bisher für einen winzigen Flecken gehalten, der es kaum verdiente, auf einer Landkarte verzeichnet zu sein, kaum mehr als ein Dorf, das sie häufig zu Fuß durchquert hatte. Jetzt kam es ihr zum ersten Mal viel zu groß vor. Die Schule war nicht weit entfernt, aber sie hatte das Gefühl, sie nie zu erreichen.

Dann dachte sie an das, was geschehen würde, wenn sie es nicht rechtzeitig schaffte. Sie hatte erlebt, wozu Chirayoju fähig war, sie hatte es gespürt. Und es war offensichtlich, daß

dieser Bergkönig auch nicht besser war. Angel war stark, aber er konnte es ohne Hilfe unmöglich mit beiden zugleich aufnehmen. Vor allem nicht, wenn er versuchte, Buffy und Xander das Leben zu retten.

Willows Adrenalinspiegel stieg noch höher, und das Glücksgefühl, das ihr ihre neugewonnene Freiheit verschafft hatte, verschwand fast augenblicklich. Es war ihre Schuld. Sie wußte, daß ihre Freunde ihr widersprochen hätten, aber keiner von ihnen war im Moment bei ihr. Sie war allein. So allein wie in jener Nacht, als sie überfallen worden war.

Es war ihre Schuld.

Sie hatte wie Buffy sein wollen, härter, eine Kämpferin. Mit anderen Worten, sie hatte nicht mehr die liebe kleine Willow sein wollen, die allseits geschätzte Intelligenzbestie. All das hatte irgendwie dazu geführt, daß Chirayoju Macht über sie erlangen konnte. Als sie sich den Finger an der Klinge des Schwertes schnitt, konnte der eingesperrte Geist des Vampirs irgendwie spüren, daß sie verwundbar war. Er griff sie an und mißhandelte sie auf viel schlimmere Art als jene Straßenräuber.

Und dann war Buffy gekommen und hatte für sie gekämpft, hatte ihr Leben für sie aufs Spiel gesetzt und das getan, was für Willow der größte Schock war: Die Jägerin hatte sich Chirayoju ausgeliefert, um Willow zu retten.

„Oh Gott, Buffy, es tut mir so leid", flüsterte Willow.

Obwohl Willow bereits so schnell rannte, wie sie konnte, wurde sie unglaublicherweise noch schneller. Die kleine Scheibe in ihrer geschlossenen Hand strahlte Wärme aus, und sie betete, daß Giles wissen würde, was damit zu tun war.

Sie waren ein Team. Sie verstand das jetzt besser als je zuvor. Jeder erfüllte seine Pflicht, wenn es erforderlich war. Und im Moment war es ihr Job, dieses Ding so schnell wie möglich zu Giles zu bringen. Danach lag alles in den Händen des Wächters.

„Bitte, bitte, bitte, bitte", keuchte sie, während sie weiterrannte. Aber Willow hatte nicht die leiseste Ahnung, wem ihre Bitte galt: ihrem Körper, Giles oder irgend jemandem, der alles wieder in Ordnung bringen konnte. Vielleicht allen zugleich.

Und Willow rannte. Ihr Herz hämmerte so schnell und hart, daß ihre ganze Brust schmerzte, und sie fragte sich, ob sich so ein Herzanfall anfühlte. Aber als sie wieder aufblickte, sah sie vor sich die Schule. Sie war noch nie so froh gewesen, die Sunnydale High zu sehen.

Sie stürmte die Treppe hinauf und stolperte, als sich einer ihrer Füße in dem langen chinesischen Gewand verfing, das sie seltsamerweise trug. Sie schrammte sich ihr Knie am harten Beton auf. Aber sofort war sie wieder auf den Beinen und rannte weiter. Die Tür war natürlich versperrt. Giles hatte nicht erwartet, daß ihm jemand folgen würde.

Sie hämmerte gegen die Tür und schrie seinen Namen. Willow schrie sich die Kehle wund, bis sie ihre eigene Stimme kaum noch hören konnte. Ihre Hand schmerzte bereits, aber sie schlug immer weiter gegen die Tür. Hauptsache, man ließ sie hinein.

Endlich öffnete sich die Tür, und Cordelia starrte sie an. „Oh, mein Gott, Willow, was ist . . ."

Willow fiel in Cordelias Arme und registrierte nur am Rande die Fassungslosigkeit des anderen Mädchens. Dann drückte Cordy sie tröstend an sich, was sie selbst ebenso überraschte wie Willow.

„Was ist das?" fragte Cordy und musterte sie. „Deine Kleidung. Ist das eine Rüstung? Wenn du hier bist . . . oh, mein Gott, was ist mit Xander passiert? Und Buffy?"

„Sie leben noch, denke ich", keuchte Willow, drängte sich dann an Cordelia vorbei und lief den Korridor hinunter zur Bibliothek. „Aber nicht mehr lange, wenn Giles nicht irgendeine Idee hat."

Cordelia holte sie ein, ergriff stützend Willows Unterarm

und legte ihr den Arm um die Schultern. „Ich glaube, uns ist etwas eingefallen", sagte Cordelia schlicht.

„Hoffentlich hast du recht", ächzte Willow und öffnete die Tür zur Bibliothek.

Giles verschwendete nicht viel Zeit. Er strahlte Willow zwar glücklich an, doch dann drückte er ihr unvermittelt das Fax in die Hände, das eben gekommen war.

„Sieh dir das mal an", sagte er. „Kannst du das für uns finden? Auf dem Computer?"

„Klar, wenn die Datei existiert, finde ich sie auch", sagte Willow und streckte ihm ihre Hand entgegen, in der sie immer noch die kleine Scheibe hielt.

Giles griff danach und betrachtete sie prüfend. Sie funkelte in seiner Hand, und er murmelte: „Schade, daß es nicht genügt, einfach diese Scheibe wieder anzubringen, um beide erneut zu bannen. Irgendwie müssen wir Sanno ... ich meine Xander ... vorher dieses Schwert abnehmen." Er schien Cordelias und Willows Blicke zu spüren, denn er sah von der Scheibe auf und räusperte sich. „Also, ab ins Net."

„Ab ins Net." Willow ließ ihre Finger knacken. Sie starrte so intensiv auf den Monitor, daß sie das nächste Fax für Giles kaum mitbekam.

Giles-sensei,

ich muß mich inständig für mein Benehmen bei unserem Gespräch entschuldigen. Es war sehr ungehörig von mir, Ihre Art des Umgangs mit Ihrer Jägerin zu kritisieren. Ich fühle tiefe Bitterkeit in meiner Seele, weil ich bei meinen eigenen Pflichten gegenüber Mariko-chan versagt habe. Es fällt mir schwer, die Verantwortung für ihren Tod zu übernehmen. Mein Gefühl der Machtlosigkeit vergiftet jetzt mein Leben, und ich empfand große Eifersucht, als ich mit Ihnen sprach, weil Ihre Jägerin noch lebt. Ich bin zutiefst beschämt.

Unser Gespräch hat mir keine Ruhe gelassen und so suchte und fand ich die Legende von der Vergessenen Jägerin auf einer Schriftrolle, die Ende letzten Jahres in Osaka entdeckt wurde. Ich schicke Ihnen die vollständige Geschichte – nicht zuletzt als Zeichen meines Bedauerns und meiner Reue über mein ungebührliches Verhalten. Aber zunächst die kurze Version. Vielleicht kann sie Ihnen bereits Hilfe leisten.

1612 gab es einen Wächter, der ein Samurai war. Da er bei seinen Pflichten als Samurai versagte, befahl ihm sein Herr, Harakiri zu begehen. Wem war er stärker verpflichtet, seiner Jägerin oder seinem Herrn? Er wählte seinen Herrn, und seine Jägerin stand ohne Unterstützung da. Sie wurde drei Monate später getötet.

Ich denke, daß sich Ihr junges amerikanisches Mädchen glücklich schätzen kann, einen so fürsorglichen Wächter wie Sie zu haben, Giles-sensei. Ich danke Ihnen für diese Lektion und bitte Sie erneut um Vergebung.

Kobo

Kurze Zeit später saßen sie in Giles altersschwachem Wagen und fuhren im gemächlichen Tempo dem Schlachtfeld des uralten Kampfes entgegen, der jetzt seinen Höhepunkt erreicht hatte. Willow hoffte nur, daß Buffy und Xander noch lebten.

„Wissen Sie, Giles, ich habe nachgedacht", sagte sie. „Ich meine, wenn es möglich ist, den Dämon wieder in das Schwert zu verbannen, warum können wir Angels Dämon nicht auf dieselbe Weise vertreiben?"

Giles fuhr über eine rote Ampel, und Cordelia murmelte: „Wow."

„Der Gedanke ist mir auch schon gekommen. Aber wir wissen nicht genau, wie gut der Zauberspruch funktioniert. Selbst wenn er funktioniert, dann vielleicht nur, weil wir ein Objekt benutzen, das bereits verzaubert ist. Ganz davon zu schwei-

gen, daß Angel nicht länger unsterblich wäre, wenn wir jenes Wesen vertreiben, das Angel zu einem Vampir macht."

„Aber Buffy ist auch nicht unsterblich", warf Willow hilfreich ein. „Es wäre also nicht schlimm."

„Ich meinte damit, Willow, daß Angel dann tot wäre."

„Okay, das wäre schlimm."

„Das ist alles so krank", sagte Cordelia plötzlich. „Warum gebe ich mich bloß immer wieder mit euch ab? Irgendwann wird mich das noch umbringen!"

„Vielleicht kannst du nicht anders?" schlug Willow freundlich vor.

Cordelia lächelte matt. „Vielleicht. Und du? Ist mir dir alles in Ordnung?"

Willow blinzelte. Überrascht und glücklich, daß Cordelia diese Frage überhaupt stellte. „Ich schätze schon", antwortete sie. „Obwohl ich eigentlich ein einziger großer Bluterguß bin. Aber ich denke, das wird schon wieder. Vorausgesetzt, ich komme jemals über dieses Schuldgefühl hinweg."

Cordelia runzelte die Stirn, und Giles warf Willow einen verärgerten Blick zu.

„Was passiert ist, ist genausowenig deine Schuld, Willow, wie es Buffys Schuld ist, daß wir alle auf dem Höllenschlund leben", sagte Giles scharf.

Willow dachte darüber nach. „Ich weiß nicht, wie Buffy das aushält", erwiderte sie. „Ich meine, sie muß doch auch leben, oder? Sie muß ihr eigenes Leben führen, aber dadurch, daß sie die Jägerin ist, bringt sie ständig sich selbst und alle, die sie liebt, in Gefahr. Nicht, daß sie uns absichtlich in Gefahr bringt", fügte sie schnell hinzu.

Cordelia drehte sich auf ihrem Sitz um und sah Willow an. „Wir sind schon allein dadurch in Gefahr, daß wir hier leben. Ich werde es nie zugeben, wenn du es ihr erzählst, aber ich wage mir gar nicht vorzustellen, wie es in Sunnydale aussähe, wenn wir keine Jägerin hätten."

„Willow, Buffy tut lediglich ihr Bestes. Mehr können wir von ihr oder voneinander nicht verlangen. Bis jetzt, denke ich, haben wir auch ziemlich gute Arbeit geleistet", erklärte Giles.

„Ja." Willow nickte. „Bis jetzt."

Aber die Worte trösteten sie. Und sie war derselben Meinung. Buffy tat ihr Bestes, um sie alle zu beschützen, aber am Ende war es der Job jedes einzelnen von ihnen, sich selbst zu schützen. Jeder mußte auf seine eigene Weise damit klarkommen, daß er auf dem Höllenschlund lebte. Jeder hatte seine eigene Rolle in dem Kampf gegen die Finsternis zu spielen. Es war Teamarbeit.

„Danke, Leute", sagte sie.

Cordelia verdrehte daraufhin die Augen und bedachte Willow mit einem finsteren Blick, während Giles mit den Gedanken längst woanders war. Jeder tat halt das, was er am besten konnte.

Willow blickte aus dem Fenster hinauf zu den Sternen. Sie blickte hinaus und bemerkte ein rötliches Leuchten am Himmel. Unter dem Wagen bebte die Erde.

„Notfalls bin ich bereit, auszusteigen und anzuschieben, wenn dieser Schrotthaufen dadurch schneller wird", sagte Cordelia mit einem plötzlichen Anflug von Sarkasmus.

Woher hat sie den bloß, dachte Willow.

20

Angel landete auf einer Granitplatte, die unter seinem Gewicht zerbarst. Ein faustgroßer Steinsplitter bohrte sich in seinen Unterleib. Er stöhnte, rollte herum und versuchte vergeblich, sich aufzusetzen. Sein Gesicht hatte sich längst in jene bestialische Vampirfratze verwandelt, und sein Körper fühlte sich jetzt wie Eis an, kalt und tot.

Angel starrte den glänzenden Granitsplitter an, der in seinem Bauch steckte, fluchte und packte ihn mit beiden Händen. Er riß ihn heraus, brüllte dabei vor Schmerz und preßte eine Hand auf das Loch. Neuer Schmerz durchzuckte ihn, als er sich auf die Knie zwang, aber Angel ignorierte ihn.

Seine eigene Qual bedeutete nichts, solange Buffy in Schwierigkeiten war. Und im Moment war sie in sehr großen Schwierigkeiten.

„Glaubst du wirklich, der Körper dieses kleinen Mädchens kann es mit dem König des Berges aufnehmen?" donnerte Sanno durch Xanders Mund, mit einer Stimme, die ganz und gar nicht nach Xander klang.

Mit diesen Worten schwang der Bergkönig erneut das große Schwert in einem Winkel, der Buffy mühelos enthauptet hätte. Aber Chirayoju war schnell. Buffy war schnell.

Nur wenn Sanno lachte, so wie in diesem Moment, konnte Angel Xander in ihm hören. Dieses Lachen hielt ihn davon ab, den Jungen zu töten. Das und die Tatsache, daß er ohne Sanno wahrscheinlich nicht die geringste Chance gegen Chirayoju hatte. Um genau zu sein, brauchte er Hilfe, um überhaupt einen der beiden aufzuhalten.

„Ich habe fremde Länder erobert, Bergkönig", dröhnte Chirayoju, während er Xander mit einem weiteren Feuerring

beschoß. „Wenn die Knochen deines Wirtes in dieser Erde vermodern, im falschen Garten deines Heimatlandes, werde ich über alle Nationen herrschen!"

Sanno riß mit Xanders Armen das Schwert hoch und wehrte das Feuer ab.

Angel versuchte zwischen sie zu treten, aber eine neue Schmerzwelle überwältigte ihn, und er wankte. Er brauchte etwas Zeit, nur ein paar Sekunden, um wieder zu Kräften zu kommen. Aber er hatte nicht eine einzige Sekunde.

Chirayojus Faust brannte in einem magischen Feuer, und er rammte diese brennende Faust in Xanders Gesicht, versengte Fleisch und ließ Blut verdampfen. Der Geruch ließ Angel das Wasser im Mund zusammenlaufen und brachte ihn gleichzeitig zum Würgen.

„Nein", knurrte Angel und stolperte auf die beiden Krieger zu.

Mit einem Schrei, der zugleich Schmerz und Wut verriet, rammte Sanno die Spitze seines Schwertes dicht unter dem Schlüsselbein in Buffys Schulter, und Angel glaubte zu sehen, wie sich ihre Bluse am Rücken ausbeulte, als wäre die Klinge auf der anderen Seite wieder ausgetreten.

„Nein!" schrie Angel erneut und beschleunigte seine Schritte, während er die Hand noch immer auf die allmählich heilende Bauchwunde preßte.

Für ein oder zwei Sekunden blieben die beiden Kontrahenten wie erstarrt stehen. Dann riß Sanno sein Schwert hoch und rammte Buffy mit seinem Oberkörper, so daß Chirayoju zurückstolperte. Der linke Arm hing schlaff an der Seite des Vampirdämons herunter. Blut sprudelte aus der Wunde, und Angel starrte sie wie hypnotisiert an. Aber schon versiegte der Blutstrom. Die Wunde begann zu heilen, ob nun durch Zauberei oder aufgrund der Tatsache, daß Chirayoju ein Vampir war, wußte er nicht. Aber die Geschwindigkeit war erstaunlich.

Er warf Sanno einen Blick zu und sah, daß Xanders Gesicht

230

ebenfalls heilte, und noch während er darüber staunte, warf er sich auf Buffy. In ihren Augen brannte Chirayojus Geist. Ihre Lippen verzogen sich zu einem abscheulichen Grinsen, und dieses gespenstische Gesicht, das der Zauberer vorhin schon gezeigt hatte, schälte sich heraus, als er nach Angel griff.

Angel ballte die Fäuste, riß sie hoch und rammte sie mit aller Kraft, die er aufbringen konnte, in Buffys Gesicht. Ein lautes Knacken ertönte, und Buffys Körper flog ein, zwei Meter durch die Luft, während ihr Kopf nach hinten und zur Seite gerissen wurde.

„Gut gemacht, Junge", sagte eine tiefe Stimme hinter ihm.

Angel wirbelte herum, als eine mächtige Hand seine Schulter umklammerte. Hinter ihm grinste der König des Berges mit Xanders Gesicht, aber Sanno schälte sich mehr und mehr heraus und Xander schien fast in sich selbst zu verschwinden.

Dann erlosch dieses Lächeln, und zum ersten Mal sah Angel die wahre Arroganz eines uralten Gottes oder was auch immer dieses Wesen war, das man einst einen Gott genannt hatte. Er sah Grausamkeit und Tücke, und Angel versteifte sich, bereit zum Kampf.

„Ich danke dir, Bürschchen", sagte Sanno. „Aber jetzt geh mir aus dem Weg!"

Dann hob der König des Berges Angel vom Boden und schleuderte ihn durch die Luft. Angel landete hart auf dem Rücken, und trotz seines Zorns glomm in seinem Herzen ein winziger Funke Furcht auf, eine Art Hoffnungslosigkeit, wie er sie nie zuvor erlebt hatte.

Irgendwie mußte er beide davon abhalten, sich gegenseitig zu töten. Aber er hatte keine Ahnung, wie er das anstellen sollte.

„Komm, Bergkönig. Ich werde deinem Wirtskörper die Kehle zerfetzen und das Blut des Jungen trinken – und damit auch deine Seele", höhnte Chirayoju, als er wieder auf die

Beine kam. Sein kehliges Knurren verzerrte Buffys perfekten, weichen Mund zu etwas Schrecklichem, etwas, dessen Anblick Angel kaum ertragen konnte.

„Du wirst in dieser Nacht nicht noch mehr Blut vergießen, Vampir", erklärte Sanno und riß sein Schwert in die Höhe.

„Du hast recht", krähte Chirayoju und glitt dann trotz des schlaff an Buffys Seite baumelnden Armes mit der Anmut eines Tänzer auf Xander zu.

Buffys Mund verzog sich zu einem angewiderten Grinsen. „Ich werde nicht einen Tropfen unnütz vergießen", sagte Chirayoju aus ihrem Inneren. „Ich verschwende kein Blut. Nein, ich werde das Blut deines Wirtes trinken, und dann werde ich die kleine Armee, die bereits in meinen Diensten steht, um mich sammeln und durch die Nacht marschieren. Und meine Macht wird mit jedem Neumond wachsen . . ."

„Du wirst lediglich in der Geisterwelt marschieren, Parasit. Dafür werde ich sorgen", versicherte Sanno und stürzte sich wieder auf den Vampir.

Buffy war kalt. Sie glaubte, sich zu erinnern, wie es war, in gefrorener Erde begraben zu sein. Tot zu sein, im eigenen Fleisch gefangen. So ähnlich muß es sein, dachte sie. Aber natürlich konnte sie sich nicht daran erinnern. Und sie war dankbar dafür.

Aber während sie in dem Zwischenreich ihres eigenen Geistes schwebte, konnte sie Risse in den Mauern ihres Kerkers entdecken. Sie erhaschte flüchtige Blicke auf die Außenwelt. Es gab Momente, in denen sie Phantomschmerzen spürte, das Kribbeln ihrer Finger, das Pochen ihres Herzens. Es gab Augenblicke, in denen sie durch ihre eigenen Augen sah und mit ihren Ohren hörte. Sie sammelte ihre Kräfte und machte sich ihre eigene Existenz bewußt. Buffy Summers. Die Auserwählte. Die Jägerin.

Sobald der Morgen dämmerte, würde Chirayoju nicht mehr

sein als nur ein weiterer Vampir. Vielleicht etwas mächtiger als andere, sicher, aber trotzdem nichts weiter als ein Vampir.

Und Buffy wußte, wie man mit Vampiren umging.

Sie konzentrierte ihren Zorn, ihren Haß und ihr Pflichtgefühl, konzentrierte ihren Abscheu und ihren Rachedurst, bis sich alles zu einer Art mentaler Waffe verdichtete. Einer Klinge, die von innen zustieß. Dann stieg sie zur Oberfläche ihres Bewußtseins und – griff an! Chirayoju kreischte.

„Ich hoffe, es tut weh . . .“, begann sie. Und es war ihre eigene Stimme. Es waren ihre eigenen Lippen.

Dann wurde sie wieder in die Tiefe gedrückt, fort von der Oberfläche, fort von dem Körper, den sie siebzehn Jahre lang so erfolgreich gesteuert hatte.

Das war der Moment, in dem sie hätte aufgeben müssen. Sie wußte das. Sie hatte ihre verbliebene Kraft in diese letzte Anstrengung investiert, und alles, was es ihr brachte, war ein Moment des Triumphes. Aber da war diese eine Sache. Sie hatte es deutlich gespürt: Chirayojus Furcht.

Sie wußte nicht genau, was er fürchtete. Es hatte mit dem Schwert zu tun und mit den Jahrtausenden, die er in ihm gefangen gewesen war. Aber der König des Berges hatte ihren Körper bereits einmal mit der Klinge durchbohrt, und nichts war passiert. Aber dennoch fürchtete Chirayoju dieses Schwert, als gäbe es noch immer die Möglichkeit, daß er wieder in Gefangenschaft geriet. Chirayoju fürchtete sich, und das ließ Buffy tief in den verborgenen Kammern ihrer Seele lächeln.

Äußerlich war von Chirayojus Furcht allerdings wenig zu sehen. Er funkelte den Bergkönig voller Haß an. Sicher, er spürte, daß das Mädchen, dessen Körper er bewohnte, Widerstand leistete und versuchte, die Kontrolle über dieses Gefäß zurückzugewinnen. Er würde sie dafür bezahlen lassen – später.

Während die uralten Geister rangen, breitete sich das Feuer

immer weiter aus. Flammen umloderten das Schlachtfeld, und die verdorrten Pflanzen des Gartens brannten wie Zunder.

Der Wind schwoll zu einem Sturm an, als sich Chirayoju von dem Oval, das noch nicht brannte, und das zur Arena dieses uralten Kampfes geworden war, in die Luft erhob. Buffy flog, getragen von der Magie des Vampirzauberers. Dann stürzte sie in die Flammen.

„Buffy, nein!" schrie Angel.

Aber einen Moment später tauchte sie wieder auf, mit brennenden Haaren und rußgeschwärzter, rauchender Haut. Die Flammen verloschen, und schon wurden die Verbrennungen von Chirayojus Magie geheilt.

In Buffys Hand hielt Chirayoju ein langes funkelndes Schwert, in dem sich das Licht des Feuers und des Vollmondes am Himmel widerspiegelte. Für einen Moment hing Buffys Körper bewegungslos in der Luft. Dann landete sie direkt vor Xanders Körper auf dem Boden, und die beiden Geister kreuzten erneut die Klingen.

„Buffy", flüsterte Angel.

Giles trat auf die Bremse. Bevor der Wagen mit quietschenden Reifen zum Stehen kam, sprangen Cordelia und Willow bereits hinaus und rannten zu der Anhöhe hinüber.

„Oh, mein Gott!" kreischte Cordelia.

Xander und Buffy, nur als Silhouetten vor dem feurigen Hintergrund zu erkennen, hieben mit Schwertern aufeinander ein. Metall klirrte gegen Metall, während sie mit all ihrer übernatürlichen Stärke erbittert gegeneinander kämpften.

Als Angel sie entdeckte, winkte er ihnen zu und rannte ihnen entgegen.

„Willow! Cordelia! Helft mir!" ertönte Giles' Stimme hinter dem Rücken der beiden Mädchen.

Sie liefen zum Wagen zurück und halfen Giles, die schweren Taschen aus dem Auto zu hieven. Willow trug die Tasche mit

Salz, Wasser und weißem Papier, den Symbolen der Reinheit. Cordelia hielt Claire Silvers Buch und einen Ausdruck von Sannos Beschwörungsformeln. Giles ergriff ein weißes Halstuch mit dem chinesischen Schriftzeichen für *Ki*, Lebenskraft, und die Scheibe.

Als sie die Anhöhe erreichten, schüttete Giles das Salz auf den Boden und formte damit einen magischen Zirkel. „Bedeckt das Salz mit dem Papier", sagte er, und sie legten eilig die Blätter auf den Salzring.

„Sie werden weggeweht!" schrie Willow und griff panisch nach den Blättern, die der Wind bereits hochwirbelte und zum Feuer hinübertrug.

„Hier. Nimm Steine", sagte Cordelia. Sie sammelte hastig große Kiesel auf und reichte sie Willow. Ohne sich von Cordelias Geistesgegenwart irritieren zu lassen, kam Willow ihrer Anweisung nach.

Sobald das Papier den Kreis umrandete, traten die beiden Mädchen heraus, und Giles besprenkelte das weiße Feld mit Wasser.

Dann betrat er den Kreis und hob das Halstuch in die Höhe. „Oh, große Ahnherren der Herrscher von Japan", verkündete er mit feierlicher Stimme. „Ich bitte euch, vertreibt die Geister aus diesen sterblichen Wesen!" Er verbeugte sich, legte das Halstuch um seine Stirn und verknotete die Enden an seinem Hinterkopf.

„Was geht hier vor?" wandte sich Angel an Willow und sah sie mit einer Mischung aus Zweifel und Hoffnung an.

„Wir vertreiben die Geister aus Buffy und Xander", erklärte Willow. „Dann werden wir sie mit der Scheibe in das Schwert verbannen."

„Großer Herrscher, ich bitte euch, mir zu helfen!" rief Giles.

Xander griff Buffy an. Sie wehrte seinen Schwerthieb ab und schlug mit grausigem, wahnsinnigem Gelächter einen Salto über seinen Kopf hinweg.

„Es funktioniert nicht", jammerte Cordelia. „Es funktioniert nicht!"

„Noch nicht", sagte Willow hoffnungsvoll.

Chirayoju wankte.

Für einen Moment hatte Buffy das Gefühl, daß sie aus ihrem Kerker ausbrechen und wieder ihren Körper übernehmen konnte. „Ja!" schrie sie in der Hoffnung, daß jemand sie hörte und ihr half.

Sanno sah zum Hügelkamm hinauf. Willow schluckte, als sein Blick Giles förmlich zu durchbohren schien.

„Sterbliche, mischt euch nicht ein", sagte er.

„Ich habe die Zauberformel", erklärte Giles und hielt die Scheibe hoch, „mit der du den Vampir bannen kannst und . . ."

„Es ist unnötig", unterbrach Sanno, aber seine Aufmerksamkeit war auf die Scheibe gerichtet.

„Er lügt", flüsterte Angel Giles zu. „Er war sehr interessiert daran, als Buffy sie hatte."

„Ja." Cordelia nickte. „Er lügt garantiert."

„Woher willst du das wissen?" fragte Willow sie.

Cordelia lächelte grimmig. „Glaub mir, ich weiß, wann Kerle schwindeln. Und dieser Bergkönig sagt uns nicht die Wahrheit."

„Weil er dadurch auch gebannt wird?" fragte Willow hoffnungsvoll.

Beide sahen Giles an, der murmelte: „Vielleicht. Aber wir müssen sie aus Xander und Buffy vertreiben, bevor wir uns damit befassen können."

21

Giles schüttelte den Kopf und senkte die Arme. „Es funktioniert nicht!"

Angel starrte ihn an und versuchte angesichts des Zornes und der Hilflosigkeit, die er empfand, nicht in Panik zu geraten. Die ganze Zeit quälte ihn das Gefühl, daß er nichts tun konnte, um den Ausgang dieses Kampfes zu beeinflussen. Er hatte oft an Buffys Seite gekämpft und ihr fast immer geholfen. Schließlich war er ein Vampir. Er war stark und nur sehr schwer zu töten. Und damit auf sonderbare Weise der perfekte Partner für die Jägerin.

Aber im Verlauf dieser Nacht nahm die Verzweiflung mit jeder Sekunde und mit jedem gescheiterten Versuch, diese mächtigen Wesen anzugreifen, zu. Er konnte nichts tun. Und die einzige kleine Hoffnung, an die er sich die ganze Zeit geklammert hatte, daß er Xander und Buffy lange genug daran hindern konnte, sich gegenseitig umzubringen, bis Giles mit einer Lösung eintraf, war nun ebenfalls zerstört.

„Wie meinen Sie das, es funktioniert nicht?" kreischte Cordelia. „Es muß funktionieren! Sie haben die Anweisungen des Buches genau befolgt! Es muß einfach funktionieren!"

Giles ignorierte sie. Wieder murmelte er Beschwörungsformeln, als genügte die Wiederholung, damit es doch noch funktionierte.

Cordelias Augen waren auf den Kampfplatz gerichtet, wo Buffy mit unveränderter Gewalt auf Xander einschlug. Sie wußte zwar nicht genau, was sie eigentlich zu ihm hinzog, aber sie wollte ihn auch nicht verlieren. Nicht auf diese Weise. Über Cordelia Chases Wangen rannen Tränen. Sie weinte.

Ohne zu überlegen trat Willow auf Angel zu und griff nach

seiner Hand. Er hielt sie fest, ohne sie auch nur anzusehen. Zusammen blickten sie schweigend auf die beiden kämpfenden Krieger, die in einem Kreis aus loderndem Feuer standen, der fast wie eine Arena wirkte. Der Garten war inzwischen zum größten Teil von den Flammen verzehrt und zurück blieb nur Asche und Ruß.

Aber das ändert eigentlich nicht viel am Gesamteindruck, dachte Willow.

Sie hatte ihre Schuldgefühle inzwischen überwunden und etwas gelernt. Sie hatte begriffen, daß sie ihre eigenen Fähigkeiten nutzen und verbessern mußte. Es ging nicht darum, mit den Mitteln der Jägerin zu kämpfen, sondern sie mußte ihre eigenen Mittel einsetzen.

Trotzdem hämmerte ihr Herz und ihr Magen fühlte sich wie ein Eisklumpen an. Es war nicht ihre Schuld, okay. Aber das machte es auch nicht leichter. Sie fühlte sich noch immer nutzlos. Total und absolut nutzlos.

Willow starrte Xander und Buffy an. Etwas war passiert. Giles beendete soeben seine letzte Wiederholung dieses Top-Ten-Hits *Beschwörung des Sanno*. Und etwas war passiert.

Für einen Moment erstarrten Buffy und Xander. Der Wind erstarb. Die Flammen ließen nach. Dann war der Moment vorbei. Xander hob erneut sein Schwert und ließ es auf Buffy niedersausen. Aber Chirayoju wich mit einer Drehung zur Seite aus, von der Willow *wußte*, daß er sie aus Buffys Bewußtsein gestohlen hatte.

„Halluziniere ich, oder ist da gerade . . .“, murmelte Giles.

„Giles!“ schrie Willow. „Machen Sie’s noch mal!“

Giles fuhr herum und öffnete den Mund, um nach einer Erklärung zu verlangen, doch dann sah er den Ausdruck auf Willows Gesicht – auf allen Gesichtern –, und er stimmte sofort wieder den Beschwörungsgesang an.

Für eine Sekunde gewann Buffy die Kontrolle zurück. Chirayoju war zwar nicht verschwunden, aber er wurde in die

Tiefe ihres Bewußtseins verbannt . . . und kehrte sofort an die Oberfläche zurück.

Der Vampirzauberer kontrollierte wieder ihren Körper. Aber er wirkte jetzt verängstigt, unkonzentriert und verwirrt.

Und Buffy gefiel seine Verwirrung.

Also gut, du bösartiger Hurensohn, dachte sie, *versuchen wir's noch mal.*

Die Jägerin konzentrierte ihre Kräfte und sammelte alles, was sie zur Auserwählten machte, jeden privaten Moment, jede persönliche Erinnerung. Es waren *ihre* Waffen und *ihre* Rüstung, all die Dinge, die sie zu der machten, die sie war. Ihre Individualität war ihre Stärke. Sie hatte vorhin nicht genügt, als Chirayoju noch voller Selbstvertrauen und auf dem Gipfel seiner Macht gewesen war. Aber sie glaubte nicht, daß er sich noch immer auf dem Gipfel befand. Irgend jemand . . . Giles oder vielleicht Angel . . . irgend jemand hatte einen Weg gefunden, ihn zu schwächen. Und dann war da noch das Schwert. Chirayoju fürchtete sich vor dem Schwert, das wußte Buffy mit Sicherheit. Er war in ihm gefangen gewesen, und der Gedanke daran . . .

O Mann, Chiroprax, nach all dem hier werde ich wohl nicht mehr dein liebes Mädchen sein, dachte sie.

Vorsichtiger diesmal, damit er sie nicht spürte, versuchte sie nach oben zu gleiten, ihren Körper auszufüllen. Durch ihre eigenen Augen zu sehen.

Und plötzlich konnte sie sehen. Xander, mit diesem gespenstischen Gesicht, das sein eigenes überlagerte, schwang dieses riesige, rasiermesserscharfe Schwert, um erneut auf sie einzuschlagen.

„Chirayoju, du verlierst!" schrie Buffy. Und es war wirklich Buffy. Es war ihre Stimme!

Sie hatte so schnell, daß der Vampirzauberer nicht wußte, wie ihm geschah, die Kontrolle über ihren Körper übernommen. Sie wußte, daß er sie umgehend wieder verdrängen

würde. Aber sie brauchte nur eine Sekunde, um das zu tun, was sie tun mußte.

„Tu es, Xander!" schrie sie. „Tu es!"

Buffy breitete die Arme aus, ergab sich der herabsausenden Klinge und wartete darauf, daß sie durch ihre Brust und in ihr Herz schnitt.

Der Bergkönig hatte jeden Winkel von Xanders Körper und Seele übernommen und ihn in den hintersten Winkel seines Wesens verbannt, so daß er nicht einmal wirklich bemerkte, daß er besessen war. Für ihn war es nur wie ein besonders tiefer Schlaf.

Doch vor wenigen Sekunden war er in seinem eigenen Körper erwacht. Er starrte Buffy an, sah ihre Verletzungen, die vor seinen Augen heilten, obwohl erneut Feuer ihre Haut schwärzte. Er hatte das Gewicht des Schwertes in seiner Hand gespürt, und seine eigenen Wunden schmerzten, als er die Spitze des Schwertes in den Boden rammte, damit er es nicht mehr halten mußte.

„Buffy", hatte er heiser geflüstert, „was ist . . ."

Und dann hatte der Bergkönig ein weiteres Mal die Kontrolle über seinen Körper übernommen.

Aber diesmal wurde Xander nicht vertrieben. Diesmal sah er alles durch seine eigenen Augen. Doch er konnte nicht eingreifen. Er war machtlos, doch nur bis zu dem Moment, als sich Sanno anschickte, das Schwert in Buffys Herz zu stoßen. In diesem Moment hatte Xander Harris alle Kraft, die er brauchte.

„Nein!" brüllte er, und seine Muskeln gehörten wieder ihm.

Aber es war zu spät, um den Stoß zu verhindern; er konnte ihn nur noch ablenken. Die Klinge drang in Buffys Unterleib. Es war das zweite Mal, daß sie von diesem Schwert durchbohrt wurde, erinnerte sich Xander schemenhaft. Doch diesmal war es anders.

Mit Xanders Mund schrie Sanno, der König des Berges.

240

Mit Buffys Mund kreischte der Vampirzauberer Chirayoju seinen Schmerz hinaus.

Xander versuchte sich zu bewegen, aber er war wie gelähmt. Und Buffy, in der noch immer die Klinge steckte, bewegte sich ebenfalls nicht. Irgendeine fremdartige Energie strömte von Buffy zu Xander und wieder zurück, in einem geschlossenen Stromkreis, der sie aneinanderschweißte und miteinander verband.

Nein, Xander konnte seinen Körper nicht bewegen, aber Sanno konnte es ebensowenig. Niemand saß jetzt am Steuer.

Buffy spürte, wie das Blut zu der Stelle in ihrem Bauch schoß, an der das Schwert eingedrungen war, und gleichzeitig spürte sie einen schrecklichen Sog. In ihrem Bewußtsein kreischte Chirayoju erneut auf, und dann begriff sie, was passiert war.

Das Schwert zog den Geist des Vampirs zurück in sein Gefängnis. Zog ihn und gleichzeitig auch sie. Und wenn Chirayoju sie nicht losließ, würde sie mit ihm in dem Schwert verschwinden!

Jaaaaaa! ächzte Chirayoju in ihrem Kopf.

O nein, Schwachkopf, dachte Buffy. *Du hast die Party versaut, Alter. Ich werde nirgendwohin gehen.*

„Oh, mein Gott!" rief Cordelia. „Seht sie euch an! Als wären sie erstarrt oder so!"

„Buffy", flüsterte Angel.

Willow keuchte. „Das ist schlecht."

Giles unterbrach seine Beschwörung und sagte: „Nicht notwendigerweise."

Angel sah, wie sich Buffy ein winziges Stück bewegte. Einen Zentimeter. Sobald Giles seinen Beschwörungsgesang eingestellt hatte, konnte sie – oder Chirayoju? – sich wieder bewegen.

Angel drehte sich mit seiner Vampirfratze zu Giles um. „Giles, Maul halten und weitersingen!" zischte er.

Er war erleichtert, als Giles seiner Aufforderung nachkam. Er konnte sich später bei ihm entschuldigen, falls es ein Später

gab. Im Moment glaubte Angel zu wissen, was Giles erklären wollte.

„Kommt." Angel ergriff Willow und Cordelia an den Händen und rannte mit ihnen den Hang hinunter zu dem Kreis aus Glut und Asche, der einst ein Garten gewesen war.

„Angel!" Cordelia zerrte an seinem Handgelenk. „Angel!"

„Was ist?" Er zog sie weiter hinter sich her.

„Ich bin barfuß!" kreischte sie.

Angel streckte die Arme aus, packte beide Mädchen um die Hüfte und hob sie hoch. Dann sprintete er über die Asche in den Kreis, in dem Xander und Buffy – noch immer zu einem gespenstischen Schlachtporträt erstarrt – standen.

„Willow, stell dich hinter Xander!" bellte Angel und setzte beide ab. „Cordelia, du stellst dich hinter Buffy. Und wenn ich Ziehen sage, dann zieht an ihnen, so fest ihr könnt!"

Willow runzelte verwirrt die Stirn. „Aber geht dann nicht wieder alles von vorn los?" fragte sie.

Angel drehte sich zu ihr um. „Ich werde das Schwert halten. Wenn Giles' Zauberspruch funktioniert, schaffen wir es vielleicht, sie in die Klinge zu verbannen."

Cordelia starrte ihn an. „*Vielleicht*?"

„Mach einfach, was ich dir sage!" fauchte Angel verärgert. „Das ist die einzige Chance, die wir haben."

„Okay", stimmte Cordelia sofort zu. „Nur ... Willow, geh sanft mit Xander um!"

Angel hielt die Scheibe in der Hand und starrte die fremdartige Inschrift an. Er hatte nicht die leiseste Ahnung, ob es wirklich funktionieren würde, aber er hatte auch keine Zeit, über die Konsequenzen nachzudenken, die drohten, wenn der Versuch scheiterte.

„Warte, Angel!" Willow rang die Hände und nagte an ihrer Unterlippe, während sie unsicher zu ihm aufblickte. „Was ist, wenn Chirayoju und Sanno zu entkommen versuchen? Werden sie dann nicht in deinen Körper flüchten?"

„Ich habe bereits einen Dämon in mir, Willow." Er ließ ein selbstironisches Lächeln aufblitzen. „Schon vergessen? In mir ist kein Platz für weitere Geister."

„Und wenn du ebenfalls in das Schwert hineingezogen wirst?" fragte Cordelia.

Angel wollte nicht an diese Möglichkeit denken, und so antwortete er auch nicht. Er sah Willow an, die immer so zerbrechlich wirkte, und er sah so viel Stärke in ihr, daß er sich schwor, sie niemals wieder zu unterschätzen. Dann warf er Cordelia einen Blick zu, und er erkannte, daß das gleiche auch für sie galt. Sicher, sie war eine Nervensäge, aber tief im Inneren . . . nun sie war hier, oder? Bereit, das zu tun, was getan werden mußte.

„Fertig?" fragte er.

Beide Mädchen nickten.

„Eins, zwei, *ziehen*!"

Angel umklammerte die Klinge und zerschnitt sich dabei die Hände. Xander und Buffy wurden aus dem geschlossenen Stromkreis gerissen und stürzten mit Willow und Cordelia zu Boden. Angel spürte, wie ihn die Elektrizität der Magie durchzuckte, ihn ausfüllte und an ihm zerrte.

Chirayoju und Sanno waren dort, in der Klinge, und sie kämpften noch immer miteinander. Wie sie es schon seit Jahrtausenden taten. Wie sie es bis zum Ende der Zeit tun würden. Und er verspürte nicht den Wunsch, ihnen in das Land ihres Hasses, in die Welt in der Klinge, zu folgen.

Angel wehrte sich gegen den Sog des Schwertes. Er hielt es an der Klinge hoch und starrte den Knauf an. Er nahm die Scheibe und schob sie in die Vertiefung, aus der sie herausgefallen war. Als ihm dämmerte, daß er nicht wußte, wie er sie befestigen konnte, zupfte Buffy an seinem Ärmel.

Es war die echte Buffy. Erschöpft, bleich, zitternd – die Hände gegen die blutende Wunde in ihrem Bauch gepreßt –, aber seine Buffy. Sie reichte ihm ein Stück Stoff, das sie vom unteren Teil ihrer Bluse abgerissen hatte.

243

Angel lächelte, wickelte es um den Knauf des Schwertes und befestigte so die Scheibe.

Buffy wollte jemanden finden, der die Wunde in ihrem Bauch zunähte, und anschließend sechs Monate lang schlafen. Jeder Quadratzentimeter ihres Körpers schmerzte und die Wunde pochte heiß. Aber ansonsten war sie unversehrt. Nur ihre Bluse, ihre funkelnagelneue Bluse, hatte den Kampf nicht überlebt. Und das war schlimm genug.

Sie sah Angel an, und sie sah die Liebe in seinen Augen. Das entschädigte sie etwas für den Verlust der Bluse.

„Ich bin okay", sagte sie. „Ein kurzer Besuch in der Notaufnahme, und ich bin im Handumdrehen wieder wie neu. Jetzt gib es mir", sagte sie und wies auf das Schwert.

Angel reichte ihr die schwere Klinge. Buffy hielt das Schwert des Sanno mit beiden Händen. Sie hob ihr rechtes Knie, holte tief Luft und rammte die Waffe gegen ihr Bein. Jeder andere hätte sich dabei die Knochen gebrochen. Aber Buffy Summers war die Jägerin.

Die Klinge zerbrach in zwei Teile.

„Jetzt können sie bis in alle Ewigkeit gegeneinander kämpfen", sagte Willow und stellte sich neben Buffy und Angel.

„Klingt ganz nach einem anderen Pärchen, das ich kenne", sagte Xander und zog Cordy an der Hand hinter sich her.

„Angel." Giles lief keuchend den Hang herunter. „Gott sei Dank. Du hast es geschafft. Du hast sie gerettet."

„Buffy hat ihnen den Todesstoß versetzt", erwiderte Angel.

Willow deutete auf Giles. „Aber wenn Giles nicht weitergesungen hätte . . ."

Buffy griff nach Willows Hand, drückte sie und ließ sie wieder los. Sie sah sich um, und als ihr schwindlig wurde, hielt sie sich an Angel fest.

„Wie's aussieht, hat heute nacht jeder von uns seinen Job gemacht", sagte Buffy. „Und wenn auch nur einer ge-

fehlt hätte, wäre die Sache wahrscheinlich anders ausgegangen."

„Ja." Giles schob seine Brille hoch und wischte sich den Schweiß von der Stirn. „Es wäre dann die längste Nacht geworden, die die Menschheit je erlebt hat."

Cordelia schniefte. „Also für meinen Geschmack hat die Party lang genug gedauert. Ich will nur noch nach Hause und . . . nebenbei, Summers, wo ist mein Auto?"

„Ich bin sicher, daß es hier irgendwo in der Nähe steht", erwiderte Buffy. Sie schmiegte sich an Angel und zuckte zusammen, als sie einen stechenden Schmerz in ihrem Bauch spürte.

„Buffy." Willow berührte besorgt den Arm ihrer Freundin. Aber Buffy grinste schon wieder – wenn auch etwas verzerrt.

„Wißt ihr, was mir an der ganzen Sache am meisten stinkt?" sagte Xander. „Ich finde, wir haben mit den einheimischen Vampiren schon genug Ärger. Müssen wir sie jetzt auch noch importieren?"

Buffy hatte das Gefühl, ihr Kopf würde bald platzen, wenn sie nicht ganz schnell ein bißchen Ruhe bekam. Morgen war auch noch ein Tag, um sich über einheimische und importierte Vampire den Kopf zu zerbrechen.

Während sie auf Cordelias und Giles' Autos zugingen, blieb Buffy einen Moment stehen und zog Willow beiseite. „Ist mit dir alles in Ordnung?" fragte sie, als die beiden außer Hörweite der anderen waren.

„Du hast ein Loch in deinem Bauch und fragst mich, ob ich okay bin?"

Buffy sah sie ernst an. „Will. *Bist* du okay?"

Willow lächelte verlegen, zuckte auf Willow-Art mit den Schultern und nickte.

„Wird schon wieder", versicherte sie. „Ich denke immer noch, daß ich mein Kampftraining intensivieren sollte, aber nach der letzten Woche bezweifle ich, daß ich mir jemals wieder wünschen werde, die Jägerin zu sein."

„Da du es schon ansprichst ...", antwortete Buffy mit einem gequälten Grinsen, „... ich werde wohl für ein paar Nächte ausfallen, und Giles braucht vielleicht ein wenig Hilfe, wenn er auf Patrouille geht. Du kennst ja Xander ... er hat nur noch Cordy im Kopf ..."

Willow grinste und stützte Buffy auf dem Weg zu Giles' Wagen, wo sich die Jägerin mit einem Seufzer auf die Rückbank der altersschwachen Karre sinken ließ.

Auf dem Weg zur Notaufnahme schlief Buffy laut schnarchend und mit einem bittersüßen Lächeln auf dem Gesicht in Angels Armen ein.

Bittersüß, weil sie, während sie einnickte, wußte, daß er am Morgen fort sein würde. Aber nicht für immer. Nicht einmal für lange. Es war der Fluch der Jägerin und gleichzeitig das Glück ihrer Liebe zu Angel, daß es immer wieder Nacht werden würde.

Auf dem Beifahrersitz neben Giles spürte Willow eine seltsame Leichtigkeit, als würde eine schwere Last von ihren Schultern weichen. Giles mußte es bemerkt haben, denn er legte den Kopf zur Seite, wandte halb den Blick von der Straße und sagte leise: „Willow?"

„Wissen Sie", antwortete Willow, „es ist schon eine Menge Arbeit und so, ständig gegen die Mächte der Finsternis zu kämpfen. Aber ich denke, wenn wir alle zusammenhalten, werden wir vielleicht sogar siegen."

Giles lächelte. Er war der glücklichste Mann auf Erden. Und der glücklichste aller Wächter.

Die Jägerin und ihr Vampir – eine Love Story mit Biß

Nancy Holder

Buffy – Im Bann der Dämonen
Die Angel Chroniken I

Roman

Nach Jahrhunderten des Tötens ohne Reue wird der Vampir Angel mit einem Fluch bestraft: Man gibt ihm seine Seele zurück. Er flüchtet nach Sunnydale, um sich dort zu verkriechen. Seine Nahrung beschafft er sich aus Blutbänken, da sein Gewissen das grausame Töten nicht mehr zuläßt. In dieser Situation trifft er die junge attraktive Vampir-Jägerin Buffy, die auserwählt ist, gegen Vampire, Dämonen und die Mächte der Finsternis zu kämpfen . . .

vgs verlagsgesellschaft, Köln

Die Jägerin und ihr Vampir – eine Love Story mit Biß

Richie Tankersley

Buffy – Im Bann der Dämonen
Die Angel Chroniken II

Roman

Es ist Halloween-Nacht im Höllenschlund, die einzige Nacht im Jahr, in der die Jägerin ausruhen kann, da keine Vampire unterwegs sind. Aber gilt das auch für die anderen Mächte der Finsternis? Der neue Kostümladen der Stadt hält nämlich eine unliebsame Überraschung für Buffy und ihre Freunde bereit . . .

Zur gleichen Zeit versucht der Vampir Spike das Chaos auszunutzen: Er will die Jägerin endgültig ausschalten und Angel kidnappen, weil er ihn zur Heilung seiner Freundin Drusilla braucht. Aber damit entfacht er Buffys Zorn: „Man kann mich angreifen, man kann mir Mordgesellen hinterherschikken . . . das ist völlig in Ordnung. Aber *niemand* legt sich mit meinem Boyfreund an . . .“

vgs verlagsgesellschaft, Köln